PRISM
BY TOKURO NUKUI

이 도서의 국립중앙도서관 출판예정도서목록(CIP)은 서지정보유통지원시스템 홈페이지(http://seoji.nl.go.kr)와 국가자료공동목록시스템(http://www.nl.go.kr/kolisnet)에서 이용하실 수 있습니다.
CIP제어번호 : CIP2016031391

누쿠이 도쿠로 지음

김은모 옮김

엘릭시르

차례

Scene 1

허식의 가면

1

초등학생에게 있어, 학교에 갔더니 선생님이 오지 않는 것만큼 큰 사건은 없다. 초등학교에 입학한 지 오 년이 지났지만 아무런 예고도 없이 선생님이 학교를 쉬다니 지금까지 단 한 번도 경험해본 적이 없는 일이었다. 그런 의미에서 이번 사태는 어느 날 갑자기 학교 건물이 폭발해서 사라지는 것에 뒤지지 않을 만큼 충격적인 일이었다.

그런 충격적인 일이 일어났음을 안 것은 봄방학이 성큼 다가온 삼월 어느 날, 운이 좋은 몇몇 남자아이들이 화이트데이라고 들떠 있던 날의 다음날이었다. 말이 나온 김에 덧붙이자면 밸런타인데이에 초콜릿을 받지 못한 나로서는 화이트데이가 오든 말든 알 바 아니다. 쓸데없는 군소리지만.

1교시가 시작되기 이 분 전에는 반드시 교실에 들어오는 야마우라 선생님—우리는 몰래 미쓰코 선생님이라고 부른다—이 8시 35분이 되어도 교실 문을 열지 않아서 자리에 얌전히 앉아 있던 우리도 어쩐지 이상하다고 생각했다. 어떤 녀석이 성급하게도 선생님이 학교에 안 나온 것 같다는 말을 꺼냈지만 물론 아무런 근거도 없었다. 그저 그랬으면 좋겠다는 바람이었을 뿐이고, 결과적으로 그 말이 맞기는 했지만 그때만 해도 반 아이들 모두 반신반의했다.

"정말로 쉬는 걸까, 선생님."

앞자리의 시바노가 내 쪽을 돌아보며 말했다. 나한테 물어본들 답이 나올 리 없다. 나는 고개를 갸웃하고 "글쎄" 하고 대답한 후 덧붙여 말했다.

"어제는 쌩쌩해 보였는데 말이야."

몸 상태가 나쁜 것 말고 선생님이 쉴 만한 사정이라고는 짐작이 가지 않았다.

"그러게 말이야." 시바노가 맞장구쳤다. "미쓰코 선생님이 감기 걸렸다고 학교를 쉴 사람도 아니고, 갑자기 큰 병이 났을 리도 없고……. 무슨 일 생겼나?"

"수업을 안 해서 좋기는 하지만 좀 걱정되네."

착한 아이인 척하려고 그런 말을 한 것은 아니다. 다정하고 예쁜 미쓰코 선생님은 우리 남학생에게는 물론이고 여학생에게도 인기가 많다. 시바노도 내 말에 동감이라는 듯이 고개를 끄떡끄떡했다.

8시 45분이 되자 비로소 교실 앞문이 열렸다. 그때까지 재잘재잘 떠들어대던 우리는 서둘러 자세를 바로 했지만 뜻밖에도 들어온 사람은 미쓰코 선생님이 아니었다. 평소 어지간해서는 볼 일이 없는 교감 선생님이었다.

렌즈가 두꺼운 검은 테 안경을 낀데다 뻐드렁니인 교감 선생님은 허둥대며 칠판 앞에 서더니 빠른 어조로 우리에게 말했다.

"야마우라 선생님은 급한 볼일이 있어서 오늘 쉬십니다. 일단 1교시는 자습 시간으로 할 테니 조용히 자습하세요."

그럼, 하고 말을 끝맺자마자 교감 선생님은 뭔가에 쫓기듯이 부리나케 교실에서 나갔다. 너무나 간략한 설명에 우리는 어안이 벙벙해져 할말을 잃었다.

하지만 고요함은 순식간에 물러가고 지금까지보다 훨씬 시끄러운 수다의 파도가 몰려왔다. 다들 이 갑작스러운 상황에 대해 한마디 하지 않고서는 배길 수 없었던 것이다. 역시 선생님은 몸이 안 좋은 거야, 감기일까, 큰 병일까, 아니면 많이 다친 걸까, 그런 말들이 여기저기서 들려왔다. 나랑 시바노도 예외는 아니어서 서로 얼굴에 침을 튀길 만큼 흥분하며 이야기를 나누었지만 아무것도 모른다는 점은 교감 선생님이 오기 전과 마찬가지였다. 이럴 때 어른들은 우리 아이들에게 아무것도 가르쳐주지 않는다. 평소에는 그러한 어른들의 태도에 열불이 났지만 이때는 그런 불만도 잊어버리고 그저 당치도 않은 추측만 늘어놓았다.

2교시 때도 교감 선생님이 와서 체육 수업을 진행했다. 하지만 우리에게 피구를 하면서 놀라고 시켰을 뿐 뭔가 가르쳐준 것은 아니다. 우리는 미쓰코 선생님이 없다는 대사건도 잠깐 잊고서 피구에 푹 빠졌다. 외야로 나갔을 때 무심결에 교감 선생님을 봤는데 선생님은 뭔가에 놀라서 얼이 빠진 듯한 표정을 짓고 있었다. 문득 찜찜한 예감이 들었지만 내 감이 특별히 좋았던 것은 아니었던 모양이다. 나중에 확인해보니 모두 교감 선생님이 그런 표정을 지었다는 것을 알고 있었고 나와 비슷한 기분이 들었다고 한다. 즉, 그날 반 전체에 뭔가 이상한 분위기가 감돌고 있었다는 말이다. 우리는 예사롭지 않은 일이 일어났음을 민감하게 느끼고 있었다.

그러니 누가 먼저 말을 꺼냈는지 따질 것도 없이, 미쓰코 선생님이 죽은 것 아니냐는 소문이 퍼지기 시작한 것도 어떤 의미에서는 당연한 일이었다. 소문은 3교시 자습 시간부터 나돌기 시작해 4교시가 시작되었을 때는 어느새 사실처럼 자리를 잡았다. 교통사고라는 둥 병으로 죽었다는 둥 제각기 멋대로 떠들어 댄 것은 분명 무서웠기 때문이리라. 할아버지나 할머니의 죽음과 젊은 여선생님의 죽음이 완전히 의미가 다르다는 것쯤은 우리도 잘 안다. 우리는 불안한 나머지 계속 떠들지 않을 수 없었다. 떠들수록 불안이 점점 커져간다는 사실을 알면서도.

점심시간이 되기 전에 교감 선생님이 오후 수업은 없다고 알렸다. 반장 야마나가 재빨리 손을 들고 교감 선생님에게 질문했다. 성격이 시원시원한 야마나는 이런 때에도 결코 머뭇거리지 않는다. 여학생이지만 남학생도 괜히 의지하게 되는 아이였다.

"야마우라 선생님은 왜 쉬시나요? 어디 아프신가요?"

지극히 당연한 질문임에도 교감 선생님은 직설적인 말에 당황한 듯했다. 한 이삼 초 입을 뻐끔뻐끔하다가 정신을 가다듬고 대답했다.

"자세한 사정은 내일 다시 설명해줄게요. 오늘은 급식을 먹고 나서 얌전히 하교하세요."

"어째서 내일인가요? 지금은 설명 못 해주시나요?"

야마나는 끝까지 물고 늘어졌다. 나는 속으로 '잘한다, 잘한다' 하고 야마나를 응원했다.

"야마우라 선생님은 몸이 안 좋으세요. 자세한 사정은 저도 모릅니다."

얼버무리려는 속셈이 훤히 드러나는 말로 교감 선생님은 이 상황을 벗어나려고 했다. 아마나는 그런 대답을 받아들이지 않았다.

"선생님이 돌아가셨다는 소문은 사실인가요?"

"그게 무슨 말입니까!" 교감 선생님은 눈을 부릅뜨고 화를 냈다. 아니, 화난 척한 건지도 모른다. "그런 헛소문은 내지 말도록. 이상."

다음 질문이 날아들기 전에 교감 선생님은 달아나듯이 교실을 빠져나갔다. 문이 쾅 닫히자 우리는 큰 소리로 불만을 터뜨렸다. 어른은 어째서 늘 이럴까.

교감 선생님은 분명 뭔가를 숨기고 있다. 저런 대답을 하면 우리가 더 불안해한다는 것을 왜 모를까. 미쓰코 선생님이 죽었으면 죽었다고 확실히 가르쳐주는 편이 교감 선생님도 훨씬 홀가분할 텐데.

도대체 선생님한테 무슨 일이 일어난 걸까?

2

오후 수업이 남았는데 점심시간이 끝나자 우리 반만 하교하라는 지시를 받았다. 물론 이런 일도 처음이었다. 마지막에 교감 선생님이 한 번 더 와서 허튼짓하지 말고 바로 집에 돌아가라고 주의를 주었지만 순순히 그 말에 따를 기분은 들지 않았다. 나만 그런 것이 아니었나 보다. 집이 가까워서 같이 돌아가던 길에 시바노와 공원에 들러 잠시 시간을 때우기로 했다.

"와, 너무하잖아." 시바노는 벤치에 앉아 하늘을 올려다보며 투덜댔다. "우리가 미쓰코 선생님을 얼마나 걱정하는지도 모르고. 무시하는 데도 정도가 있지."

"뭐 어쩌겠냐." 나는 잔뜩 열을 내는 시바노를 달래려고 부드러운 목소리로 말했다. "어른들은 우리가 아무 생각도 없는 줄 안다니까. 자기들도 옛날에는 아이였으면서. 올챙이 적 생각은 못 한다니까."

"열받아."

반쯤 포기한 내 마음이 전해졌는지 시바노는 목소리를 조금 낮추었다. 쳇, 하고 혀를 차더니 내 쪽으로 몸을 돌리며 말했다.

"무슨 일이 있었던 걸까? 한 시간도 수업을 하지 않다니 너무 이상하지 않아?"

"이상하지. 미쓰코 선생님한테 무슨 일이 생긴 게 틀림없어."

나도 진지한 표정으로 고개를 끄덕였다. 진실을 알고 싶은 마음은 시바노에게 뒤지지 않을 만큼 컸다.

"교감 선생님이 내일 자세한 사정을 알려주겠다고 했잖아.

그 말, 믿어도 될까?"

"글쎄다." 시바노의 물음에 나는 고개를 갸우뚱했다. "영 미덥지 못한데. 설령 큰일이 터졌다 해도 자세한 사정은 절대 알려주지 않을걸. 야마우라 선생님은 사고로 돌아가셨습니다, 그 정도의 설명으로 끝낼 거야."

"뭐야, 그게. 야, 그런 설명을 순순히 받아들일 거야?"

"못 받아들이지. 하지만 어쩔 수 없잖아. 어른들은 중요한 사실을 우리가 모르게 덮어두고 싶어 하니까."

"누구 맘대로!"

저도 모르게 악에 받쳤는지 시바노가 소리를 질렀다. 그러자 그 말에 맞장구치듯 "그러게 말이야"라는 말이 들려와서 우리는 흠칫 놀라 고개를 들었다. 대화에 열중한 나머지 누가 다가오는 줄도 몰랐다.

"정말이지 누구 맘대로."

반장 야마나였다. 그 뒤에는 무라세가 껌딱지처럼 붙어 있었다. 같은 맨션에 살아서 야마나와 무라세가 거의 매일 함께 하교한다는 것은 알고 있었다. 그리고 그 맨션이 우리집 옆이라는 사실도. 즉, 우리 네 사람은 같은 길을 거쳐 하교한다. 돌아가는 길에 공원에 들르면 당연히 야마나와 무라세와 마주친다.

"미쓰코 선생님 이야기 하고 있었지? 엄청 화난 것 같던데."

야마나는 평소와 조금도 변함없는 어투로 그렇게 말하더니 옆 벤치에 앉았다. 무라세는 부끄러운 듯이 이쪽에 고개를 숙여 인사하고 야마나 옆에 앉았다. 또랑또랑한 야마나와는 대조적으로 무라세는 소극적이고 수줍음이 많다. 어떻게 이토록 성격이 다른 두 사람이 사이가 좋은지 신기하지만 아예 다르기 때문에 마음이 맞는 건지도 모른다.

"아, 맞다."

문득 생각이 미쳐 목소리를 높였다. 아무래도 야마나는 우리와 이야기를 하고 싶어서 말을 건 모양이다. 뭐, 당연한 일이다. 나는 바로 야마나를 대화에 끌어들이기로 했다.

"야마나, 너 반장이잖아. 교무실에 가서 정보를 얻어다 주지 않을래? 우리가 가면 아무것도 가르쳐주지 않겠지만 네가 가면 선생님도 뭔가 말해줄지 몰라."

"안 돼, 안 돼." 야마나는 바로 고개를 저었다. "나도 자세한 사정을 알고 싶어서 급식을 먹자마자 교무실에 갔어. 그런데 문전박대를 당했다니깐. 어수선해서 도무지 학생을 상대해줄 만한 분위기가 아니었어. 분명히 뭔가 있어."

야마나는 눈을 반짝이며 단언했다. 이럴 때는 정말로 귀여워 보인다. 실제로 야마나는 입만 다물고 있으면 미소녀라고 불린다. 어깨 언저리까지 기른 생머리가 날씬한 몸매에 잘 어울린다. 그대로 텔레비전에 나와도 손색없을 만큼 이목구비가 단정한 얼굴은, 보고 있기만 할 뿐이라면 불평할 거리가 없다. 보고 있기만 할 뿐이라면 말이다.

반이 바뀐 직후에 야마나의 성격을 잘 모르고 좋아한다고 고백했다가 된통 차인 남자애들이 한둘이 아니다. 야마나가 그 애들한테 어떤 식으로 대했는지는 모르지만 대충 상상은 간다. 냉랭한 시선을 던지며 "그것참 고맙네" 같은 말을 도도하게 내뱉었음이 틀림없다. 그런 식의 대접을 받고도 기꺼워할 만큼 무딘 사람은 없다. 모두 풀이 죽어 맥없이 물러났고, 얼마 지나지 않아 야마나는 무섭다는 소문이 돌았다. 지금은 두려움의 대상인 동시에 남자아이들도 한 수 접고 들어가는 존재가 되었음은 앞서도 언급했다.

덧붙이자면 나는 어렸을 때부터 야마나와 알고 지낸 덕택에 그런 비참한 꼴은 당하지 않았다. 하지만 4학년 때 전학 온 시바노는 야마나의 성격을 알 턱이 없으므로 처음 한동안은 어쩐지 마음이 있었던 것이 아닐까 싶다. 고백했다 차였는지는 본인에게 확인하지 않아서 모르지만.

"흐음." 야마나의 설명에 시바노는 콧숨을 내쉬었다. "이거 원 점점 더 진실이 궁금해지는데. 선생님들은 미쓰코 선생님에 관해서 왜 그렇게 쉬쉬하려는 걸까. 미쓰코 선생님이 죽었다는 소문, 맞는 거 아니야?"

"신경쓰인단 말이야." 야마나도 맞장구를 쳤다. "소문대로 미쓰코 선생님은 정말 돌아가신 것 같지만."

"뭐?"

야마나가 너무나 당연하다는 듯이 이야기하는 바람에 무라세와 우리 세 사람은 놀라서 눈이 휘둥그레졌다.

"어, 어째서? 뭘 근거로 그렇게 생각하는 건데?"

나는 더듬대며 야마나에게 캐물었다. 아무것도 모른다고 했지만 정보를 조금은 얻은 게 아닐까.

"별다른 근거는 없어. 왠지 교무실 분위기가 그렇게 느껴졌을 뿐이지. 하지만 틀림없을걸."

야마나는 사실을 선언하듯이 단호하게 딱 잘라 말했다. 야마나는 늘 이런 식으로 말한다. 그리고 대개는 그 말이 들어맞으니까 무섭다. 나는 야마나의 말을 듣고 역시 미쓰코 선생님은 이미 세상에 없구나, 하고 느꼈다.

미쓰코 선생님이 학생에게 인기가 있었던 이유는 그저 젊고 예뻤기 때문만은 아니다. 뭐랄까, 선생님은 우리 같은 아이들과 눈높이가 똑같았다.

다정한 선생님이라면 미쓰코 선생님 말고도 얼마든지 있다. 아이를 좋아하는 선생님도 많을 것이다. 하지만 그런 선생님들도 어른의 입장에서 우리를 내려다보고 있을 뿐이다. 애들이 하는 짓은 참 귀엽다며 웃음 지으며 보고 있는 것에 불과하다. 물론 실제로 우리는 어리고, 선생님은 어른이니까 어쩔 수 없지만 이따금 그런 태도에 화가 날 때도 있다. 아이도 아이 나름의 자존심이 있다는 사실을 전혀 이해해주지 않을 때. 어리다고 해서 대충 넘어가거나 하나의 인간으로 대접해주지 않으면 나 아니라 그 누구인들 화가 날 것이다. 하지만 미쓰코 선생님은 우리를 결코 그렇게 대하지 않았다.

우리는 분명 어른 눈에는 별것도 아닌 일로 기뻐하거나 슬퍼하는 것처럼 보일 것이다. 하지만 어른에게는 별것 아닌 일일지라도 우리에게는 아주 중요한 일일 수도 있다. 미쓰코 선생님은 그런 일이 있을 때마다 우리와 함께 기뻐하고 슬퍼해주었다. 그저 분위기를 맞추어준 것이 아니다. 그렇게 수박 겉핥기 같은 행동을 하면 우리는 예민하게 알아차린다. 미쓰코 선생님이 인기가 많았던 이유는 언제나 우리 편에 서 있었기 때문이다. 내가 알기로 그런 선생님은 이 세상에 미쓰코 선생님 한 명뿐이다.

만약 미쓰코 선생님이 돌아가셨다면 분명 모두 슬퍼할 것이다. 하지만 그 이전에 그 사실을 숨겼던 다른 선생님들에게 화가 날 것 같다. 미쓰코 선생님은 우리와 끈끈한 인연으로 맺어져 있으니까. 그렇기에 나를 포함해 시바노, 야마나, 분명 무라세도 이렇게 화를 참지 못할 정도로 진실을 알고 싶은 것이다.

"우리끼리 조사해보자."

야마나는 쉽게 말했다. 너무 쉽게 말해서 기가 탁 막혔다. 선생님도 가르쳐주지 않는 일을 초등학생에 불과한 우리가 도대체 어떻게 조사한다는 말이지?

"조사하자니, 어떻게?"

드디어 무라세가 입을 열었다. 말수가 적은 무라세가 끼어들다니 어지간히 놀란 모양이다. 눈을 깜박거리며 야마나의 얼굴을 쳐다보았다.

"부모님을 이용해야지. 우리가 써먹을 만한 정보원은 엄마아빠 말고 없잖아. 정말로 미쓰코 선생님이 돌아가셨다면 당연히 엄마아빠한테 연락이 올 거야. 오늘밤에는 연락망을 통해 이야기가 돌겠지. 그러니까 각자 가능한 한 꼬치꼬치 캐물어서 알아낸 내용을 내일 맞춰보자고. 네 명의 정보를 모으면 무슨 일이 있었는지 대강 드러나지 않겠어?"

"그, 그래. 맞아." 기에 눌린 듯이 시바노가 고개를 세차게 끄덕였다. "듣고 보니 부모님한테 연락이 가는 게 당연해. 반대로 연락이 없다면 걱정할 만한 일이 아니라는 뜻이고."

"그런 셈이지. 연락이 없으면 참 좋겠다만."

야마나는 변함없이 의미심장하게 말했다. 큰 사건이 일어났다고 확신하는 것이다. 야마나의 말을 듣고 시바노와 무라세는 불안한 표정을 지었다. 내 표정도 분명 두 사람과 비슷했을 것이다.

야마나는 태연하게 우리를 둘러보며 내일 방과후에 다시 이 공원에 모이라고 통보한 뒤 집으로 돌아갔다. 나랑 시바노는 야마나의 결정에 순순히 고개를 끄덕였다. 이런 때가 아니라도 야마나의 지시를 거역할 만한 용기는 없다.

요즘 여자는 무서우니까.

3

결론부터 말하자면 야마나의 예상은 백 퍼센트 적중했다. 저녁 6시가 지났을 무렵에 비상 연락망으로 시간이 나는 부모님은 학교로 와달라는 연락이 돌았다. 내가 일찍 돌아온 탓에 무슨 일이 있었음을 일찌감치 눈치챈 엄마는 재빨리 저녁을 준비하고 바로 학교로 향했다. 나는 아빠와 둘이서 텔레비전을 보면서 스튜를 먹었다.

엄마는 늦게 돌아왔다. 족히 한 시간은 학교에 계시지 않았나 싶다. 분명 배가 고플 것 같아 걱정했지만 돌아온 엄마는 저녁은 안중에도 없었다. 흥분한 얼굴로 현관으로 들어오자마자 "신지!" 하고 나를 부르더니 따발총처럼 말을 이었다.

"야마우라 선생님이 돌아가셨대!"

엄마는 내가 놀라서 뒤집어질 줄 알았겠지만 그런 반응은 보이지 않았다. 엄마 말을 들은 순간 '역시 그랬구나' 하고 생각했을 뿐이다. 생각이 얼굴에 드러났는지 엄마는 어리둥절한 표정으로 내 얼굴을 빤히 들여다보며 물었다.

"안 놀라?"

"아니, 놀랐는데……."

"뭐라고!"

아빠의 고함이 내 말을 막았다. 아빠가 거실에서 얼굴을 내밀고 내 몫까지 놀라움을 표현했다.

"야마우라 선생님이라면 신지 담임 선생님이잖아."

"그래. 그 야마우라 선생님 말이야." 마침내 바라던 반응이 돌아와서 그런지 엄마는 기쁜 듯이 대답했다. "젊은 선생님인데 돌아가시다니 얼마나 놀랐는지. 신지 넌 무슨 애가 놀라지도 않니. 쌀쌀맞기는."

"놀랐어. 그런데 선생님은 왜 돌아가셨대?"

정작 중요한 내용은 말하지 않다니 그야말로 엄마다운 화법이었다. 엄마는 이제야 생각났다는 듯이 "아참, 그렇지" 하고 말하더니 침을 삼켰다.

"그게 말이야, 아무래도 살해당했다나 봐."

"살해당했다고?"

이번에야말로 진짜로 놀랐다.

우리는 거실로 자리를 옮겨 엄마한테 자세한 이야기를 듣기로 했다. 사고나 병으로 돌아가셨을 것이라고 철석같이 믿고 있었는데 살인이라니 뜻밖이었다. 잠시 벙하게 있었던 것 같기도 하지만 기억은 잘 나지 않는다. 정신을 차려보니 왠지 의기양양해 하는 느낌마저 들 만큼 흥분한 엄마의 설명을 듣고 있었다.

"선생님이 혼자 살고 계셨다는 건 신지 너도 알지? 선생님은 자기집에서 머리를 얻어맞고 돌아가셨대."

"얻어맞아? 사고는 아니라는 거지?"

보기 드물게 당황한 아빠가 즉시 그 점을 따져 물었다. 엄마는 자신만만하게 "응" 하고 고개를 끄덕였다.

"틀림없는 모양이야. 교장 선생님이 똑똑히 '타살'이라고 했다고."

"어떤 상황에서 발견됐는지 설명 들었어?"

아들의 담임이 죽었다, 그것도 살해당했다면 깜짝 놀라기도 할 테고 흥미도 생기겠지만 아빠 반응은 좀 의외였다. 굳이 따지자면 아빠는 늘 냉정하고 좀처럼 흥분하지 않는 성격이기 때문이다. 하지만 한 번이라도 만난 적이 있는 사람이 살해당하면 평정을 유지하지 못하는 게 당연한지도 모른다. 아빠의 또 다른 모습을 본 기분이었다.

"자세한 이야기는 별로 못 들었어. 교장 선생님도 경찰한테 제대로 된 설명을 못 들은 것 같아. 절도범의 범행 아니겠느냐고 희망적인 관측을 하던데."

"절도범이 뭐야?"

나는 그제야 낮에 야마나와 한 약속이 떠올랐다. 가능한 한 엄마에게서 정보를 얻어내야 한다.

"도둑 말이야. 하지만 잘 들어보니 도둑맞은 물건은 없대. 그러니 도둑놈 소행일 리는 없지."

"묻지 마 살인 같은 걸까?"

아빠가 말을 꺼내기 거북하다는 듯이 되물었다. 내가 있으니까 너무 직접적인 표현은 피했을 것이다. 하지만 나도 아빠가 무슨 말을 하고 싶은지 정도는 안다. 알기 때문에 기분이 침울해졌지만.

"그럴지도 모르지. 아무래도 누군가 창문으로 침입한 흔적이 있었다나 봐. 유리 칼을 사용해 유리를 자르고 창문 자물쇠를 풀었대."

"유리 칼로……."

아빠는 곰곰이 음미하듯이 말을 되풀이했다. 나는 바로 끼어들었다.

"그럼 역시 묻지 마 살인범인 거야? 성범죄자가 선생님을 죽인 걸까."

"글쎄."

시치미를 떼려는지 엄마는 모호하게 대답하며 고개를 갸웃거렸다. 안달이 났다. 좀더 자세하게 가르쳐달라고!

"또 다른 정보는 없어?"

이를테면 범인이 선생님을 덮친 흔적이 남아 있었는지 같은 걸 물어서 이야기를 이어나가고 싶었지만 아무래도 그렇게까지 노골적인 질문은 할 수 없었다. 부모님의 기대에 부응하려니 고생이 이만저만 아니다.

"아, 맞다. 흉기는 선생님 방에 있던 골동품 시계래."

"그렇다면 범인은 처음부터 죽일 작정으로 집에 침입한 건 아니로군."

아빠는 팔짱을 끼고 복잡한 표정을 지었다. 엄마도 "그렇지" 하고 그때까지보다 목소리를 낮추고 고개를 끄덕였다.

"적어도 아는 사람의 범행은 아닌 것 같아. 선생님 지인이 한 짓이라면 얼마나 끔찍한 일이야. 그게 아니라 그나마 다행이야."

"정말로?"

나는 그다지 깊게 생각하지 않고 내뱉었다. 하지만 말한 순간 아주 중요한 지적인지도 모른다는 사실을 깨달았다.

"정말로라니, 그게 무슨 뜻이니?"

엄마가 되물었다. 나는 정리되지 않은 생각을 그대로 입에 담아보았다.

"위장일지도 모르잖아. 밖에서 침입한 것처럼 꾸며서 의혹의 눈길에서 벗어나려고 한 걸지도 몰라."

"뭐야, 그럼 아는 사람의 짓일지도 모른다는 거니? 그런 무시무시한 소리는 그만둬."

"아니, 신지의 말도 일리는 있어." 아빠가 내 의견에 힘을 실어주었다. "당연히 그렇게 볼 수도 있지. 덮어놓고 묻지 마 살인범의 범행으로 단정할 수는 없다고."

"뭐야, 당신까지. 소름 끼치니까 그만해. 선생님은 묻지 마 살인범에게 머리를 얻어맞고 죽은 거야. 딱하지만 그런 거라고."

엄마는 단언하듯이 그렇게 말하고 이야기를 마무리지었다. 나와 아빠는 얼굴을 마주보며 불만에 찬 표정을 지었지만 어쩔 도리가 없었다. 엄마는 이제야 허기를 느꼈는지 냉큼 식사를 하러 가더니 더이상은 자세한 이야기를 해주지 않았다. 엄마가 알고 있는 이야기도 그게 다였을 것이다. 부족하다는 기분을 지우기 힘들었지만 포기하는 수밖에 없었다.

혼자 밥을 먹고 나서 엄마는 여기저기에 전화를 걸어 수다 삼매경에 빠졌다. 물론 화제는 선생님 살해 사건이다. 나는 귀를 최대한 쫑긋 세우고 새로운 정보를 입수하려고 했지만 좀처럼 수확이 없었다. 그러다가 잠이 쏟아져서 침대에 기어들어갔다.

좋아하던 선생님이 죽었다는 소식을 들은 날 밤에도 평소와 다름없이 잠이 오다니 신기했다.

4

다음날도 예상했던 대로 우리 반은 수업이 없었다. 밤에 다시 한번 비상 연락망을 통해 쉬기로 했다는 연락이 왔다. 느닷없이 휴일이 찾아왔지만 기뻐할 기분은 아니었다. 그렇다고 집에 있으려니 마음이 어수선해 어제 약속한 대로 시바노와 야마나, 무라세와 공원에서 만나기로 했다. 내가 전화를 돌려 오전 10시에 모이기로 했다.

약속한 시간에 딱 맞추어 가자 다른 세 명은 이미 벤치에 앉아 있었다. 야마나는 괜스레 시계를 들여다보며 “간신히 지각은 면했네" 하고 말했다. 처음부터 이런 식으로 나오니까 야마나와 말싸움하려는 마음은 아예 들지도 않는다. 나는 "응, 그래" 하고 적당히 대답하고 시바노 옆에 앉았다.

"바로 시작하자. 쓸데없는 이야기를 하고 있을 여유는 없어."

야마나가 우리를 둘러보며 말했다. 야마나가 이야기를 이끌어 가는 것에 이의가 있는 사람은 없는 듯했다.

"역시 미쓰코 선생님은 살해당했어. 당시 상황에 관한 정보는 얼마나 모아 왔니?"

야마나가 이야기의 물꼬를 트자 나와 시바노는 눈을 마주쳤다. 나는 턱짓을 하여 먼저 이야기하라고 재촉했다.

"아마 너희가 들은 이야기랑 별반 다를 바 없을 거야." 시바노는 마치 야마나에게 혼날까 봐 겁을 먹은 것처럼 말을 꺼냈다. "선생님은 머리를 얻어맞았잖아. 우리 엄마는 도둑의 소행이 아니겠느냐고 했어."

"창문이 잘려 있어서?"

야마나가 물었다. 시바노는 반신반의하는 듯한 표정으로 고개를 끄덕였다.

"그렇겠지. 뭐, 상황을 보면 도둑이나 성범죄자를 범인으로 생각하는 게 맞지 않겠어?"

"고미야마는?"

야마나는 내게 이야기를 돌렸다. 나는 가볍게 어깨를 으쓱했다.

"나랑 똑같네. 어젯밤 학부모 모임에서 들은 이야기니까 분명 모두 정보는 똑같을 거야."

이렇게 정보가 적어서야 아무것도 알 수 없다. 그렇게 덧붙이려고 했지만 야마나의 한마디를 듣고 말을 꿀꺽 삼켰다. 야마나는 새침한 얼굴로 "그렇지도 않아"라고 말했다.

"그렇지 않다니, 무슨 뜻이야? 또 다른 정보가 있다고?"

나는 깜짝 놀라서 몸을 앞으로 내밀었다. 야마나는 "응" 하고 고개를 끄덕이고 무라세를 보았다.

"시이 엄마가 정보통인 건 알아? 모르나? 시이 엄마는 시이하고는 전혀 달라서 왁자지껄 이야기하는 걸 좋아하셔. 그 덕에 발이 넓어서 정보도 빨리 들어오지. 자세한 사정은 시이, 네가 직접 설명해."

재촉을 받고 무라세는 수줍은 듯이 웃었다.

"그게, 딱히 엄마 공은 아닌데 말야. 1반에 야마구치라고 있잖아. 야마구치 아빠가 신문기자셔. 우리 엄마랑 야마구치 엄마가 친하거든. 그래서 어제 학부모 설명회에서 들은 내용보다 자세한 정보를 얻은 거야."

"이야. 굉장하다." 시바노는 순수하게 감탄하여 소리를 질렀다. "그렇다는 건 우리가 모르는 정보가 있다는 말이야?"
"뭐, 그렇지."
"우와!"
우리 남자 두 명은 입을 모아 감탄사를 내질렀다. 무라세는 더더욱 수줍어하듯이 얼굴이 빨개졌다. 야마나 혼자 태연했다.
"우리가 모르는 정보가 뭔데?"
시바노가 눈을 반짝였다. 나도 마찬가지였을 것이다. 야마나가 대답하기를 가만히 기다렸다.
"선생님이 돌아가신 상황부터 설명할게." 야마나는 거드름 피우는 기색 없이 신중하게 말을 꺼냈다. "우선 선생님의 사인 말인데, 머리를 얻어맞아서 그렇게 된 건 분명해. 즉사나 다름없었대. 바깥에서 유리 칼로 유리창을 잘라내고 자물쇠를 열었지만 방을 뒤진 흔적은 없었고."
"아, 역시 그렇구나." 어제 엄마가 해준 설명이 떠올라서 끼어들었다. "결국 도둑이 아니라 성범죄자였다는 뜻이야?"
"자자, 기다려봐." 야마나는 차분한 태도로 말했다. "전부 설명할게. 질문은 그다음에. 선생님이 어떤 상태였느냐 하면, 몸에 추잡한 짓을 당한 흔적도 없었대. 우리에게 감춘 게 아니라 정말로 그런가 봐. 그렇지?"
무라세에게 동의를 구하는 말로 마무리했다. 무라세는 말없이 고개를 끄덕였다. 어제 전화로 야마나에게 전부 설명해놓았으리라. 무라세가 야마나 없이 아무것도 못 하는 것은 어제오늘 일이 아니다.

무라세는 늘 야마나와 함께 있는 탓에 빛을 못 보지만 자세히 뜯어보면 상당히 귀엽게 생겼다. 사내아이처럼 옷깃에 닿지 않을 정도로 짧은 머리가 본인의 성격과 전혀 어울리지 않지만, 그런 부조화가 어쩐지 인상적이다. 누구나 처음에는 야마나에게 눈을 빼앗기지만 얼마 지나지 않아 성격을 알고 나면 무라세도 귀엽다는 말을 꺼낸다. 지금은 무라세가 야마나보다 훨씬 남학생에게 인기가 많지 않을까. 무엇보다도 야마나의 겨울 칼바람 같은 성격에 한번 데고 나면 수줍음을 많이 타는 그 성격이 정말로 귀하게 여겨진다. 사실은 나도 야마나와 얼굴을 마주하기보다는 무라세하고 말하는 편이 훨씬 마음 편하다.

"그럼 범인은 성범죄자가 아닌 거야?"

나는 무라세와 야마나를 번갈아 보면서 조심스럽게 물었다. 시바노가 무거운 말투로 입을 열었다.

"아니면 미수로 그쳤다는 뜻이겠지."

미수라. 상상하기 싫었다.

"물론 그럴 가능성은 있어. 선생님은 방에 있던 골동품 시계로 머리를 얻어맞았잖아. 그런데 정말로 얻어맞았는지 아니면 떨어져서 머리에 맞았는지 분명치 않대.”

“떨어졌다고?”

나는 야마나의 설명이 이해가 가지 않아 되물었다. 야마나는 이런 내 반응에 짜증을 내지도 않고 그대로 말을 이었다.

“응. 선생님은 장롱에 기댄 자세로 돌아가셨는데 그 시계는 원래 장롱 위에 놓여 있었나 봐. 선생님이 범인과 몸싸움을 벌이다가 장롱에 등을 대고 주저앉았다. 그 바람에 장롱이 흔들려 운 나쁘게도 시계가 떨어졌다. 하필이면 급소에 맞아 선생님은 그대로 돌아가셨다. 이랬을 가능성도 있는 거지.”

“범인은 죽일 생각이 없었다는 말이구나.”

시바노가 끼어들었다.

“그런 셈이지. 범인이 성범죄자였다면.”

“아아, 그렇지.” 나는 고개를 힘차게 끄덕였다. “범인이 성범죄자라면 말이야.”

“야, 야.” 시바노는 놀란 듯이 나와 야마나의 얼굴을 번갈아 보았다. “무슨 소리야. 그럼 성범죄자가 선생님을 죽인 게 아니라고 생각하는 거야?”

“그런 말은 안 했어. 하지만 성범죄자의 범행이라고 단언할 만한 증거도 없잖아.”

“하지만 유리창을 유리 칼로 잘라냈잖아. 누가 선생님 집에 침입한 건 틀림없다고."

"그야 그렇지. 하지만 그 사람이 성범죄자라는 보장은 없잖니. 처음부터 선생님을 죽일 작정으로 들어갔을지도 몰라."

"뭐라고!"

시바노는 선생님을 죽이고 싶어 한 사람이 있을지도 모른다는 견해에 꽤나 거부감을 느끼는 모양이었다. 이해가 가지 않는 것은 아니다. 나 역시 아무래도 선생님이 남의 원한을 살 만한 사람이라는 생각은 들지 않았다.

"실은 평범한 묻지 마 살인이 아닐 가능성을 보여주는 사실이 있어. 이 사실이 가장 큰 문제가 아닐까 하는데."

야마나는 담담하게 말했다. 드디어 핵심에 다가가는구나 싶어 나는 조금 긴장했다.

"뭐야. 괜히 뜸들이지 말고 빨리 말해."

시바노는 조바심이 난 듯했다. 대조적으로 야마나는 아무런 변화도 없었다.

"선생님은 조금 취했던 모양이야. 어디서 술을 마시고 돌아왔겠지. 그뿐만이 아니라 부검 결과 묘한 게 검출됐대."

"묘한 것?"

"응. 수면제가 검출됐다고 해."

"……그게 다야?"

가슴을 졸이고 있다가 김이 약간 샜다. 선생님이 수면제를 먹는 줄은 몰랐지만 어른이니까 그다지 이상한 일은 아니다. 그게 뭐 어쨌다는 거지?

"고미야마는 별로 놀라지 않은 모양이네. 아아, 맞다. 너네 아빠는 의사시지. 그래서 익숙한가." 야마나는 혼자 말하고 혼자 이해했다.

"평소에 미쓰코 선생님은 수면제를 먹지는 않았다나 봐. 경찰이 아직 조사중인 모양이지만 구십구 퍼센트 틀림없대. 그도 그럴 것이 선생님은 수면제가 든 초콜릿을 먹었거든."

"수면제가 든 초콜릿?"

나와 시바노 둘이 입을 모아 말했다. 야마나가 무슨 말을 하고 싶은 건지 어렴풋이 짐작이 갔다. 이거 아무래도 평범한 묻지 마 살인이 아닌 거 아니야?

"그래. 선생님 방에 먹다 남은 셸 초콜릿이 있었대. 크기는 요 정도쯤이고 속에 걸쭉한 초콜릿이 든 선물 세트야." 야마나는 손가락으로 지름 삼 센티미터쯤 되는 동그라미를 만들었다. "선생님은 그중 두 개를 드셨는데 남아 있던 초콜릿 전부 수면제가 검출됐대."

"즉, 선생님은 스스로 수면제를 먹은 게 아니라 누군가의 꼼수에 넘어간 거구나."

시바노가 뻔한 사실을 굳이 입에 올렸지만 지금은 그렇게 확인해보는 것이 중요했다. 시바노가 말하지 않았다면 나 또한 입 밖에 꺼내어 확인하지 않고는 배길 수 없었을 것이다.

"초콜릿은 택배로 왔다고 해. 낮에 안 계신 선생님을 대신해 연립주택 집주인이 받아뒀대. 그런데 택배를 발송한 사람의 이름이 문제야. 택배가 난조 선생님 이름으로 배달됐다지 뭐야."

"난조 선생님!"

또다시 나와 시바노의 큰 목소리가 하나로 겹쳤다.

5

난조 선생님은 우리 옆 반, 이 이야기의 정보원인 야마구치네 반 담임 선생님이다.

난조 선생님은 서른 살이 넘었지만 아직 미혼이라 미쓰코 선생님을 좋아하는 것 아니냐 3반 사쿠라이 선생님을 좋아하는 것 아니냐 하고 우리끼리 쑥덕거리고 있다. 헬스를 하는지 몸이 울퉁불퉁한 근육질이라 제법 멋있다. 엄격한 편이라 자기 반 아이들에게는 그다지 인기가 없지만 우리 반 여학생들 중에는 난조 선생님을 좋아하는 아이도 적지 않다. 아무튼 이런 상황에서 난조 선생님 이름이 나오다니 의외였다.

"나, 난조 선생님이 어째서 미쓰코 선생님한테 수면제가 든 초콜릿을 보낸 건데?"

시바노는 말을 약간 더듬으면서 야마나에게 물었다. 그런 시바노에게 야마나는 어이없다는 듯이 눈썹을 치켜세우며 대답했다.

"난조 선생님이 초콜릿을 보냈다고는 안 했어. 난조 선생님 이름으로 초콜릿이 배달됐다고 했지."

"누가 난조 선생님을 사칭했다는 뜻이야?"

이 질문은 내가 했다. 야마나는 나를 보고 고개를 끄떡거렸다.

"아마도. 정말로 난조 선생님이 수면제를 넣었다면 자기 이름이 적힌 택배 송장을 남겨두지는 않았겠지."

"야, 야. 그거, 난조 선생님이 범인이라도 이상하지 않다는 뜻이야?"

시바노가 당황한 투로 말했다. 야마나는 약간 울컥한 것 같았다.

"그러니까 아니라고 하잖아. 난조 선생님이 범인이라면 이 세상에 그런 바보가 또 어디 있겠어. 선생님이 그렇게까지 멍청할 리 없지."

"뭐, 그야 그렇겠지."

시바노는 수긍하고 물러섰다. 나는 팔짱을 끼고 초콜릿의 의미를 생각하던 참이었다. 지금까지 가만히 입을 다물고 있던 무라세가 머뭇머뭇 "저기" 하고 말을 꺼냈다. 무라세의 존재를 완전히 잊고 있던 우리는 예상치 못한 발언에 흠칫 놀라 눈을 돌렸다.

"그 부분은 좀 달라. 미쓰코 선생님 집에 난조 선생님 이름이 남아 있었던 게 아니야."

"무슨 말이야?"

야마나의 표정에 처음으로 변화가 생겼다. 아무래도 무라세의 설명이 모자랐던 모양이다. 무라세는 미안하다는 듯이 목을 움츠렸고, 안 그래도 작은 목소리가 더 작아졌다.

"그게, 난조 선생님 이름이 적힌 택배 송장은 현장에서 발견되지 않았어. 난조 선생님 이름은 택배를 맡아둔 집주인이 기억하고 있었을 뿐이야."

"그래?" 야마나는 눈을 동그랗게 뜨더니 나무라는 투로 말했다. "왜 그렇게 중요한 점을 제대로 설명해주지 않은 거야. 그게 핵심이잖아."

"미안해. 할 이야기가 너무 많아서 깜빡했어."

무라세는 겁먹은 토끼처럼 완전히 쪼그라들었다. 야마나는 더이상 몰아붙이지 않고 "뭐, 됐어" 하고 말했다.

"그것 말고는 잊어먹은 이야기 없지? 있으면 지금 말해."

"아마 없을 거야."

무라세는 흠칫흠칫하며 대답했다. 야마나는 그런 무라세를 안심시키려는 듯이 방긋 웃더니 우리 쪽으로 돌아섰다.

"그럼 이야기가 달라지지. 현장에 택배 송장이 남아 있지 않았다면 미쓰코 선생님을 죽인 범인이 가지고 갔을 가능성도 있으니까."

"으엑." 시바노가 귀에 거슬리는 소리를 흘렸다. "역시 난조 선생님이 범인인가. 미쓰코 선생님을 수면제로 미리 재워놓고 방에 숨어들어서 죽인 거겠지?"

"그럴지도 모르지."

야마나는 선선히 인정했다. 시바노는 "으으으으" 하고 신음소리를 되풀이했다.

"난조 선생님이 미쓰코 선생님을 죽였다니. 그, 그럴 수가. 놀라자빠지겠다."

"무슨 소릴 하는 거니." 야마나는 동생을 대하는 듯한 말투로 시바노에게 쏘아붙였다. "그딴 결론은 추리 축에도 못 들어가. 범인이 난조 선생님을 사칭했을 가능성도 있으니까."

"그, 그렇구나. 맞아. 하지만 난 난조 선생님이 수상해."

시바노는 묘하게 확신을 품고 단언했다. 옆에서 듣다 보니 전에 난조 선생님한테 혼난 적이 있는 게 아닌가 하는 생각이 들 정도였다.

"확인하자."

야마나는 대수롭지 않은 일이라는 듯이 가볍게 말하더니 벌떡 일어났다. 나는 어안이 벙벙해져서 야마나를 올려다보았다.

"확인하다니 무슨 수로? 설마 난조 선생님한테 직접 선생님이 죽였느냐고 물어볼 셈은 아니겠지?"

"그 설마야." 야마나는 태연한 얼굴로 대답했다. "적어도 선생님이 초콜릿을 보냈는지 보내지 않았는지는 명확해질 테지."

"그, 그렇겠지."

나도 시바노와 다를 바 없다. 완전히 기가 눌려 연신 고개를 끄덕였다.

"그럼 가자. 슬슬 2교시가 끝날 시간이네. 난조 선생님은 아직 학교에 있을 거야."

말을 마치자 야마나는 우리가 일어서기를 기다리지도 않고 재빨리 공원을 빠져나갔다. 나를 포함한 세 사람은 공주님을 모시는 시종처럼 뒤를 따랐다.

6

우리는 난조 선생님 반이 된 적이 한 번도 없었다. 물론 난조 선생님과 이야기를 해본 적도 거의 없었던 터라 나는 난조 선생님이 무섭다는 소문을 철석같이 믿고 있었다.

그런 나와는 정반대로 야마나는 난조 선생님을 전혀 무서워하지 않는 것 같았다. 미적거리는 우리를 이끌고 성큼성큼 학교로 향했다. 나는 시바노와 이야기를 할 여유도 없이 뒤를 졸졸 따라가다가 교문에 다다라서야 겨우 한숨 돌렸다.

"저기, 야마나 진심일까?"

앞서 걸어가는 야마나에게 들리지 않도록 목소리를 낮추어 시바노에게 말을 걸었다. 시바노는 난감하다는 듯한 얼굴로 대답했다.

"진심이겠지. 난 재가 농담하는 거 본 적 없어."

"그치?"

정말로 한심했지만 무리도 아니라고 나는 자신에게 변명했다. 별수없잖아? 어쩌면 우리는 미쓰코 선생님을 죽인 범인과 마주할지도 모른다. 주눅들지 않는 게 더 이상하다.

뒤에서 이런 이야기를 하는 줄은 전혀 모르고 야마나는 태연히 실내화로 갈아 신었다. 이제 와서 그만두자는 말을 꺼낼 수도 없어서 우리도 마지못해 신발을 갈아 신었다.

1층에 있는 교무실 앞에서도 야마나는 망설이지 않았다. 우리가 마음의 준비를 할 틈도 없이 냉큼 문을 열고 한 발짝 안으로 들어서서 여유로운 태도로 교무실을 둘러보았다.

하지만 곧바로 선생님들에게 바쁘니 나가라는 주의를 받았다. 하지만 야마나는 아무 말도 못 들었다는 듯한 표정으로 "난조 선생님!" 하고 큰 소리로 불렀다.

"무슨 일이니? 난조 선생님은 바쁘시니까 볼일 있으면 나중에 다시 오렴."

문 가까이에 있던 중년 여선생님이 타일렀지만, 야마나는 들은 척도 하지 않고 다시 한번 "난조 선생님!" 하고 불렀다.

"야마우라 선생님에 관해 드릴 말씀이 있어요. 들어주실래요?"

"뭐야?"

난조 선생님이 킹콩처럼 억센 몸을 이끌고 우리에게 다가왔다. 나는 엉겁결에 두세 발짝 뒷걸음질치고 말았다. 그대로 달아나고 싶었지만 여자애를 앞에 두고 그런 추태는 부릴 수 없었다. 침을 삼키고 난조 선생님의 호통이 떨어지기를 기다렸다.

"여쭙고 싶은 게 있어서요. 정말 야마우라 선생님께 초콜릿을 보내셨나요?"

야마나는 서슴없이 말했다. 우와, 간 한번 크다. 나는 그저 뒤에 우두커니 서서 감탄했다. 절대 야마나를 적으로 돌리고 싶지 않다.

"초콜릿?"

정면에서 본 난조 선생님은 상당히 험악한 표정을 짓고 있었다. 아래턱이 발달해 딱딱한 느낌이 드는 얼굴이 눈살을 찌푸리는 바람에 더욱 사나워 보였다. 당장이라도 고함을 지를 것 같아 선생님 얼굴을 똑바로 쳐다볼 수조차 없었다.

그러나 각오한 호통은 들려오지 않았다. 호통을 치기는커녕 난조 선생님은 목소리를 죽여 이렇게 말했다.

"그 이야기, 어디서 들었어?"

"벌써 소문이 돌고 있어요. 선생님께 불리한 이야기가 퍼지기 전에 제대로 설명하시는 게 나을 것 같은데요."

둔감한 건지 배짱이 두둑한 건지 야마나는 난조 선생님이 신경을 곤두세우고 있는데도 전혀 개의치 않는 것 같았다. 반장으로서 맡은 일을 보고하는 것처럼 담담하게 난조 선생님을 몰아붙였다. 난조 선생님은 야마나의 말을 듣고 "끙" 하고 나지막하게 앓는 소리를 냈다.

"일단 밖으로 나가자."

그렇게 말하더니 복도로 나와 뒤로 손을 돌려 문을 닫고는 앞장서서 운동장으로 향했다. 나와 시바노는 숨을 후 내쉬고 선생님과 여자애들을 뒤따라갔다.

7

신을 다시 갈아 신고 운동장으로 나갔다. 난조 선생님은 화가 난 것처럼 뚱하게 입을 다물고 앞서 걸어갔다. 시바노는 아직도 기가 죽어 있었고, 무라세는 당장이라도 울음을 터뜨릴 것만 같았다. 하지만 나는 두려움을 넘어서서 간이 배 밖으로 튀어나온 심정이었다. 에라, 될 대로 되라지.

난조 선생님은 곧장 체육관 옆으로 가서 멈춰 서더니 드디어 우리를 돌아다보았다. 야마나는 천연덕스러운 얼굴로 그 앞에 섰다. 그리고 방금 전에 한 말을 되풀이했다.

"선생님, 정말 야마우라 선생님께 초콜릿을 보내셨어요?"

"어디서 그런 이야기를 들었어?"

시치미를 뗄 작정인지 난조 선생님의 말투는 미묘했다. 이야기가 어디서 나왔는지 확인한다고 해서 초콜릿을 보낸 사실을 인정하는 것은 아니다. 하지만 난조 선생님은 적어도 자기 이름으로 미쓰코 선생님에게 초콜릿이 배달됐다는 사실은 알고 있다. 뭐, 당연히 경찰이 추궁했을 테니 모르는 게 이상하지만.

"부모님들의 정보력은 대단하더라고요. 경찰이 쥐고 있는 사실은 벌써 전부 소문이 나지 않았을까 싶은데요."

맞서는 야마나도 지지 않았다. 오히려 난조 선생님을 주눅들게 만들었으니 한 수 위일지도 모르겠다.

"야마우라 선생님께 초콜릿을 보내셨어요?"

대답을 들을 때까지 몇 번이고 물어볼 작정인지도 모른다. 야마나는 추궁의 고삐를 늦추지 않았다.

"너희한테 대답할 의무는 없어. 쓸데없는 소문을 퍼뜨리지 않도록 단단히 못을 박아두려는 것뿐이다."

난조 선생님은 입매를 일그러뜨리며 무시무시한 표정을 지었다. 그런 표정을 짓자 이목구비가 반듯한 얼굴이 흉악해 보였다. 시바노의 말이 아니더라도 역시 난조 선생님이 범인일지도 모른다는 생각이 들 정도였다.

난조 선생님의 위협에 야마나는 예상치 못한 말로 받아쳤다.

"선생님, 밸런타인데이에 야마우라 선생님한테 초콜릿 받으셨어요?"

"뭐라고?"

너무나 뜻밖의 질문이었나 보다. 난조 선생님은 순간 한 방 얻어맞은 듯한 표정을 짓더니, 이내 그 표정을 지우려고 허둥댔다. 나는 야마나가 무슨 뜻으로 그런 질문을 했는지는 몰랐지만 급소를 정통으로 찔렀다는 것만은 알 수 있었다.

"예의상 주는 초콜릿 정도는 받지 않으셨어요? 야마우라 선생님은 아직 젊으시고 난조 선생님도 미혼이시잖아요. 그다지 이상한 일은 아닐 텐데요."

"그게…… 뭐 어쨌다는 거야?"

아까까지 기세등등했던 선생님의 목소리가 누그러졌다. 나는 두 사람이 무슨 말을 하는지 여전히 이해가 되지 않았지만, 옆에서 듣고 있던 무라세는 "앗" 하고 소리를 질렀다. 뭔가 알아차린 듯했다.

"그저께는 화이트데이였죠. 선생님, 초콜릿의 답례를 하신 것 아닌가요?"

"아아……."

거기까지 듣고서야 나랑 시바노는 겨우 이해했다. 그런 뜻이었구나. 우리 둘은 화이트데이는 물론 밸런타인데이와도 인연이 없었으니 바로 알아듣지 못할 만도 하다.

난조 선생님은 야마나의 사정없는 질문에 못마땅하다는 듯이 인상을 찡그리다가 아무래도 딱 잡아떼기는 힘들겠다 싶었는지 마지못해 고개를 끄덕였다.

"그래. 야마우라 선생님한테 초콜릿을 받았어. 물론 별다른 뜻은 없었고. 그래서 나도 답례로 초콜릿을 보냈지."

"왜 굳이 택배로 보내셨나요? 학교에서 전하면 되는데."

"다른 선생님들 눈이 있으니까. 남들 보는 앞에서 주고 싶지는 않았어."

"수면제가 들어 있어서 다른 선생님한테 들키고 싶지 않았던 것 아닌가요?"

"아니야!" 난조 선생님은 억울하다는 얼굴로 부정했다. "난 수면제 안 넣었어. 초콜릿을 보낸 건 사실이야. 그건 인정해. 경찰에게도 솔직하게 말했어. 하지만 수면제는 절대로 안 넣었다고!"

"경찰은 믿어주던가요?"

"나도 몰라." 난조 선생님은 토라진 것처럼 입을 삐죽거렸다. "믿든 말든 안 한 건 안 한 거야."

"하지만 미쓰코 선생님 방에 남아 있던 초콜릿에는 수면제가 들어 있었어요. 난조 선생님이 넣지 않았다면 어떻게 들어갔을까요?"

내가 끼어들어 물어보았다. 난조 선생님의 상황이 불리해진 틈을 타 공격한 것이 아니라 나도 모르게 의문이 입 밖으로 새어 나왔다.

"몰라." 난조 선생님은 짧게 대답했다. "아무튼 나는 절대 안 넣었어. 내가 넣지 않았으니 야마우라 선생님이 직접 넣은 것 아니겠어?"

"뭐 때문에요?"

"알 게 뭐야! 나도 골치 아파 죽겠다고. 이럴 줄 알았으면 초콜릿을 보내지 말걸 그랬어. 내년부터는 교내에서 초콜릿의 초자도 못 꺼내게 해주마. 알겠나, 내년에는 밸런타인데이고 화이트데이고 없을 줄 알아."

스트레스가 머리끝까지 쌓였는지 난조 선생님은 사건과 상관없는 이야기를 하며 으르렁댔다. 우리가 아무 말 없이 가만히 있자 할말 다 했다는 듯이 냉큼 학교 건물로 돌아갔다. 불러 세울까 했지만 더이상은 물어볼 말이 없을 것 같았다.

"야, 겨우 이 정도로 괜찮겠어?"

잠자코 있던 시바노가 겨우 입을 뗐다. 야마나는 빈정거리듯이 어깨를 으쓱했다.

"어쩌겠어. 더는 아무 대답도 해주지 않을 거야."

나 역시 동감이었다.

8

계속 운동장에 머무르면 다른 선생님들이 곱게 보지 않을 테니 다시 공원으로 돌아가기로 했다. 난조 선생님의 말을 재검토할 필요가 있다고 느꼈기 때문이다.

"난조 선생님의 말, 사실일까?"

공원에 도착하기 전부터 시바노는 난조 선생님에 대해 의혹을 제기했다. 끝까지 난조 선생님 범인설에 매달리고 싶은 모양이었다.

"거짓말이라면 좀더 그럴싸하게 하지 않았을까? 어린애들한테 변명하기가 귀찮았을 뿐인지도 모르지만."

나는 떠오른 생각을 그대로 입에 담았다. 어쩐지 난조 선생님이 적당한 말로 얼버무리려는 것은 아니라는 느낌이 들었다.

"그러게." 야마나가 고개를 끄덕였다. "아무리 생각해도 너무 허술한 변명이야. 우리는 제쳐두더라도 경찰에게 저런 주장이 통할 리 없지."

우리는 공원으로 들어가 아까 전까지 앉아 있던 벤치에 다시 앉았다. 나는 아이들에게 제안했다.

"이렇게 하면 어떨까. 난조 선생님 말은 거짓말일 수도 있고 참말일 수도 있어. 하지만 현재로서는 진위를 확인할 방법이 없잖아. 그러니까 일단 난조 선생님이 진실을 말했다는 걸 전제조건으로 놓고 생각해보지 않을래?"

"참말일 리 없지. 남아 있던 초콜릿에서 수면제가 검출된 건 사실이잖아. 그러니 선생님이 거짓말한 게 뻔해."

"꼭 그렇다고는 볼 수 없어." 나는 시바노의 말에 냉정하게 대꾸했다. "초콜릿이 바꿔치기된 거라면 난조 선생님이 놀라는 것도 당연하지."

"동감이야. 초콜릿이 바뀌었을 가능성을 검증해보자. 그럼에도 절대로 바꿔치기할 수 없다는 결론이 나오면 난조 선생님이 거짓말을 한 셈이지. 그때까지는 고미야마의 제안대로 난조 선생님의 말이 진짜임을 대전제로 놓고 생각하자고."

웬일로 야마나가 내 의견에 찬성했다. 나는 조금 쑥스러웠다.

"바꿔치다니 말도 안 돼. 난조 선생님이 초콜릿을 미쓰코 선생님께 보냈다는 사실을 모르면 바꿔칠 수 없는걸."

시바노는 정색을 하고 주장했다. 시바노는 체육 성적은 아주 좋지만 머리를 굴리는 데는 소질이 없다. 덧붙여 말하자면 나는 시바노보다 공부를 조금 잘하는 반면 체육은 조금 뒤떨어진다. 그 덕분에 오랫동안 친하게 지낼 수 있었던 걸까.

"그러니까 선물을 보냈다는 사실을 아는 사람이 있다면 그 사람이 범인일지도 모르잖아. 그런 사람이 있을지 생각해보자고."

"생각한다고 알 수 있어? 난조 선생님이 누구한테 그런 이야기를 했는지 우리가 어떻게 알아?"

"아무튼 생각해보자." 야마나의 머리에서 김이 피어오르기 전에 내가 끼어들었다. "난 난조 선생님이 선물에 관해 아무한테도 이야기하지 않았을 것 같아. 비밀로 해두고 싶어서 일부러 택배로 보낸 것 아닐까?"

"그야 구린 짓을 할 생각이었기 때문이겠지."

"아닐 가능성도 있어. 난조 선생님은 그저 답례로 초콜릿을 보낸 게 아니었을 수도 있다고. 정말 미쓰코 선생님을 좋아해서 보냈을지도 모르지."

"헐."

시바노가 놀라는 것인지 감탄하는 것인지 모를 이상한 소리를 냈다. 야마나는 내 의견을 어떻게 받아들일까 싶어 슬쩍 살펴보자 제법 감탄한 표정을 짓고 있었다.

"당황하던 모습이 증거일지도 모르겠네. 고미야마, 꽤나 예리한걸."

"아니, 뭐, 그냥."

야마나에게 이런 칭찬을 받기는 처음이라 마음이 싱숭생숭했다.

"그렇다면 초콜릿을 바꿔치기할 만한 기회는 거의 없어. 난조 선생님이 야마우라 선생님께 선물을 보낸다는 걸 알 길이 없으니까."

"응. 그래서 그 점에 관해 생각해봤어."

나는 자신 있게 말했다.

9

“미쓰코 선생님이 살던 연립주택 집주인을 만나러 가자.”

나는 일어서서 모두를 재촉했다. 내 당돌한 말에 시바노와 무라세는 멍청히 입만 떡 벌렸다. 야마나 혼자 기쁜 듯이 씩 웃었다.

“아아, 그렇구나. 그럼 가볼까.”

그렇게 말하고 일어섰다. 시바노는 아직도 상황 파악이 전혀 안 되는 모양이었다.

“무슨 소리야. 집주인이 거짓말을 했을지도 모른다는 뜻이야?”

시바노가 걸음을 옮기는 나와 야마나를 허둥지둥 쫓아왔다. 물론 무라세도 그 뒤를 따랐다.

“거짓말이라니?”

“그러니까 집주인이 거짓말로 난조 선생님 이름을 댔을지도 모른다고 생각한 거 아니야?”

“그게 아니지. 난조 선생님 본인이 초콜릿을 보냈다고 인정했잖아. 집주인이 난조 선생님 이름을 기억하고 있었던 건 의심할 필요 없어."

"그럼 왜?"

"바꿔치기할 기회. 맞지?"

야마나가 옆에서 끼어들었다. 어쩐지 목소리에서 일이 이렇게 진행되어 기뻐하는 듯한 낌새가 묻어났다. 모두 함께 이러쿵저러쿵 추리하는 것이 즐거운지도 모르겠다. 좀 불경스럽기는 하지만 실은 나도 재미있다.

"그래." 설명하는 역할을 빼앗기면 재미가 떨어지므로 나는 황급히 말을 이었다. "난조 선생님이 보내기 전에는 바꿔치기할 기회가 없었을 거야. 집주인이 받은 후에 바뀌쳤다고 봐야겠지. 그렇다면 제일 의심스러운 용의자는 집주인인 셈이야."

"그렇구나!" 시바노는 감탄한 듯이 큰 소리를 질렀다. "고미야마, 너 의외로 머리 좋은데!"

의외라니 말 한번 예쁘게 한다 싶었지만 굳이 입 밖으로 꺼내지는 않았다. 도대체 지금까지 날 어떻게 생각한 걸까?

"동기는?"

야마나가 냉정하게 지적했다. 나는 "글쎄" 하고 고개를 갸웃했다.

"동기야말로 생각해봤자 모를 일이지. 하지만 집주인과 다투었을 가능성도 얼마든지 있잖아? 미쓰코 선생님이 문제를 일으켰을 것 같지는 않지만 어른들 일을 우리가 전부 알 수는 없으니까."

"그렇지. 그 말이 맞아."

야마나는 수긍한 것 같았다. 내 말에 야마나가 순순히 동의하다니 해가 서쪽에서 뜰 일이었다. 오히려 뭔가 다른 생각을 하고 있는 것 아닌가 걱정됐지만, 무덤덤한 얼굴에서는 아무것도 느껴지지 않았다.

그 말을 끝으로 대화는 잠깐 끊겼다. 우리는 묵묵히 미쓰코 선생님이 살던 연립주택으로 향했다. 선생님 집에 가본 적은 없지만 어디 있는 줄은 안다. 여자만 입주 가능하고 겉모양이 예쁘장한 연립주택이다.

십오 분 정도 걸어서 연립주택에 도착했다. 녹색 지붕에 벽은 옅은 분홍색인 동화풍의 건물이었다. 정문에 있는 가구별 우편함을 보니 2층은 전부 빌려주고 집주인은 1층에 살고 있는 모양이었다. 우리는 문을 열고 1층 초인종을 눌렀다.

예, 하는 목소리와 함께 옷차림에 무관심한 듯한 할머니가 나타났다. 머리가 부스스하고 주름이 잡힌 눈가에는 눈곱이 끼어 있었다. 척 보기만 해도 '완고'하다는 감이 팍 오는 인상이었다. 미쓰코 선생님도 힘들었겠다고 생각했지만 물론 입 밖에 내어 말하지는 않았다.

"무슨 일이니?"

집주인은 날카로운 눈으로 우리를 둘러보더니 퉁명스럽게 말했다. 그 말에 대답하듯이 야마나가 한 걸음 앞으로 나섰다. 남자로서 한심하기 짝이 없는 일이지만 이럴 때는 야마나가 나서야 한다.

"저희는 야마우라 선생님 반 학생이에요. 선생님이 돌아가셨을 때의 상황에 관해 좀 여쭙고 싶은데요."

"뭘 말이냐? 난 아무것도 몰라."

집주인의 태도는 아무래도 우호적이지는 않았다. 만만치 않은 상대인 듯한데 야마나는 도대체 어떻게 할 생각일까?

"입주자로서 선생님은 좋은 사람이었나요? 연립주택에 사는 다른 사람들과 문제를 일으키지는 않았고요?"

집주인이 쌀쌀맞게 나왔지만 전혀 개의치 않는 모습이었다. 야마나의 성격은 예전부터 알고 있었지만 이런 일에 맞는 줄은 몰랐다. 장래에 형사가 되는 게 좋지 않을까.

"무슨 말을 하고 싶은 거니? 여기 사는 사람이 야마우라 씨를 죽였다고 생각하는 거냐? 우리도 셋집 사람이 죽어서 이만저만 성가신 게 아니야. 이상한 소문이 나지 말아야 할 텐데."

셋집 사람이라는 말은 처음 들었는데 아무래도 집을 빌려 사는 사람을 가리키는 말인 듯했다. 퉁명스러운 말투였지만 뭐, 집주인으로서는 당연한 반응인지도 모른다.

"할머니는 선생님을 어떻게 생각하셨어요? 입주자로서 선생님은 좋은 사람이었나요?"

야마나는 다시 한번 되풀이해 물었다. 집주인의 속마음을 끌어내고 싶은 것이리라. 그럴 작정으로 왔으니까 끈질기게 묻는 것도 당연하다.

질문을 받고 집주인은 눈을 부라리며 우리를 노려보았다.

"암, 좋은 사람이었지. 학교 선생님이니까 나도 믿고 집을 빌려줬어. 자잘한 일까지 따지면 한도 끝도 없다만, 뭐 괜찮은 편이었지."

"그렇군요. 그럼 한 가지만 더요. 지금까지 선생님 앞으로 온 택배를 자주 맡아주셨나요?"

"그래. 그게 뭐 어쨌는데?"

"선생님이 돌아가신 날도 택배를 맡아주셨죠. 언제 택배를 받아서 언제 선생님한테 전해주셨나요?"

"왜 그런 걸 묻니? 뭐, 말해주마. 시간은 정확하게 기억나지 않지만 4시쯤 됐을 거야. 택배 기사가 맡아달라고 해서 맡아뒀지. 야마우라 씨의 택배만 맡아주는 건 아니야. 집주인이니까 당연히 해야 할 일이지."

"택배 기사가 배달을 완료했다는 안내문을 선생님 집에 남겼나요? 부재중이라 택배를 여기에 맡겨뒀다는 내용이 적혀 있었나요?"

"그래. 늘 그렇게 해."

"선생님께는 언제 전해주셨어요?"

"그날 야마우라 씨는 꽤 늦게 돌아왔어. 10시 넘어서 왔을 거야. 상식적으로 택배를 받으러 오기에는 늦은 시간이 아닌가 했지만, 나도 자고 있지는 않았으니 군소리 없이 건네줬지. 야마우라 씨가 조금 취한 것 같기도 해서 말이야."

"선생님이 직접 받으러 오셨군요."

"응. 그게 어쨌다는 거니? 사건과 무슨 관련이라도 있어?"

"아니요, 특별히 그런 건 아니에요. 그런데 택배에 뭐가 들어 있었는지는 아세요?"

"글쎄다. 택배 송장에는 뭔가 먹을거리라고 씌어 있었는데 거기에 무슨 독이라도 들어 있었니? 아아, 누가 보냈는지 궁금한 거로구나."

"이름을 기억하고 계셨죠. 왜죠? 누가 보냈는지 늘 이름을 확인하세요?"

야마나가 주저 없이 묻자 집주인은 언짢은 표정을 지었다.

"뭐야, 내가 셋집 사람 생활에 간섭하기라도 한다는 거야?

그야 부모님이 애지중지 키운 딸내미들을 맡아두고 있으니 신경이 쓰이지. 하지만 택배를 보낸 사람 이름까지 일일이 기억하지는 않아. 그때는 연예인 같은 이름이라서 우연히 머릿속에 남아 있었을 뿐이야."

난조 선생님의 이름은 다케히코다. 확실히 멋진 이름이기는 하다.

"그렇군요, 잘 알았어요. 실례 많았습니다."

야마나는 고개를 꾸벅 숙여 인사한 후 뒤에 대기하고 있던 우리에게 "가자" 하고 말했다. 죄다 야마나에게 맡겨놓았으니 이제 와서 뭐라고 구시렁거릴 수는 없지만 맥없이 물러나는 것 아닌가 싶었다. 좀더 몰아붙여도 되지 않을까?

하지만 집주인 앞에서 그런 말을 할 수도 없는데다, 야마나가 재빨리 물러나는 바람에 우리도 급히 고개를 숙이고 그 자리를 뒤로했다. 집주인은 웃음기 하나 없는 얼굴로 문을 쾅 닫았다.

10

"야야야, 이 정도로 괜찮겠어? 저 집주인이 범인일지도 모르잖아. 뭔가 좀 찜찜해. 선생님을 죽이고도 남을 느낌이었다고."

연립주택에서 조금 멀어지자 시바노가 주변을 신경쓰면서 말했다. 나는 시바노와 같은 의견은 아니었지만 야마나가 무슨 생각을 하는지 알고 싶었다.

"고미야마의 추리를 대놓고 부정하고 싶지 않아서 잠자코 있었는데, 사실 난 처음부터 집주인은 범인이 아니라고 생각했어."

야마나는 걸으면서 대수롭지 않다는 듯이 그렇게 말했다. 잘못 들었나 싶어 내 귀를 의심했다.

"무슨 소리야? 내 추리에 무슨 허점이라도 있었어?"

"몇 개 있지. 그 허점을 확인하고 싶어서 일부러 집주인을 찾아간 거고."

"예를 들자면?"

야마나의 자신만만한 말투에 나는 불안해졌다. 야마나가 이런 식으로 말할 때 틀리는 경우는 절대 없다. 야마나는 날씨 이야기라도 하듯이 담담하게 말을 이었다.

"첫 번째, 집주인이라면 당연히 여벌 열쇠를 가지고 있겠지. 그렇다면 굳이 유리 칼로 유리창을 잘라내면서까지 선생님 집에 침입할 필요는 없지 않겠어?"

"아아, 그렇구나."

시바노는 간단하게 그 말을 받아들였다. 나는 시바노 때문에 치밀어 오르는 분노를 담아서 반박했다.

"그건 위장일 수도 있잖아. 문이 꼭 잠겨 있는 상태에서 죽으면 여벌 열쇠를 가지고 있는 사람이 제일 먼저 의심받을 테니까."

"그렇지. 그러니까 이건 네 추리를 부정할 결정적인 증거는 아니야. 그런데 네가 완전히 잊어버린 사실이 하나 있거든. 집주인은 사건 당일까지 미쓰코 선생님께 초콜릿이 배달될 줄은 꿈에도 몰랐어. 그러니까 예전부터 선생님을 죽일 작정이었다고 해도 그 초콜릿을 이용할 생각은 택배를 받은 다음에야 했을 거야. 그렇지?"

"뭐, 그렇겠지."

그렇게까지 깊이 생각하지는 않았다. 하지만 그러한 사실로 어떻게 내 추리를 부정하겠다는 걸까.

"그럼 집주인이 범인이라고 가정하고 사건 당일 집주인이 어떻게 생각하고 행동했을지 따져볼까."

야마나는 이해력이 모자라는 우리에게 가르쳐주듯이 우리 표정을 살피며 말했다.

"어떤 이유로 집주인은 예전부터 미쓰코 선생님을 죽이려고 했어. 마침 그때 미쓰코 선생님 앞으로 온 택배를 맡아두었지. 집주인은 택배로 온 먹을거리를 이용하기로 결심했어. 자, 이 시점에서 시간은 4시. 그때부터 계획을 세워 준비하기 시작했다고 치고, 과연 선생님이 돌아오실 때까지 계획을 마무리할 수 있을까?"

"아아." 겨우 이해했다는 듯이 시바노가 소리를 냈다. "어렵겠는데. 그날은 우연히 미쓰코 선생님이 늦게 돌아오셨지만 보통은 저녁 무렵이면 돌아오셔. 그렇다면 준비하기 위해 실질적으로 남은 시간은 한 시간도 안 되지. 그사이에 수면제를 준비해서, 어떻게 초콜릿에 수면제를 넣었는지는 모르겠지만 주사기 같은 걸 사용해서 넣었다고 쳐도 계획을 마무리하려면 시간이 모자라."

반박의 여지가 없었다. 나는 아무 말도 하지 못하고 입을 꾹 다물었다.

"물론 때마침 수면제와 주사기가 가까이 있었을 가능성은 있어. 하지만 그럴 확률은 한없이 낮지. 한발 양보해서 그런 우연이 일어났다고 쳐도 그 할머니가 초콜릿 박스 포장지를 찢지 않고 깔끔하게 열고, 개별 포장된 초콜릿을 뜯어서 주사기로 초콜릿에 수면제를 넣은 후 다시 원래대로 포장할 수 있을까? 눈이 아주 나빠 보이던데."

"지당하신 말씀!" 나는 자포자기해서 소리를 질렀다. "아마나 네 말이 맞아. 나도 집주인을 만나보고 범인으로 몰기는 힘들겠다 싶었어. 하지만 그렇다면 초콜릿을 바꿔칠 기회가 있었던 사람이 없지 않아? 그 점은 어떻게 생각해?"

"음, 그러네." 야마나는 내 질문에 대답하려고 하지 않았지만, 그렇다고 아무 생각도 없지는 않은 듯했다. "바뀌칠 기회가 없었다면 역시 난조 선생님이 수면제를 넣은 걸까. 솔직히 말하자면 그랬어도 별로 이상할 건 없다고 봐."

"응? 무슨 소리야?"

시바노가 화들짝 놀라서 끼어들었다. 나도 야마나의 딱딱한 말투에 조금 놀랐다.

"난 난조 선생님 싫거든."

야마나는 잘못 들을 수 없을 만큼 똑똑히, 단호하게 말했다. 난조 선생님은 여자아이들한테 인기가 좋았던 터라 야마나의 말을 듣고 놀라움이 가시지 않았다.

"왜? 꽤 멋지잖아. 난조 선생님을 좋아하는 애들 제법 많을 텐데. 무라세도 좋아하지?"

시바노가 말없이 뒤를 따라오는 무라세에게 이야기를 돌렸다. 하지만 뜻밖에도 무라세는 고개를 저었다.

"아니. 나도 싫어."

"왜?"

시바노가 정말로 신기하다는 듯이 묻자 무라세는 잠시 망설이다가 대답했다.

"겉과 속이 다른 것 같아서."

"그래." 야마나는 힘을 얻은 듯이 말했다. "난조 선생님은 그런 짓을 하고도 남을 사람이야. 정말로 미쓰코 선생님한테 마음이 있었다면 더더욱."

"무슨 뜻이야?"

야마나의 말이 무슨 뜻인지 이해가 가지 않아 머릿속이 혼란스러웠다. 도대체 야마나는 무슨 생각을 하는 걸까? 설마 우리가 모르는 뭔가를 쥐고 있는 걸까.

"학교에 다시 가볼까. 난조 선생님이랑 느긋하게 이야기를 해봐야겠어."

야마나는 내 질문에 대답하지 않고 그렇게 제안했다. 영문도 모르는 채 나랑 시바노는 그저 고개만 끄덕였다.

11

학교에 가기로 결정하자 야마나의 걸음이 빨라졌다. 이야기를 하다가 난조 선생님에게 확인하고 싶은 일이 떠올랐는지도 모른다. 우리는 야마나에게서 뒤처지지 않도록 열심히 따라가야 했다.

학교에 도착하자 점심시간이었다. 우리 반을 제외한 다른 반 학생들이 차례차례 학교 건물에서 나왔다. 그 흐름을 거슬러 우리는 학교 건물로 들어가 교무실로 향했다.

아침에 왔을 때처럼 야마나가 앞장서서 문을 열었다. 이번에는 우리도 함께 안을 들여다보며 난조 선생님을 찾았지만 눈에 띄지 않았다.

난조 선생님이 어디에 갔는지 물어보려고 해도 선생님들은 모두 바쁘게 전화를 걸거나 다급하게 움직이고 있었다. 선생님이 살해당했다는 이변이 일어난 탓에 정신이 없는 것 같았다.

"무슨 일이니?"

아무도 말을 걸어주지 않아 우두커니 서 있는 우리가 마음에 걸렸는지 선생님 한 명이 그렇게 물었다. 3반 담임 사쿠라이 선생님이었다. 사쿠라이 선생님도 미쓰코 선생님과 마찬가지로 아직 젊다. 미쓰코 선생님만큼 미인은 아니지만 상냥해서 그 반 아이들에게 인기가 많았다. 사쿠라이 선생님은 교무실로 쳐들어온 우리를 혼내려는 기색도 없이, 들고 있던 서류를 책상에 내려놓고 다가왔다.

"난조 선생님 안 계세요?"

야마나가 묻자 사쿠라이 선생님은 걱정스럽다는 듯이 눈썹을 찌푸렸다.

"난조 선생님은 볼일이 있어서 집에 가셨어. 무슨 할 이야기라도 있니?"

"예, 잠깐 뵀으면 했는데. 정말로 집에 가셨나요?"

야마나는 서슴없이 되물었다. 그래도 사쿠라이 선생님은 화내지 않고 고개를 끄덕였다.

"그런데, 왜?"

"예를 들어 경찰에 불려갔다든가."

"어떻게 그걸……."

사쿠라이 선생님은 야마나의 말에 놀란 것 같았다. 야마나의 어림짐작을 거의 인정하고 말았다. 흠, 역시 경찰도 난조 선생님을 의심하고 있었나. 나는 속으로 그렇게 생각했다.

"난조 선생님이 야마우라 선생님께 초콜릿을 보냈다는 사실은 조만간 모두에게 퍼질 거예요."

남의 눈치를 보지 않는 야마나도 이번만은 다른 선생님에게 들리지 않도록 목소리를 낮추었다. 사쿠라이 선생님은 아닌 밤중에 홍두깨라고 말하듯 눈을 똥그랗게 떴다.

"그, 그 초콜릿이 사건이랑 무슨 관련이 있어?"

사쿠라이 선생님은 당황한 빛을 감추지 못했다. 아무래도 초콜릿에 관해 처음 들은 모양이었다.

"글쎄요, 저는 잘 몰라요." 야마나는 천연덕스럽게 시치미를 떴다. "내일 난조 선생님께 직접 물어보세요. 안녕히 계세요."

고개를 꾸벅 숙이고 이만 가자고 우리를 재촉했다. 우리도 사쿠라이 선생님에게 인사를 하고 교무실에서 나왔다. 문을 닫을 때 다시 한번 바라본 사쿠라이 선생님의 얼굴은 불안으로 가득했다. 나는 죄송스러운 마음이 들었다.

"아, 그러고 보니." 신을 갈아 신고 있는데 막 생각났다는 듯이 무라세가 불쑥 말을 꺼냈다. "난조 선생님이랑 사쿠라이 선생님이 사귄다는 소문이 났었는데."

"뭐야, 그게." 시바노가 바로 되물었다. "그런 소문이 났었어? 난 처음 듣는걸."

"응, 뜬소문이 아니라 어쩐지 그럴듯하게 들려서 나도 긴가민가했지. 방금 전의 불안한 얼굴을 보니 진짜일지도 모르겠네."

지금까지 잠자코 있던 무라세도 이런 일에는 한마디 하고 싶어지는 모양이다. 역시 여자는 소문을 좋아하는구나, 하고 쓸데없는 부분에서 감탄했다.

"난조 선생님은 미쓰코 선생님을 좋아하는 거 아니었어? 지금까지 계속 그런 줄 알고 있었잖아."

교문을 빠져나오자마자 시바노가 아무렇지도 않게 말을 툭 던졌다. 확실히 그런 의문을 품을 만도 하다. 만약 난조 선생님과 사쿠라이 선생님이 사귄다면 처음부터 다시 생각해야 한다.

난조 선생님은 어째서 미쓰코 선생님에게 초콜릿을 보냈을까? 역시 예의상 받은 초콜릿에 대한 답례에 지나지 않을까.

"뭐, 그 이야기는 제쳐놓아도 될 것 같아. 지금 문제는 난조 선생님이 보낸 초콜릿에 왜 수면제가 들어 있었느냐는 거야."

야마나가 엉뚱한 방향으로 빠진 화제를 억지로 되돌렸다. 여자라도 연애에 관한 소문을 좋아하지 않는 사람은 있는 모양이다.

"아까 묘한 소리를 했지. 난조 선생님이라면 수면제를 넣었어도 별로 이상할 것 없다고."

머릿속이 혼란스러운지 시바노의 말투에 짜증이 배어 있었다. 나도 물어보고 싶은 말이었다. 야마나는 왜 난조 선생님이 범인이라도 이상하지 않다고 생각하는 걸까? 담임도 아닌데 어째서 난조 선생님에 관해 그렇게 잘 알고 있는 걸까.

"난조 선생님은 여자아이들이 떠받들어주는 걸 좋아해. 자신이 인기 있는 상황을 즐기는 거지. 그런 줄도 모르고 홀딱 빠진 아이도 있지만, 내가 보기에는 어처구니가 없어. 그런 음흉한 남자가 뭐가 좋다고."

야마나는 내뱉듯이 말했다. 개인적인 원한이라도 담겨 있는 것 같은 말투였다.

"야, 네가 난조 선생님을 그렇게 잘 알아? 무슨 일이라도 있었어?"

시바노가 배려라고는 없이 직설적으로 캐물었다. 나는 도저히 그럴 만한 용기가 없다. 조심조심 야마나를 살폈지만 다행히도 화가 나지는 않은 것 같았다.

"난조 선생님은 도서위원회 선생님이기도 하잖아. 그래서 몇 번 접할 기회가 있었을 뿐이야. 잠깐 이야기만 해봐도 그딴 인간의 본성은 바로 꿰뚫어 볼 수 있지."

"그러냐? 잘 모르겠는데."

시바노는 이해해보려는 노력을 내팽개친 것처럼 말했다. 누가 제안하지도 않았건만 우리는 다시 처음에 모였던 공원으로 되돌아갔다.

"그래서 난조 선생님이 범인이라도 이상하지 않다고 생각하는 거야. 초콜릿에 수면제를 넣은 것도 난조 선생님. 목적은 아무리 꾀어도 눈 하나 깜박하지 않는 미쓰코 선생님을 억지로라도 차지하기 위해."

벤치에 앉자 야마나는 우리가 재촉하기도 전에 자신의 추리를 풀어놓기 시작했다. 우리는 잠자코 야마나의 말에 귀를 기울였다.

"억지로라도 차지하다니, 그게 뭐야? 혹시……."

이야기가 어쩐지 망측한 방향으로 흘러가기 시작하는 바람에 나는 말을 끝맺지 못했다. 야마나는 고개를 힘차게 끄덕이고 차마 하기 힘든 이야기를 그대로 이어나갔다.

"그래. 난조 선생님은 흑심을 품고 있었을 거야. 수면제를 넣은 초콜릿을 먹이면 무슨 짓을 해도 모를 거라고 생각했겠지. 그런 다음 적당히 때를 봐서 창문을 자르고 집에 침입했어. 그런데 그날 미쓰코 선생님이 하필이면 집에 늦게 돌아온 탓에 초콜릿을 먹은 지 얼마 지나지 않았던 거야. 때문에 난조 선생님은 수면제가 효력을 충분히 발휘하기 전에 집에 침입하고 말았어. 계산이 어긋났으니 깜짝 놀랐겠지. 이렇게 된 이상 이판사판이다 싶어 힘으로 제압하려 했지만 당연히 미쓰코 선생님은 저항했어. 몸싸움을 벌이다가 미쓰코 선생님은 장롱에 부딪혔고, 떨어진 시계에 머리를 맞아 죽었어. 난조 선생님은 당황해서 자기 이름이 적힌 택배 송장만 가지고 달아났지. 원래 같으면 난조 선생님의 이름이 부각되지 않고 넘어갈 상황이었는데 공교롭게도 집주인이 이름을 기억하고 있었어. 뭐, 이 정도 추리가 맞지 않을까."

야마나는 단숨에 말을 마치고 나서 우리 얼굴을 둘러보았다. 나는 논리정연한 추리에 그저 감탄했다.

"그거, 정답이야! 응, 네 추리가 틀림없어. 야마나 너, 명탐정이구나!"

흥분했는지 시바노의 목소리가 커졌다. 야마나는 별일 아니라는 듯이 어깨를 으쓱했다.

"모순은 없을 거야. 처음에는 택배 송장이 현장에 남아 있었는 줄 알고 난조 선생님이 범인일 리 없다고 생각했지. 아무리 당황했어도 그 정도로 얼간이는 아닐 테니까. 그런데 택배 송장이 현장에 없었다는 사실을 시이한테 듣고 나서 지금 들려준 추리를 완성한 거야. 추리가 좀더 재미있으면 좋겠지만, 뭐 현실은 이런 법이지."

"경찰에 알려주지 않아도 될까?"

"됐어. 경찰이 무슨 바보니. 이 정도야 금세 알아낼걸. 지금 난조 선생님을 불러서 조사하고 있는 모양이고 말이야. 내일이면 체포됐다는 이야기가 들릴지도 모르지."

"그렇구나. 아깝다."

시바노는 쳇, 하고 혀를 찼다. 무슨 뜻인가 싶어 나는 시바노의 얼굴을 쳐다보았다.

"뭐가 아깝다는 거야?"

"야마나가 해결하면 초등학생 탐정이 등장했다며 언론에서 난리를 칠 거 아냐. 그럼 나도 친구라는 명목으로 꼽사리 끼어서 텔레비전에 나올 수 있을 텐데."

시바노는 어느덧 머릿속으로 망상의 나래를 펼쳤는지 먼 곳을 보며 히죽히죽 웃었다. 나는 시바노의 머리를 손가락으로 가볍게 찔렀다.

"꿈도 야무져라. 그렇게 야단법석을 떨어봤자 야마나한테는 귀찮은 일일 뿐이야. 그치?"

동의를 구하자 야마나는 "그렇지" 하고 쓴웃음을 지었다. 무라세가 입을 막고 쿡 웃었다.

12

난조 선생님이 체포됐다는 연락이 오지 않을까 싶어 집에 돌아오고 나서도 가슴이 계속 두근거렸다. 내가 가슴 졸일 필요는 전혀 없지만 사건의 진상을 우리만 안다고 생각하니 긴장됐다. 나는 난조 선생님이 미쓰코 선생님을 죽였다고 믿어 의심치 않았다. 야마나의 추리가 그만큼 설득력 있기도 했지만, 이유는 그 밖에도 있다. 야마나가 난조 선생님의 인성을 폭로하고 나자 나 역시 찜찜한 인상을 지울 수 없었기 때문이다.

그런데 시간이 아무리 흘러도 비상 연락망은 돌지 않았다. 정보통인 무라세 엄마에게도 별다른 소식은 전해지지 않은 모양이었다. 즉, 난조 선생님은 체포되지 않고 집으로 돌아갔다는 뜻이리라. 저녁 먹을 때쯤 되자 나도 긴장이 확 풀렸다.

나는 밥을 먹으며 난조 선생님 이야기를 꺼내보았다. 왜냐하면 무라세 엄마 정도는 아닐지라도 우리 엄마 역시 학부모회의 마당발이라 꽤나 다양한 이야기를 주워듣기 때문이다. 난조 선생님이 정말로 미쓰코 선생님을 좋아했는지, 사쿠라이 선생님과 어떤 관계인지 알고 싶었다.

"엄마, 난조 선생님은 좋아하는 사람 있을까?"

내가 느닷없는 말을 꺼내자 엄마는 눈을 깜빡거렸다.

"갑자기 무슨 소리야?"

"1반 난조 선생님 말이야. 알지? 헬스를 하는지 몸이 제법 좋은 남자 선생님."

"아아, 아아." 엄마는 드디어 생각났다는 듯이 세 번이나 고개를 끄덕였다. "그 선생님 말이구나. 참 인기 많겠더라. 멋지고 젊지 않니. 그런데 그 선생님이 뭐?"

"음, 난조 선생님이 혹시 미쓰코 선생님을 좋아한 게 아닐까 해서."

"미쓰코 선생님을? 왜?"

"왜냐니……." 뜬금없이 질문이 돌아오자 답변이 궁했다. "둘 다 결혼도 안 했고 미남에 미인이니까 잘 어울리잖아. 그런데 미쓰코 선생님이 돌아가셔서 슬프지 않을까 해서."

"어머, 하지만 난조 선생님은 미쓰코 선생님이 아니라 3반 선생님이랑 사귄다는 이야기를 들었는데."

"3반 선생님이라면 사쿠라이 선생님?"

"그래, 그래. 그 사람."

선선히 인정했다. 엄마도 아는 일이었나 싶어 나는 새삼스레 놀랐다. 몰랐던 사람은 나랑 시바노처럼 그런 쪽 소문에 둔감한 남자아이들뿐이었던 걸까.

"그거 정말이야?"

"글쎄." 엄마는 고개를 갸우뚱했다. "소문이니까 정말인지 아닌지는 모르지만, 두 사람이 같이 걸어가는 모습을 봤다는 이야기도 있었어. 사귄다고 해도 그리 놀랄 만한 일은 아니겠지."

"그렇구나……."

그럼 난조 선생님은 사쿠라이 선생님과 사귀다가 미쓰코 선생님으로 상대를 갈아타려고 한 걸까. 으음, 점점 더 용서가 안 되는데. 경찰은 빨리 체포하지 않고 뭘 하는 걸까.

"그런 건 아무래도 상관없지만, 새 선생님은 언제쯤 오시려나. 교감 선생님이 계속 수업을 봐주실 수도 없을 텐데."

엄마는 내가 왜 그런 말을 했는지도 모르고 진저리가 날 만큼 현실적인 이야기를 꺼냈다. 내일부터 얼마간 교감 선생님이 수업을 진행하기로 했다. 서둘러 새 선생님을 찾으려고 애를 쓰는 모양이지만 찾기가 쉽지는 않을 것이다. 어쨌거나 학생들은 미쓰코 선생님을 죽인 범인이 붙잡히지 않는 한 공부가 눈에 들어올 리 없다. 그렇다고 해서 난조 선생님이 체포되기라도 하면 학교는 지금보다 더 어수선해지겠지만.

"뭐 어때. 차라리 이대로 계속 쉬면 좋겠다."

반쯤 농담으로 그렇게 말하니 엄마는 진짜로 알아듣고 미간을 찌푸렸다.

"얘도 참 태평한 소리는! 내년에 중학교 입학시험을 치르면서. 아빠처럼 의사가 되려면 지금부터 공부를 열심히 해야지."

누가 교육열 높은 엄마 아니랄까 봐 잘도 그런 소리를 한다. 정말이지 요즘 이런 엄마도 드물 거다. 뭐, 나도 장래에 의사가 될 생각이니 뜻을 거스를 마음은 없지만.

"아빠는 오늘도 늦어?"

불리한 상황에 처한 것 같아서 이야기를 억지로 돌렸다. 엄마는 기분이 약간 상한 것 같았지만 하는 수 없다는 듯이 내 질문에 대답했다.

"또 학회 준비로 회의를 한대. 의사는 환자만 잘 봐서는 안 되는가 보다."

"그렇구나."

아빠는 개업의가 아니라 대학병원 의사라서 회사원과 다를 바 없다. 일 때문에 늘 귀가가 늦다. 내 눈에는 엄마가 조금 쓸쓸해 보였지만 그래도 내가 의사가 되었으면 하는 모양이다. 엄마 마음은 복잡한 법이다.

"요즘 이 부근에 강도가 출몰한다는데 무섭게 자꾸 늦게 들어오네. 신지 너도 문단속에는 신경쓰렴."

엄마는 불안한 듯이 그렇게 말했다. 나는 순순히 고개를 끄덕였지만 뭔가 마음에 살짝 걸렸다. 강도라는 말을 듣자마자 어쩐지 그냥 넘어가기엔 기분이 떨떠름했다.

밥을 먹고 목욕을 하는 동안에도 엄마 말이 머리 한구석에서 고개를 꼿꼿이 쳐들고 있었다. 강도, 강도, 하고 마음속으로 중얼거려보았다. 나 스스로도 뭐가 마음에 걸리는지 알 수가 없었다. 미쓰코 선생님 사건과 관련이 있다는 것만은 분명했지만.

침대에 눕고 나서도 이런저런 생각을 너무 많이 한 탓에 좀처럼 잠이 오지 않았다. 난조 선생님의 성격, 사쿠라이 선생님과 난조 선생님 사이에 얽힌 소문, 미쓰코 선생님에게 배달된 초콜릿, 화이트데이, 그리고 강도. 그런 정보가 머릿속을 맴돌다 여기저기서 부딪혀 달라붙었다가 떨어지면서 묘한 형태로 자리를 잡기 시작했다. 나는 스스로 내린 결론에 경악했다.

13

다음날 조례 시간에 드디어 미쓰코 선생님이 돌아가셨다는 사실이 전교생에게 전달되었다. 자리에 있던 모두가 이미 그 이야기를 알고 있었기 때문에 놀라는 사람은 하나도 없었다. 혹시 누가 울지는 않을까 했지만 뜻밖에도 조례 시간은 조용히 흘러갔다. 교장 선생님의 허울만 좋은 설명에 모두 어이가 없었던 탓이리라. 일 분간 묵념을 마지막으로 거짓말로 얼룩진 조례가 끝이 났다.

1교시부터 교감 선생님이 시간표대로 수업을 진행했다. 오랜만에 학생들 앞에 서서 가르치는 탓인지 교감 선생님은 우리 눈에도 얼어붙은 것처럼 보였다. 조금 빠른 말투로 교과서를 그대로 줄줄 읽어나가다가 끝난 듯한 느낌이었다.

그래도 2교시 이후로는 예전 감각이 되돌아왔는지 그나마 수업다운 수업을 받았다. 이렇게 시간을 보내며 우리는 죽은 미쓰코 선생님을 잊어갈 것이다. 그렇게 생각하자 미쓰코 선생님이 조금 불쌍해졌다. 생각해보면 나까지 포함해 탐정 흉내를 낸 네 명 중 선생님을 위해서 운 사람은 한 명도 없다. 우리에게 미쓰코 선생님은 도대체 어떤 존재였을까?

점심시간이 되어도 식욕이 별로 없었다. 시바노가 그 사실을 눈치채고 "무슨 일 있어?" 하고 걱정해주었지만 나는 모호하게 얼버무렸다. 이렇게 사람이 많은 곳에서 꺼낼 만한 이야기가 아니다. 잠시 후에 옥상으로 가자고 하자 시바노는 뭔가 알아챈 듯이 잠자코 고개를 끄덕였다.

급식을 다 먹고 "가자" 하고 시바노를 재촉했다. 시바노는 내가 무슨 이야기를 하려는지 알고 있는 것 같았다. 야마나와 무라세는 어떻게 할 거냐고 묻기에 망설이다가 결국 부르기로 했다. 추리는 될 수 있는 한 여러 사람이 들어주는 편이 낫다. 가능하다면 누가 내 생각을 부정해주기를 바랐다.

넷이서 옥상으로 올라가 다른 사람들과 떨어진 곳에 자리를 잡았다. 내 표정을 보고 야마나가 제일 먼저 입을 열었다.

"새로운 생각이라도 떠올랐어?"

"응. 미안하지만 들어줄래?"

그렇게 말하자 세 사람은 당연하다는 듯이 고개를 끄덕였다. 나는 무거운 기분을 떨쳐내고 이야기를 시작했다.

"최근 우리집 근처에 강도가 출몰한다고 해. 그런 이야기 못 들었어?"

"들었어. 그게 무슨 문제라도 돼?"

"그 강도, 미쓰코 선생님 사건과 아무런 관련도 없을까?"

"뭐? 강도가 선생님을 죽였을지도 모른다는 말이야? 그럼 초콜릿에 든 수면제는 어떻게 되는데?"

아마나가 당연한 반박을 했다. 나는 머리를 약간 숙이고 고개를 저었다.

"그게 아니야. 강도는 선생님이 돌아가신 후에 침입한 게 아닐까. 집의 불은 선생님을 죽인 범인이 끄고 갔겠지. 그래서 강도는 집안에 아무도 없는 줄 알았어. 그런데 들어가보니 선생님 시체가 있어서 깜짝 놀라 아무것도 훔치지 않고 달아난 거야."

"어째서 그렇게 단언할 수 있어? 유리창을 유리 칼로 자른 건 살인범이 아니라 강도라고 말하고 싶은 거지?"

"그래. 요즘 나타난다는 강도도 그런 수법을 쓴대. 그러니까 강도가 유리창을 잘랐다고 봐도 좋지 않을까? 난조 선생님이 잘랐다면 오히려 이미지에 맞지 않는다는 생각이 들지 않아? 덩치가 산만 한 선생님이 유리 칼로 유리창을 자르고 집에 침입하다니."

"이미지만으로는 근거가 불충분해. 강도가 붙잡혀서 미쓰코 선생님 집에도 들어갔다고 자백하지 않는 한."

"그렇지. 하지만 반대로 말하면 난조 선생님이 유리창을 잘랐다는 증거도 없잖아. 그렇다면 지금부터 내가 펼칠 추리도 어쩌면 성립할 가능성이 있어."

"좋아, 말해봐."

야마나는 수긍하고 물러났다. 나머지 두 사람은 우리 대화에 압도당했는지 쥐죽은듯이 조용하게 있었다. 나는 서둘러 이야기를 꺼냈다.

"유리창을 자르고 집에 침입한 사람은 살인범이 아니라고 치자. 그렇다면 범인은 도대체 어디로 침입했을까. 대답은 하나, 침입하지 않았어. 미쓰코 선생님이 직접 문을 열어주었으니까."

"난조 선생님이랑 그만큼 가까운 사이였다는 뜻이야?"

드디어 시바노가 입을 열었다. 나는 고개를 저었다.

"아니. 그런 관계였다면 굳이 초콜릿에 수면제를 넣을 필요도 없었겠지. 난 난조 선생님이 초콜릿에 수면제를 넣은 게 아니라고 생각해."

"그럼 누군데?"

"물론 미쓰코 선생님을 죽인 범인이지." 나는 단정했다. "난 크게 착각하고 있었어. 초콜릿에 수면제를 넣을 기회가 있었던 사람은 집주인 한 명이 아니야. 범인에게는 당연히 그럴 기회가 있었겠지."

"어째서? 난조 선생님 말고는 기회가 있었던 사람이 없잖아. 그런데도 난조 선생님이 범인이 아니라는 거야?"

"그래. 이렇게 생각해보면 어떨까. 범인은 초인종을 누르고 당당하게 집에 들어갔어. 미쓰코 선생님도 그 사람을 전혀 경계하지 않았지. 집에 들어간 범인은 틈을 보아 초콜릿을 바꿔쳤어. 미리 준비해둔 수면제가 든 초콜릿으로."

"……뭐?"

시바노는 무슨 말인지 이해가 가지 않는 모양이었다. 무라세는 불안한 듯한 표정으로 나를 쳐다보았다. 나는 한 번 더 자세하게 설명했다.

"범인은 처음부터 미쓰코 선생님을 죽일 작정으로 찾아간 거야. 선생님이 저항하지 못하도록 초콜릿에 수면제를 넣은 거고. 즉, 범인은 미쓰코 선생님이 수면제를 먹어서 정신이 몽롱한 상태가 아니고서는 죽일 자신이 없었던 거지."

"그럼 범인은 여자?"

야마나가 물었다. 나는 고개를 끄덕했다.

"맞아. 여자가 범인이라는 가설은 지금부터 하는 이야기로도 증명돼. 범인은 어떻게 난조 선생님이 보낸 초콜릿을 바꿔칠 수 있었을까? 그도 그럴 게 미리 준비하려면 난조 선생님이 어떤 초콜릿을 보냈는지 알아야 하잖아. 난조 선생님이 보낸 초콜릿과 완전히 똑같은 초콜릿을 사서 속에 수면제를 넣어서 가져가야 하니까. 그렇게 생각하면 포장은 어떻게 했느냐는 문제도 해결되지. 가게에서 포장해주는 포장지는 어떻게든 한다고 해도 원래 초콜릿 상자를 감싸고 있는 셀로판 포장지는 아마추어가

손댈 수 있는 물건이 아니잖아. 하지만 미쓰코 선생님은 범인이 꼼수를 부렸다는 걸 눈치채지 못하고 수면제가 든 초콜릿을 먹었어. 선생님 집에 배달된 초콜릿에 꼼수를 부린 게 아니라 포장을 뜯은 후에 바꿔쳤기 때문이야."

"그렇구나."

시바노가 감탄한 듯이 고개를 끄덕였다. "그래서?" 하고 야마나가 이야기를 재촉했다.

"그래서 말인데, 범인은 난조 선생님이 어느 회사 초콜릿을 보냈는지 알고 있었던 거야. 아마 지금까지 자신도 똑같은 초콜릿을 몇 번이나 받은 적이 있었기 때문 아닐까. 난조 선생님은 사귀는 여자에게 늘 똑같은 초콜릿을 준 거야. 그래서 범인은 자신에게서 멀어진 난조 선생님이 미쓰코 선생님에게 어떤 초콜릿을 보냈는지 예상할 수 있었던 거지."

"난조 선생님과 사귀던 사람……?"

시바노가 머뭇머뭇 눈치를 보며 물었다. 나는 고개를 끄덕이고 그 이름을 내뱉었다.

"사쿠라이 선생님이야."

한순간 답답한 침묵이 감돌았다. 이야기의 흐름으로 미루어 분명히 예상은 했을 것이다. 그래도 직접 그 이름을 듣고서 모두 정신이 아찔했음이 틀림없다. 나도 이렇게 충격을 받은 적은 없었다.

"과연." 침묵을 깬 사람은 역시 야마나였다. "질투 때문에 사쿠라이 선생님이 미쓰코 선생님을 죽였다는 말이구나. 그럴듯한 결론이야."

여느 때와 같이 단정적인 말투였다. 나는 그 말을 듣고 내 추리가 틀리지 않았다고 확신했다. 야마나에게 인정받았으니 틀렸을 리 없다.

"그래서, 어떻게 할 건데? 경찰한테 말할 거야?"

야마나는 어제 자신이 받은 질문을 그대로 내게 되돌려주었다. 나는 힘없이 고개를 저었다.

"말 안 해. 어린애가 하는 말을 경찰이 잘도 믿겠다. 그리고 난 사쿠라이 선생님을 경찰에 찌르고 싶지 않아. 나쁜 건 난조 선생님이니까."

"그렇지." 야마나는 선선히 고개를 끄덕였다. "난조 선생님에게 정말로 죄가 없다면 경찰도 체포하지는 않을 거야. 내버려둬도 별 탈 없겠지."

"나도…… 그렇게 생각해."

무라세가 처음으로 입을 열었다. 나는 무라세에게 고개를 끄덕이고 나서 시선을 돌려 운동장을 보았다. 운동장에서는 아무 일도 없었다는 듯이 하급생들이 피구를 하고 있었다. 지금으로서는 그 천진난만함이 부럽기 그지없었다.

"그럼, 이것으로 끝." 시바노가 이 자리의 분위기에 어울리지 않게 밝은 목소리로 말했다. "탐정 놀이 제법 재미있었어. 의외의 범인 찾기라고나 할까? 하지만 탐정 놀이는 놀이에 불과해. 조만간 묻지 마 살인범이 붙잡혀서 사건이 마무리되겠지."

시바노는 "먼저 갈게" 하고 손을 흔들며 계단으로 향했다. 야마나와 무라세는 잠시 서 있다가 어느 틈엔가 사라졌다. 홀로 남은 나는 운동장을 가만히 바라보았다.

이제 곧 3학기도 끝난다. 다음달부터는 나도 6학년이다. 처음으로 맛본 쓰디쓴 기분도 봄이 되면 분명 잊어버릴 것이다.

Scene 2

가면의 이면

1

“도대체 어떻게 된 건가요, 형사님.” 나는 눈앞에 앉아 있는 남성 패션 잡지에서 빠져나온 듯한 남자를 향해 물었다. “자세하게 설명해주실 거죠?”

“하하하하하.”

내 질문에 남자는 메마른 웃음으로 답했다. 태어나서 지금까지 충치가 생긴 적은 한 번도 없었다고 자랑스러워할 만큼 새하얀 이가 입술 사이로 보였다. 이렇게 모델 같이 생긴 사람이 나올 줄은 경찰서에 들어설 때까지 상상도 못했다. 불경스럽기는 하지만 경찰 조사도 나쁘지만은 않구나 싶었다.

“도대체 같은 설명을 몇 번이나 했을까요. 이제 헤아리기도 귀찮습니다."

형사는 꾹 다문 입을 삐죽하며 우스꽝스러운 표정을 지었다. 그런 표정을 지어도 단정한 외모의 가치는 조금도 떨어지지 않았다. 이 사람은 자신의 외모가 여자에게 주는 효과를 잘 알고 있는 게 아닐까 하는 생각이 문득 들었다. 경박해 보이는 겉모습과는 달리 속에는 능구렁이가 똬리를 틀고 있을 것이다. 형사니까 당연히 보통내기는 아니겠지만.

"그게 일이잖아요. 저도 일부러 시간을 내어 이렇게 왔으니 그 정도 서비스는 받을 만한 것 같은데요."

자세한 설명을 들을 때까지는 절대로 물러나지 않겠다는 태도를 분명히 했다. 대충 얼버무려서는 찜찜한 마음이 가시지 않는다. 동료의 죽음에 관련된 사건이기 때문이다. 내게는 경찰이 파악한 사실 전부를 알 권리가 있다.

"아이고, 누가 설명 안 해드린다고 했습니까. 뭐든지 말씀드리죠, 말씀드릴 수 있는 범위 안에서요."

형사는 포기한 듯이 어깨를 으쓱했다. 그런 몸짓도 화가 날 만큼 멋있다. 이 사람, 직업을 잘못 선택한 것 아닐까.

"대강은 교장 선생님께 설명해드렸는데요. 물론 들으셨죠?"

"예, 들었어요. 야마우라 선생님이 살해당했다는 건요."

"그 밖에 뭘 알고 싶으신데요?"

"전부요."

딴청을 부리는 건지, 정말로 모르는 건지 얼굴만 봐서는 판단이 되지 않았다. 표정은 풍부하지만 속내는 전혀 드러나지 않았다. 포커를 하면 분명히 잘할 것이다. 이것이 이 형사의 무기일까.

"교장 선생님은 야마우라 선생님이 살해당했다는 말씀밖에 안 해주셨어요. 그 정도의 설명만 듣고 애가 타지 않을 사람이 어디 있겠어요."

나는 날카로운 말투로 따졌다. 실제로 나는 아무것도 몰랐다.

"그런가요? 제대로 설명했는데."

형사는 요란스레 탄식하더니 "알겠습니다" 하고 고개를 끄덕였다.

"뭐든지 물어보시죠. 솔직히 대답하겠습니다."

의자 등받이에 몸을 맡기고 "자" 하고 서글서글한 얼굴로 재촉했다. 형사가 그렇게 편안한 자세를 취하자 싸구려 응접 세트도 이십 퍼센트 정도 훌륭해 보이니 신기한 일이다. 역시 이 사람은 패션모델을 하는 편이 낫겠다.

나는 형사를 바라보며 머릿속으로 오늘 아침부터 펼쳐진 혼란스러운 상황을 정리했다. 평소와 다름없는 아침을 맞이했는데도 오늘은 지금까지 단 한 번도 경험해본 적 없을 만큼 끔찍했다. 아마 인생 최악의 날로 기억될 것이 분명한 오늘 하루는 아직도 끝나지 않았다.

끔찍한 하루는 한 통의 전화로 시작됐다. 나는 마침 집을 나서려다 귀찮음을 억누르고 수화기를 집어 들었다. 전화를 건 교감 선생님의 목소리는 딱할 만큼 떨렸다. "단단히 각오하고 들으세요"라고 교감 선생님은 되풀이해 말했지만 당신부터 침착함을 잃은 상태였다.

하지만 용건을 듣고 나니 그러는 것도 무리가 아니었다. 야마우라 선생이 죽었다. 아무래도 자기집에서 살해당한 모양이다. 그런 이야기를 듣고 차분함을 유지하는 편이 더 이상하다.

허둥지둥 학교로 달려갔지만 자세한 사정은 베일에 싸여 있었다. 경찰이 교장 선생님에게 설명했다고는 하지만 그 내용이 우리 교사들에게까지 전해지기를 기다릴 여유는 없었다. 동료가 죽었다고는 하나 우리에게는 학생이 있다. 혼란에 빠진 학생들을 진정시키고 여느 때와 다름없이 수업을 진행해야 할 의무가 있다. 나는 아무것도 모른 채 오전 수업을 마쳤다.

점심시간에 급식을 먹고 나서야 교장 선생님이 사정을 설명해주었다. 하지만 교장 선생님 역시 아무것도 모르는 모양이었다. 야마우라 선생은 틀림없이 살해당했다는 것, 머리에 타격을 받아 죽었다는 것, 범인은 아직 밝혀지지 않았다는 것밖에 교장 선생님은 말해주지 않았다.

교장 선생님은 경찰이 교직원들에게도 자세한 이야기를 듣고 싶어 한다고 설명했다. 학교에서 조사할 수는 없으니 가능하면 방과후에 경찰서로 와주기를 바란다고 했다. 살인 사건 때문에 경찰서에 가다니 그다지 내키지 않았지만, 학교에 경찰을 불러들일 수도 없다. 경찰이 이쪽 사정을 고려해 그런 요구를 했음은 이해가 갔다.

나는 그 요구에 응하여 지금 여기에 있다. 텔레비전 드라마에 자주 나오는 취조실로 데려갈 줄 알았는데 평범한 응접실로 안내받았다. 경찰서에도 응접실이 있구나 싶어 괜히 감탄했다. 여경이 차를 날라 오는 것까지 일반 기업과 비슷했다.

그후 단정한 외모의 형사가 와서 내 앞에 앉았고, 그 뒤쪽에 형사라고 얼굴에 씌어 있는 듯한 매서운 인상의 남자가 자리를 잡았다. 매서운 인상의 형사는 아까 전부터 접이식 의자에 앉아 한마디도 하지 않았다. 번거로운 것은 젊은 축에게 맡기고 자신은 떡이나 먹기로 한 모양이었다. 나 역시 무섭게 생긴 아저씨보다는 젊고 잘생긴 남자와 이야기를 하는 게 속 편했다.

“야마우라 선생님은 발견됐을 때 어떤 상태였나요. 머리를 얻어맞아 죽었다고 들었는데요.”

나는 무난한 질문부터 꺼냈다. 이야기를 진행하려면 그것부터 확인해야 한다.

"타격으로 인한 두부 손상이 사인입니다. 급소를 맞았는지 즉사였습니다. 흉기는 피해자의 방에 있던 탁상시계고요. 시계 받침대가 직사각형 모양인데, 모서리가 뾰족합니다. 그 모서리에 머리를 맞았습니다."

형사는 술술 대답했다. 하지만 내가 정말로 원하는 대답은 꺼내려 하지 않았다. 둔감한 걸까 심보가 고약한 걸까. 도무지 형사의 성격을 종잡을 수가 없었다.

"저기…… 야마우라 선생님 몸에 이상이라고 할까 다른 상처는 없었나요?"

"아아, 몹쓸 짓을 당한 흔적이 있었느냐는 말씀이군요."

비로소 알아차렸다는 듯이 형사는 힘주어 고개를 끄덕였다. 하지만 진짜 그렇다는 보장은 없다. 몸짓 하나하나에 연기처럼 보이는 위화감이 어려 있었다. 마치 연예인의 눈물처럼 진실미가 없었다.

"안심하세요. 아무 짓도 당하지 않았습니다."

"아아……. 그런가요."

안심하라는 말에 순순히 반응하려니 썩 내키지는 않았지만 같은 여자로서 안심이 되었다. 몹쓸 짓을 당한 끝에 살해당했다면 너무나 가엽다. 그렇지는 않다니 그나마 다행이다.

야마우라 선생은 여자인 내가 보기에도 사랑스러웠다. 남자가 보면 그 매력은 더더욱 강렬하게 다가왔으리라. 집에서 죽었다는 말을 듣고 바로 성범죄자에게 습격당했을 가능성을 떠올렸다. 혼자 사는 여자에게 성범죄자는 가장 무서운 존재다. 야마우라 선생이 살해당했다면 범인은 성범죄자 말고는 생각할 수 없었다.

그런데 아무래도 그렇지 않은 모양이었다. 안심하기는 했지만 새로운 의문이 솟아올랐다. 그럼 도대체 누가 야마우라 선생을 죽였다는 거지?

야마우라 선생은 귀여운 외모와 마찬가지로 내면도 귀여운 여자였다. 너무나 귀여워서 이따금 깨물어주고 싶을 정도였다. 누가 그런 사람을 죽이고 싶어 할까. 야마우라 선생을 미워하는 사람이 있다니 도저히 상상이 가지 않았다.

"선생님은 자기집에서 살해당했죠. 현관문은 어떤 상태였나요?"

"열려 있었습니다. 체인은 물론 자물쇠도 채워져 있지 않았어요."

"억지로 연 흔적은요?"

"별달리 없었습니다."

"그럼 야마우라 선생님이 직접 연 걸까요? 범인은 안면이 있는 사람이라는 뜻일까요?"

"그렇다는 보장은 없죠. 유리창이 잘려 나갔습니다. 유리 칼로요."

"유리 칼요?"

뜻밖이랄까, 오히려 과연 그렇구나 하고 고개를 끄덕이게 되는 사실이었다. 역시 범인은 억지로 야마우라 선생의 집에 침입한 걸까. 야마우라 선생이 목적이 아니었다면 범인은 단순한 강도였을까. 그렇다면 그나마 이해가 간다.

"강도인가요?"

"글쎄요."

형사는 확언을 피했다. 뭐, 당연한가.

"야마우라 선생님을 죽이고 싶어 하는 사람이 있을 리가 없어요. 당연히 강도가 한 짓이에요."

"허, 그런가요."

형사는 흥미로운 말을 들었다는 듯이 은근한 눈길을 던졌다. 숨기고 있는 사실도 전부 털어놓고 싶어지는 눈빛이었다. 별다른 마음이 없는데도 무심코 왼손 넷째 손가락을 확인하고 말았다. 반지가 없으니 미혼일까.

"저희로서는 그런 이야기를 듣고 싶습니다."

"아는 건 뭐든지 말씀드릴게요. 제 질문에 답해주시기만 한다면요."

"아무렴요. 지금까지도 순순히 대답하지 않았습니까."

"예, 감사드려요. 말이 나온 김에 몇 가지 더 여쭤봐도 괜찮을까요?"

"짧게 부탁드립니다."

형사는 빙긋 웃으며 대답했다. 뒤쪽에 앉은 매서운 인상의 형사는 아까 전부터 벌레를 씹은 듯한 표정을 풀지 않았다. 철부지 계집애를 상대로 뭘 꾸물거리느냐고 호통을 치고 싶은 걸지도 모른다.

"사망 추정 시각이라고 하나요? 언제쯤 살해당했는지 이미 알고 계시죠?"

"예. 어젯밤 10시부터 11시 사이입니다."

"발견된 건요?"

"오늘 아침 7시 12분요."

"상당히 정확하네요."

"그럼요. 경찰관이 발견했으니까요."

"그게 무슨 말씀이세요?"

"익명의 신고가 들어왔습니다. 야마우라 씨가 자택에서 살해당했다고요."

"익명의 신고? 그게 무슨 말씀이세요?"

나는 같은 말을 되풀이했다. 처음 듣는 이야기였다.

"7시경에 누가 익명으로 경찰에 신고를 했습니다. 신고를 받고 피해자 집에서 가장 가까운 파출소에서 경찰관이 출동했죠. 그리고 경찰관은 야마우라 선생님이 살해당했다는 신고 내용과 일치하는 상황을 발견했고요."

"신고한 사람이 범인일까요?"

"글쎄요, 어떨까요."

이 질문에도 형사는 고개를 갸웃했다. 이번에는 딴청을 부릴 의도가 아니라 정말로 아직 밝혀지지 않은 것이리라. 물어본 내가 잘못이었다.

"신고한 사람은 남자인가요, 여자인가요?"

"모릅니다."

"모른다고요?"

"예, 컴퓨터로 합성한 목소리였거든요."

"컴퓨터로 합성한 목소리……."

어쩐지 수상한 낌새가 풍겼다. 그렇게까지 해서 자기 목소리를 감추다니 선의의 제삼자는 아닐 것이다. 역시 범인이 익명으로 전화를 건 게 아닐까.

애초에 살인이란 행위 자체가 비정상적이지만 이야기를 들을수록 보통 상황이 아니라는 느낌이 들었다. 도대체 누가 뭣 때문에 야마우라 선생을 죽였을까.

생각에 잠긴 나를 보고 형사는 천천히 등받이에서 몸을 일으켰다. 내 눈을 가만히 들여다보며 가벼운 투로 말했다.

"자, 이제 슬슬 제 질문에도 대답해주시죠. 어젯밤 10시에서 11시 사이에 어디 계셨습니까, 사쿠라이 선생님."

2

몸집이 자그마하고 귀엽게 생긴 야마우라 선생은 누구에게나 사랑받는 사람이었다. 동료 남자 교사에게 인기가 많은 것은 물론이고, 성격이 싹싹해 여자 교사에게도 평판이 좋았다. 난 삼 년 전에 지금 학교로 전근을 왔는데 지금까지 단 한 번도 야마우라 선생에 대한 험담을 들은 적이 없다.

덧붙여 일도 열심이라 그야말로 몸 바쳐 아이들을 대했다. 야마우라 선생은 아이들과 함께 웃고 함께 울었다. 아이들이 그런 선생님을 따르지 않을 리 없다. 아이들은 어른 이상으로 남을 가차없이 평가한다. 야마우라 선생은 틀림없이 우리 학교에서 제일 인기 있는 교사였다.

그러니 야마우라 선생이 세상을 떠났다. 누군가에게 살해당했다는 소식을 듣고 모두 놀랐을 것이다. 너무 이른 죽음에 눈물을 흘리고 범인에게 큰 분노를 느꼈을 것이다. 그것이 당연한 반응이니까.

하지만 나는 야마우라 선생이 죽었다는 사실을 알았을 때 놀라기는 했지만 슬프지는 않았다. 범인을 미워하는 마음도 들지 않았다. 누구에게도 못 할 말이지만 그때 나는 안심했다. 가슴 속 한구석에서 나는 야마우라 선생의 죽음을 반겼다.

아주 잠깐, 아주 살짝 그런 마음이 들었다고 둘러대봤자 변명에 불과하다. 나는 틀림없이 야마우라 선생이 죽어서 기뻤으니까.

야마우라 선생은 누구에게나 사랑받는 사람이었다. 아무리 신랄하게 뜯어보아도 싫어할 만한 점은 눈에 띄지 않았다. 그건 안다. 나도 안단 말이다.

하지만 야마우라 선생과 함께 있으면 가끔 '피곤'했다. 밝고 구김 없는 태도는 학교 선생님으로서는 귀중한 자질일지도 모르지만, 친구로 사귀기에는 걸림돌이었다. 눈부신 천사 같은 야마우라 선생을 보면 내가 얼마나 추한지 깨달을 수밖에 없다. 야마우라 선생처럼 사랑스러운 사람을 거추장스럽게 여기는 내 마음이 너무나 추악하게 느껴진다. 난 용모는 물론이고 성격도 야마우라 선생보다 못했다.

그것은 틀림없는 사실이었다. 특별히 강조하지 않아도 될 만큼 분명한 사실. 하지만 누가 보기에도 명백한 사실일지언정 반드시 직시해야 한다는 법은 없다. 자신의 추한 면을 부각시키는 상대와 누가 사이좋게 지내고 싶을까.

야마우라 선생은 어린아이처럼 순진했다. 그래서 아이들에게 사랑받았다. 나도 아이를 좋아하기는 하지만 그들의 천진난만함에 화가 날 때가 있다. 직업이 아니었다면 인내심의 끈이 뚝 끊어질 뻔한 적도 한두 번이 아니다. 나는 완전한 어린아이는 될 수 없다.

그렇기 때문에 야마우라 선생과 함께 있으면 피곤했다. 천진난만한 태도로 나를 대하면 "적당히 좀 해!" 하고 소리를 지르고 싶어진다. 나는 너처럼 순수하지 않아. 때묻은 어른이니까 그렇게 알고 대해줘. 그렇게 애원하고 싶어진다. 그리고 그런 자신이 혐오스러워진다.

나는 야마우라 선생이 살해당했다는 소식을 듣고 반사적으로 마음을 놓았다. 이제 두 번 다시 그 순진한 눈을 보지 않아도 된다 싶어 기뻤다. 그리고 잠시 후 절망과도 비슷한 자기혐오에 휩싸였다. 다른 사람이 죽었다고 기뻐하다니 얼마나 비열한가. 그렇게 야마우라 선생이 눈에 거슬렸나. 그저 야마우라 선생이

'좋은 사람'이었다는 이유만으로…….

스스로를 비하하며 기쁨을 느끼는 취미는 없었지만 그때만큼은 나 자신이 싫어졌다. 야마우라 선생에게 아무리 사과해도 깨끗이 지울 수 없는 씁쓸한 마음이 가슴속에 들러붙었다.

난 야마우라 선생에게 평생 갚을 수 없는 '빚'을 진 것이다.

3

다음날은 야마우라 선생이 담임으로 있던 반만 쉬기로 했다. 교무회의에서 휴교도 검토했지만 휴교를 하면 오히려 혼란이 커질 것이라는 결론이 나왔다. 그래서 나는 속내를 감추고 평소대로 수업을 해야 했다. 아이들은 사건에 관해 알고 싶어 했지만 당연히 그에 대한 질문은 받지 않았다.

점심시간에 교무실에서 학부모들의 전화 문의에 응하고 있을 때였다. 문가에 무리지어 있는 학생 몇 명이 눈에 들어왔다. 야마우라 선생의 반 아이들이었다. 집에서 가만히 있을 수 없어 자세한 사정을 알아보러 온 것이 틀림없었다.

"무슨 일이니?"

손이 비어 있던 사람이 나뿐이었기에 가까이 가서 말을 걸었다. 어른인 나조차 침착함을 잃을 정도니까 야마우라 선생의 반 아이들이 불안해하는 것은 당연하다. 가능한 한 다정한 목소리로 말을 붙였다.

"난조 선생님 안 계세요?"

제일 앞에 서 있던 야무지게 생긴 여자아이가 물었다. 나는 그 이름을 듣고 불길한 예감이 들었다.

"난조 선생님은 볼일이 있어서 집에 가셨어. 무슨 할 이야기라도 있니?"

동료인 난조는 어제에 이어서 또 경찰서에 갔다. 특별히 경찰이 지명하여 부른 것이다. 왜 난조만 두 번이나 조사를 받아야 하는지 짐작도 가지 않았다. 야마우라 선생과 난조 사이에 무슨 일이라도 있었을까. 나는 조금 전부터 그 일에 정신이 팔려 있었다.

"예, 잠깐 뵀으면 했는데. 정말로 집에 가셨나요?"

여자아이는 의심하는 투로 물었다. 마치 뭔가 알고 있기라도 한 것처럼 들렸다. 나는 되묻지 않고는 배길 수 없었다.

"그런데, 왜?"

"예를 들어 경찰에 불려갔다든가."

여자아이는 태연하게 말했다. 놀란 나머지 나는 엉겁결에 그 말을 인정하고 말았다.

"어떻게 그걸……."

말하고 나서야 실언했음을 깨달았지만 이미 늦었다. 여자아이는 자기 예상이 맞았다는 듯한 눈빛이었다.

"난조 선생님이 야마우라 선생님께 초콜릿을 보냈다는 사실은 조만간 모두에게 퍼질 거예요."

여자아이는 작은 목소리로 그렇게 말했다. 나는 그 말이 무슨 의미인지 바로 이해하지 못했다.

왜 난조가 야마우라 선생에게 초콜릿을? 생각하다 그저께가 화이트데이였음이 떠올랐다. 올해 밸런타인데이에 야마우라 선생에게 의리 초콜릿을 받았으니 답례를 하려고 초콜릿을 보낸 걸까. 그런데 그게 어쨌다는 말인가.

"그, 그 초콜릿이 사건이랑 무슨 관련이 있어?"

허둥대지 않으려고 애썼지만 동요를 완전히 감출 수는 없었다. 나도 모르게 말을 더듬고 말았다. 여자아이는 그런 내 모습을 싸늘한 눈으로 관찰하는 것 같았다.

"글쎄요, 저는 잘 몰라요." 여자아이는 쌀쌀맞게 대답했다. "내일 난조 선생님께 직접 물어보세요."

말을 마치자마자 안녕히 계세요, 하고 고개를 숙이더니 교무실에서 나갔다. 뒤에 서 있던 다른 아이들도 인사를 하고 문을 닫았다. 나는 아이들이 시야에서 사라질 때까지 새로이 접한 사실의 충격에 취해 있었다.

난조는 그 초콜릿 때문에 다시 경찰서에 불려간 걸까. 어제 만난 형사는 그에 대해 한마디도 해주지 않았다. 역시 그 형사는 겉보기처럼 경박한 남자가 아니다. 화가 났지만 동시에 감탄스럽기도 했다.

나는 난조에게 직접 이 일에 관해 물어보기로 마음을 굳혔다. 난조가 야마우라 선생에게 큰 관심을 기울이고 있었다는 사실은 전부터 어렴풋이 눈치채고 있었다. 화이트데이를 핑계 삼아 접근하려 했을 가능성은 아주 크다. 난조라는 남자는 기운이 팔팔하다 못해 남아돌 정도니까 특별히 부자연스러운 일은 아니었다.

문제는 시기다. 야마우라 선생은 난조가 보낸 초콜릿을 받은 그날 살해당했다. 그리고 그 사실에 주목한 듯 경찰은 난조에게 다시 출두를 요청했다. 난조는 사건에 어떻게 엮인 걸까. 난조가 보낸 초콜릿은 사건과 무슨 관계가 있는 걸까. 혹시 난조는 범인으로 의심받고 있는 걸까.

나는 어떻게든 의문을 해결하고 싶었다. 호기심이 아니다. 마음속 깊은 곳을 짓누르고 있는 '빚'이 내게 진실을 추구하게끔 만들었다. 한순간이라고는 하나 나는 야마우라 선생이 죽어서 기뻤다. 뭐라 형용할 수 없이 씁쓸한 마음, 어찌할 바를 모르게 나쁜 뒷맛은 그저 멍하니 사건이 해결되기만을 기다리고 있어서는 사라지지 않을 것이다. 하다못해 내 나름대로 야마우라 선생의 죽음에 애도의 뜻을 표하지 않으면 평생 가슴속에 끌어안고 살아가야 할 것이다. 그런 예감이 들었다.

나는 그날 학교에서 돌아오자마자 난조의 집에 전화를 걸었다. 난조는 혼자 산다. 경찰서에서 돌아왔다면 본인이 전화를 받을 것이다.

경찰서를 나온 길로 어디 놀러갈 만큼 신경이 무디지는 않을 것이라고 예상했다. 내 예상대로 전화벨이 두 번 울리기도 전에 전화를 받았다. 경찰이 다시 전화를 할지도 모른다 싶어 가슴 졸이고 있었으리라. 기분 탓인지 "여보세요" 하고 대답하는 난조의 목소리는 좀 떨리는 것 같았다.

"나야, 사쿠라이."

"응?"

내가 전화할 줄은 꿈에도 몰랐던 듯 난조는 숨이 멎은 게 아닌지 의심스러울 만큼 오랫동안 숨을 죽이고 있었다. 나는 그런 그가 조금 애처로워서 "힘들었지" 하고 말을 걸었다.

"아, 아아. 아니, 응, 그렇지."

난조는 겨우 제정신을 차린 듯 말을 꺼내려고 애썼다. 나와 사귀던 시절 난조는 훨씬 당당한 남자였는데, 헤어지고 나서는 어째서인지 나를 두려워하는 듯한 태도를 보일 때가 있다. 그럴 만큼 매몰차게 이별의 말을 퍼부은 기억은 없지만 난조는 가슴에 사무쳤는지도 모른다. 헤어지고 나서 잠깐은 그의 가면이 벗겨졌다는 생각에 더더욱 환멸을 느꼈지만 지금은 조금 안쓰럽기도 하다. 사귈 때 그런 약한 면을 보여줬다면 난조를 보는 내 시선도 약간은 바뀌었을지도 모르는데. 하지만 난조는 이런 내 기분을 평생 모를 것이다. 난조가 그런 남자인 줄 깨달았기 때문에 그에게 이별을 고한 것이니까.

"피곤할 텐데 미안하지만 오랜만에 밥이라도 같이 먹을까? 어차피 밖에서 먹을 것 아니야?"

"밥? 어쩐 일이야. 네가 그런 말을 꺼내다니 별일이네."

나는 난조와 헤어지고 나서 최대한 그와 접촉을 피했다. 그만큼 헤어진 직후에는 난조를 혐오하는 마음이 강했다. 하지만 지금은 그런 마음도 누그러졌다. 그렇다기보다 난조를 소 닭 보듯 받아들이게 되었다. 새삼 난조와 밥을 먹는다고 해도 아무렇지도 않다.

"경찰서에서 무슨 이야기를 했는지 듣고 싶어서야. 쓸데없는 기대는 하지 마."

쌀쌀맞다 싶었지만 확실히 못을 박았다. 그러지 않으면 일방적으로 착각을 하는 남자다, 난조는.

"경찰서에서 한 이야기라니, 뭘 알고 싶은데?"

난조의 말투에는 여전히 머뭇거림이 남아 있었다. 나는 마치 어린아이를 타이르듯이 애써 상냥하게 말했다.

"왜 경찰한테 두 번이나 불려갔는지 궁금해. 말해줄 거지?"

나는 주저하는 난조를 설득해 억지로 만날 시간을 정했다. 예전에 몇 번이나 만난 적이 있는 곳이었지만 그런 과거 일로 감상에 젖지는 않는다. 야마우라 선생의 죽음이라는 가슴 저리는 현실 앞에서 모든 것은 사소한 일에 지나지 않았다.

저녁 6시 반에 만나 바로 가게에 들어갔다. 중화요리점에서 별실을 잡고 코스 요리를 주문했다. 돈이 아까웠지만 주변의 귀를 신경쓰지 않고 할 수 있는 이야기는 아니었기에 어쩔 수 없었다.

나는 종업원이 방에서 나간 것을 확인하고 말을 꺼냈다. "자, 왜 오늘도 경찰한테 불려갔는지 이유를 말해줘."

내가 다짜고짜 본론으로 들어간 탓인지 난조는 꽤나 머쓱해진 눈치였다. 입을 뻐끔거리다가 겨우 대답했다.

"왜고 뭐고 학교에서 야마우라 선생이 어떻게 지냈는지 물어봤어. 너한테도 물어봤을 텐데."

"그야 물어봤지. 어제 말이야. 하지만 당신처럼 오늘 또 불려가지는 않았어."

"조만간 부르겠지."

"그럴까. 난 야마우라 선생한테 초콜릿 같은 거 안 보냈는데."

뒤통수를 얻어맞은 것처럼 난조의 눈이 휘둥그레졌다. 눈알이 튀어나올 것만 같았다.

"어떻게 그런 걸 아느냐는 표정이네. 가르쳐줄까? 오늘 야마우라 선생 반 아이한테 들었어. 학생이 알고 있을 정도니까 소문은 순식간에 퍼지겠지."

"화이트데이니까 밸런타인데이 때 받은 초콜릿의 답례를 했어. 그 이상의 의미는 없다고."

곧바로, 그야말로 득달같이 난조는 변명했다. 내게 그런 변명을 할 필요는 없다고 생각했지만 지적하지 않고 내버려두었다. 그 정도로 심술궂지는 않다.

"그 초콜릿 때문에 당신만 한 번 더 불려간 거겠지. 하지만 그저 초콜릿을 보냈다고 해서 경찰이 주목할 리는 없어. 경찰이 당신과 야마우라 선생이 어떤 관계인지 알고 싶대?"

반쯤은 넘겨짚어서 물었다. 그런데 난조의 반응을 보니 아무래도 정곡을 찌른 듯했다. 난조는 내 말의 앞부분은 싹 무시하고 뒷부분만 정색하고 부정했다.

"오해하지 마. 나랑 야마우라 선생은 아무 관계도 아니야. 경찰이 멋대로 지레짐작한 것뿐이라고."

"그래? 꽤 열을 올리는 것처럼 보였는데."

"무, 무슨 소리야. 내가 언제."

제딴에는 약삭빠르게 처신한 줄 알았던 모양이다. 야마우라 선생을 차지하려는 마음을 내가 꿰뚫어 보고 있었다는 것을 알자 난조는 안절부절못했다. 참 알기 쉬운 남자다.

하지만 나는 이렇게 단순한 난조가 싫지 않았다. 처음에는 앞뒤 가리지 않고 밀어붙이는 난조가 불쾌하지 않았다. 다른 여자에게도 똑같이 대하는 남자인 줄 알기 전까지는.

단순한 난조는 사랑스러웠지만 동시에 바닥이 뻔히 들여다보였다. 나는 사귄 지 겨우 몇 개월 만에 난조가 어떤 남자인지 알았다. 그래서 깨끗하게 이별을 고했지만, 그후의 반응으로 보아 난조는 실연의 아픔이 상당히 컸던 모양이다. 여자가 먼저 헤어지자고 말한 적은 지금까지 한 번도 없었으리라. 그런 의미에서는 미안하게 됐지만 뭐, 좋은 공부가 되지 않았을까. 여자는 난조가 바라는 인형 같은 존재가 아니다.

"그럼 뭐야? 다시 부를 정도니까 나름의 이유가 있을 텐데."

사정없이 다그치자 난조는 바로 입을 열었다. 가시방석에 앉아 있는 듯한 현재 상황에서 벗어날 수만 있다면 어떤 비밀이라도 털어놓겠다는 심정 아닐까. 그런 난조가 불쌍해서 옛날처럼 웃어주고 싶었지만 만만한 인상을 주어서는 안 된다는 생각에 꾹 참았다.

"형사 이야기로는 내가 보낸 초콜릿에서 수면제가 검출됐대."

"수면제?" 예상치도 못한 단어가 나오는 바람에 나는 난조의 말을 되풀이했다. "어째서 그런 게?"

"몰라. 맹세하건대 난 그런 거 안 넣었어. 그런 짓은 절대 안 했다고."

난조는 힘주어 주장했다. 하지만 나는 그 말을 곧이곧대로 받아들일 수 없었다. 난조가 여자에게 몹쓸 짓을 하려고 수면제를 악용한 적이 있다는 것을 알기 때문이다. 난조는 어쩐지 미워할 수 없는 구석이 있는 남자지만 그런 비열함만은 도저히 용서할 수 없었다.

난조는 내 표정을 보고 무슨 생각을 하는지 알아차렸는지 기를 쓰고 변명했다.

"나 아니야. 나도 왜 경찰이 그런 소리를 하는지 영문을 모르겠다고. 정말이야, 믿어줘."

"그럼 어째서 초콜릿에 수면제가 들어 있는 건데? 당신이 보낸 초콜릿이잖아."

"그러니까 모르겠다잖아. 난 백화점에서 산 초콜릿을 그대로 택배로 부쳤어. 한 번도 안 열어봤다고. 누가 도중에 넣은 게 틀림없어."

"누가라니, 그게 누군데?"

"그걸 내가 어떻게 알아. 범인이겠지."

난조의 변명은 지리멸렬하기 그지없었다. 경찰도 이런 주장은 신용하지 않았으리라. 하지만 난조의 성격을 잘 아는 나로서는 그의 변명이 치졸한 까닭에 더더욱 거짓말이 아닌 것 같다는 느낌이 들었다. 난조는 좀더 그럴듯하게 변명할 줄 아는 남자였다.

만약 난조가 야마우라 선생을 어떻게 해볼 작정으로 초콜릿에 수면제를 넣었다면 더 참신한 변명을 준비해두었을 것이다. 적어도 자신이 보낸 초콜릿인 줄은 알 수 없도록 처리하지 않았을까. 초콜릿을 보낸 사람이 난조라고 판명된 것은 택배 송장이 그대로 남아 있었기 때문 아닐까. 이 약아빠진 남자가 그런 실수를 할 리는 없다.

"하지만 이상하잖아. 택배 기사가 초콜릿에 수면제를 넣기라도 했다는 거야? 뭣 때문에?"

"그런 사람들은 담당 구역이 정해져 있잖아. 몇 번이고 야마우라 선생 집에 택배를 배달하는 동안 얼굴을 익혔고, 그러다 보니 묘한 충동이 솟구친 것 아닐까. 그게 아니면 뭐겠어?"

"당신은 택배 기사가 범인이라는 거야?"

"응, 난 그렇다고 봐."

난조는 거리낌없이 딱 잘라 말했다. 쭈뼛쭈뼛하던 태도는 말끔히 사라졌다.

지금 들은 정보를 머릿속으로 정리해보았다. 난조의 주장이 진실이라고 가정해보자. 그렇다면 난조 말대로 초콜릿에 수면제를 넣을 기회가 있는 사람은 택배 기사뿐이다. 야마우라 선생 손에 건네질 때까지 초콜릿을 만질 기회가 있었던 사람은 한정되기 때문이다. 그런 의미에서는 난조의 추리에도 일리가 있다. 난조의 주장을 믿는다면 말이지만.

"당신 말이 맞다고 쳐. 택배 내용물이 초콜릿인 줄은 어떻게 알았을까. 포장을 뜯어보지 않으면 모를 텐데."

"아니, 알 수 있지. 택배 송장에 배송 물품이 먹을거리라고 썼거든."

"아아, 그렇구나."

듣고 보니 단순했다. 그렇다면 굳이 포장을 뜯어 내용물을 확인할 필요는 없다. 반대로 범인의 심리를 추측하자면 송장에 먹을거리라고 적혀 있었기 때문에 수면제를 넣어야겠다는 발상을 한 것 아닐까.

범인은 야마우라 선생을 수면제로 재우고 몹쓸 짓을 하려고 했다. 적당히 때를 봐서 유리 칼로 집에 침입해 목적을 달성하려고 했지만, 공교롭게도 야마우라 선생은 아직 깨어 있었다. 그래서 침입자에 놀란 야마우라 선생과 싸움을 벌였고, 소란을 피우기 전에 때려죽였다. 그런 일련의 흐름이 그려졌다.

"다시 묻겠는데 정말로 당신이 수면제를 넣은 것 아니지?"

나는 다시 한번 난조에게 확인했다. 난조가 야마우라 선생을 죽였다고 생각하고 싶지는 않았지만, 그는 이미 수면제를 악용한 적이 있다. 무작정 믿을 수는 없는 노릇이었다.

"아니라고 했잖아. 옛날 일이 머릿속에 콱 박혀 있는 건 알겠지만, 이번에는 정말로 내가 아니야. 애당초 나는 야마우라 선생한테 아무 마음도 없었다고."

"글쎄, 모를 일이지. 적어도 내게는 밸런타인데이 초콜릿의 보답을 해준 적이 한 번도 없었잖아."

"질투 나? 그럼 그렇다고 말하지 그랬어. 서슬 퍼렇게 추궁하길래 여기가 경찰서 취조실인 줄 알았네."

난조는 드디어 여유를 되찾은 듯 여느 때처럼 까불까불 말을 늘어놓았다. 나는 "실없는 소리"라고만 대꾸하고 쓴웃음을 지었다.

마침 요리가 나와서 우리는 이야기를 멈췄다. 어느덧 눈이 핑핑 돌 만큼 배가 고팠다.

4

야마우라 선생의 경야는 다음날이었다. 우리 교직원 일동은 방과후에 다 함께 조문을 하러 갔다.

야마우라 선생의 부모님은 이미 돌아가셔서 가족은 여동생뿐이었다고 한다. 당연히 상주도 그 여동생이었다. 아직 젊은 나이에 상주 노릇을 맡아야 하다니 딱했다. 내가 이런 상황에 처했다면 과연 견딜 수 있을까.

경야는 도에서 운영하는 장례식장에서 치러졌다. 나는 조문하기 위해 상복으로 갈아입었다. 장례식장에 도착하자 몇 건이나 되는 장례식이 치러지고 있었다. 매일 어딘가에서 사람이 죽고 야마우라 선생도 그중 한 명에 지나지 않는다니 왠지 허무했다.

야마우라 선생의 제단이 있는 구역에는 사람이 그다지 많지 않았다. 학생들은 6시에 오기로 했으므로 아직 삼십 분 정도 여유가 있었다. 우리 교직원들은 그사이에 분향을 끝낼 예정이었다.

먼저 도착한 선생님들에게 인사를 하고 있는데 문득 시야 구석에 마음에 걸리는 얼굴이 들어왔다. 나랑 눈이 마주치자마자 내 눈길을 피하는 듯이 고개를 돌렸다. 나는 선생님들에게 양해를 구하고 그 사람에게 다가갔다.

"일하느라 고생이 많으시네요."

패션모델 뺨치는 용모의 형사는 내 목소리를 듣자 그제야 알아차렸다는 듯 내 얼굴을 보았다. 서투른 연기라기보다 연기하고 있다는 사실을 내게 알려주고 싶은 듯한 몸짓이었다. 역시 이 형사는 만만치 않은 사람이다.

"아아, 감사합니다. 선생님이야말로 힘드시겠군요."

경박한 투로 대답하며 머리를 꾸벅꾸벅 숙였다. 전혀 형사답지 않은 행동거지였다. 나름 상복이라고 거무스름한 양복을 입었는데 그게 기가 막히게 잘 어울렸다. 텔레비전 드라마에 나오는 형사들은 보통 후줄근한 양복을 입고 있기 마련인데, 도대체 그건 누가 정한 걸까.

"조문객 중에 범인이 있다고 보시나요?"

넌지시 속을 떠보았다. 이런 술수가 통하지 않으리라는 것쯤은 잘 알지만.

"그런 건 아닙니다. 형사도 돌아가신 분의 명복은 빌죠. 단지 그뿐이에요."

"아, 이렇게 감사할 데가." 나도 호들갑을 떨며 대답했다. "형사님처럼 멋진 분이 참석하시면 야마우라 선생님도 기뻐할 거예요."

"하하하. 그렇다면 좋을 텐데요."

형사는 겸연쩍은 듯이 머리를 긁적였다. 나는 본론을 꺼냈다.

“수사는 어떻게 되어가고 있나요?”

“총력을 기울이고 있습니다.”

“총력만 기울이지 말고 빨리 범인을 잡아주셨으면 하는데요.”

“머지않아 붙잡을 겁니다. 조금만 더 기다려주십시오.”

“야마우라 선생님에게 초콜릿을 배달한 택배 기사는 조사하셨나요?”

어제 난조가 들려준 이야기가 생각나서 물어보았다. 내가 제일 알고 싶은 점이었다.

“난조 선생님의 추리로군요. 예, 조사해봤습니다.”

아무래도 상관없는 일이라는 듯이 형사는 순순히 대답했다. 나는 이야기를 재촉했다.

“어땠나요?”

“수사 과정에 관해서는 말씀드리기가 곤란합니다.”

“쩨쩨한 말씀 마시고요. 말하기 뭐하다니 택배 기사가 수상하다는 뜻인가요?”

“그런 말은 안 했습니다. 멋대로 해석하지 마세요.”

“그럼 진실을 알려주세요. 알려주시지 않으면 난조 선생님의 추리를 동네방네 떠들고 다닐 거예요.”

“곤란한데.”

으음, 하고 신음하더니 턱에 손을 댔다. 그런 동작 또한 이 형사에게는 너무나 잘 어울렸다.

"그럼 조금만요. 소문내지 않는다고 약속하시면 알려드리죠."

"그럼요, 약속할게요."

나는 고개를 마구 끄덕였다. 이왕 입을 닫을 거면 난조에게도 비밀로 해두자. 녀석에게 알려주어야 할 의리는 없다.

"결론부터 말씀드리자면 택배 기사는 무고한 것으로 보입니다."

"예? 어째서요? 알리바이라도 있었나요?"

"그건 비밀입니다. 아무래도 착각하고 계신 것 같으니 알려드리는데요. 그 지역을 담당한 택배 기사는 여자입니다."

"여자."

입이 떡 벌어지고 말았다. 십 초쯤 지나 부끄러워져서 황급히 입을 다물었다. 분명 얼빠진 표정을 지었을 것이다. 그만큼 형사의 말은 의표를 찔렀다.

"여자 택배 기사도 있나요?"

"그건 남녀 차별적인 발언인데요. 요즘 세상에 여자가 못 하는 일은 없습니다."

"뭐, 그야 그렇겠지만 전 본 적이 없어서요."

"있습니다. 육체적으로는 힘들지만 벌이가 쏠쏠하니까요. 그러니까 택배 기사가 범인이라는 가설은 말도 안 됩니다. 아시겠습니까?"

"아, 예."

알리바이를 주장한다면 무슨 꾀를 부렸을지도 모른다고 물고 늘어질 수 있지만 여자라면 의심할 여지가 없다. 아무래도 난조의 가설은 단순한 탁상공론이었던 듯하다.

"자, 여기까지. 아무리 미인계를 쓰셔도 더이상은 발설할 수 없습니다. 이제 슬슬 분향하러 가셔야 할 것 같은데요."

미인계라니 무슨 소리냐고 받아쳐야 할 상황이지만 이 형사라면 농담이 아니라 그런 경험이 있을지도 모른다. 나 역시 필요하다면 미인계도 마다하지 않을지도 모른다. 내 미인계가 통한다면 말이지만.

감사 인사를 하고 분향을 하기 위해 늘어선 줄로 돌아갔다. 선생님들은 먼저 분향을 마치고 좀 떨어진 곳에 서 있었다. 분향을 하기 위해 줄을 선 사람은 겨우 스무 명 정도였다.

두 줄로 분향을 했기 때문에 순서는 금방 돌아왔다. 독경하는 스님 대각선 뒤쪽에 고개를 떨구고 앉아 있는 여자에게 가볍게 머리를 숙였다. 야마우라 선생의 여동생일 것이다. 여자는 얼굴을 들더니 다시금 내게 고개를 숙였다.

그 순간 나는 무심코 상대의 얼굴을 빤히 바라보다 오 초쯤 지나서야 제정신을 차리고 분향대 앞으로 나아갔다. 제단에 놓인 영정 사진 속의 야마우라 선생은 방금 전에 본 여자의 생김새와 너무나 흡사했다.

5

난조가 완전히 헛짚었음을 알고 나자 나는 다시금 양심의 가책을 느꼈다. 그래서 야마우라 선생의 여동생을 찾아가보기로 했다. 생각해보면 야마우라 선생이 어떻게 살아왔는지 나는 거의 모른다. 친하게 지낸 줄 알았는데 실은 아무것도 몰랐다는 사실에 새삼 깜짝 놀랐다. 다시 한번 가슴이 뜨끔했다.

야마우라 선생의 여동생에게 연락을 하기는 간단했다. 직원 명부에 야마우라 선생의 비상 연락처로 여동생의 전화번호가 실려 있었기 때문이다. 명부에 적힌 여동생의 이름은 교코였다.

내가 만나고 싶다는 뜻을 전하자 교코 씨는 선뜻 승낙했다. 마침 유품을 정리하려고 야마우라 선생의 집에 가는 참이라고 했다. 그래서 역 앞 카페에서 만나기로 약속하고 전화를 끊었다.

방과후에 간단한 사무 작업을 마치고 나서 약속 장소로 향했다. 카페에는 교코 씨가 먼저 와 있었다. 말을 걸자 교코 씨는 일어서서 정중하게 인사를 했다. 나도 똑같이 정중한 인사로 답했다.

마주앉자 교코 씨와 야마우라 선생이 판박이라는 사실을 다시금 실감했다. 쌍둥이처럼 꼭 닮았다. 이렇게 얼굴을 마주하고 있으니 지금도 야마우라 선생이 살아 있는 것 같았다. 그러다 불현듯 야마우라 선생은 이제 이 세상에 없다는 사실이 떠올라 가슴 한구석이 시렸다.

"야마우라 선생님이 살해당하다니 정말 놀랐어요." 나는 격식에 맞추어 애도의 뜻을 표하고 나서 그렇게 말했다. "지금도 믿기지 않아요. 도대체 누가 그런 짓을 했을까요. 선생님은 살해당할 만큼 미움받을 만한 사람이 아니었는데."

"묻지 마 살인범이나 강도의 소행은 아니라더군요." 교코 씨는 주변 사람들이 들을까 봐 걱정되는 듯이 작은 목소리로 말했다. "선물로 받은 초콜릿에 수면제가 들어 있었다던데요. 정말 충격이에요."

"그러게요, 저도 동감이에요. 실은 초콜릿을 보낸 사람이 같은 학교 선생님이라서 본인에게 확인했는데 절대로 수면제를 넣지 않았다고 하더군요."

"경찰한테 들었어요. 하지만 그 말이 진짜라면 범인은 언제 초콜릿에 수면제를 넣었을까요. 뭐가 어떻게 된 건지 도무지 모르겠어요."

교코 씨는 이해할 수 없다는 듯이 고개를 저었다. 유족으로서는 당연한 반응이리라. 나도 난조를 의심하는 마음을 완전히 버린 것은 아니다. 하물며 난조를 모르는 교코 씨가 그를 신용하지 못하는 것도 당연하다.

하지만 나는 일단 난조의 주장이 진실이라고 가정하기로 했다. 난조 말고 누가 초콜릿에 수면제를 넣을 수 있었을까. 택배 기사가 범인이 아니라면 가능성은 하나. 수면제가 들어 있었던 것은 난조가 보낸 초콜릿이 아니었다.

즉 야마우라 선생은 다른 초콜릿을 또 받은 것이다. 분명 택배가 아니라 누군가에게 직접 받았으리라. 하지만 현장에는 난조의 이름이 적힌 택배 송장이 남아 있었다. 그래서 난조가 수면제가 든 초콜릿을 보냈다는 오해를 받은 것이다. 나는 그렇게 추리했다.

"그 일로 여쭙고 싶은데요, 야마우라 선생님이 사건 당일 어디 계셨는지 아세요? 집에 늦게 돌아왔다고 들었는데요."

이미 소문으로 퍼진 사실이었다. 야마우라 선생의 몸에서 수면제와 함께 술도 검출되었다고 한다. 집에는 술이 없었다고 하니까 다른 곳에서 마셨을 것이다. 거기가 어디고 상대가 누구인지는 소문에서도 안개 속에 묻혀 있었다.

"대학 시절 친구와 만난다고 했어요. 언니는 테니스 동아리에 소속되어 있었는데 그 동기들과 모이기로 했다고."

"술자리인가요."

야마우라 선생은 그때 초콜릿을 받았을까. 화이트데이에 초콜릿을 받았다면 야마우라 선생이 밸런타인데이에 먼저 초콜릿을 주었을 것이다. 그렇다면 그 술자리에서 오랜만에 만난 사이는 아닐 것이다. 야마우라 선생은 사귀던 사람이 있던 걸까.

에둘러서 물어보자 교코 씨는 "글쎄요" 하고 고개를 갸우뚱했다.

"제가 알기로는 없어요. 언니가 숨겼다면 이야기는 달라지지만."

"야마우라 선생님은 그런 이야기를 잘 안 하는 편이었나요?"

"그렇죠. 대학생 때 사귀던 사람이 있었다는 건 알지만 그후로는 몰라요. 틀림없이 없는 줄로만 알고 있었죠."

"대학생 때는 사귀던 사람이 있었군요."

처음 듣는 이야기였다. 야마우라 선생하고 남자에 관해 이야기한 적은 별로 없다. 난조와 어떤 사이인지 들키기 싫어서 내가 그런 화제를 피한 탓이지만.

"예. 저도 몇 번 만난 적 있어요."

"그분을 소개해주시기는 힘들겠죠?"

무리인 줄 알면서 말해보았다. 아니나 다를까 교코 씨는 난감하다는 듯이 미간을 찌푸렸다. 언니의 옛날 남자친구를 소개해달라니 얼토당토않은 소리다. 나는 바로 "안 되겠죠" 하고 말을 이었다.

"죄송해요. 말도 안 되는 소리를. 제 생각이 모자랐어요."

"아니요, 그게, 직접 소개해드리기는 힘들지만 다른 사람이라면 소개해드릴 수 있는데요."

"다른 사람요? 술자리에 있었던 다른 사람을 말씀하시는 건가요?"

"예. 친한 사람이 있어요. 그…… 제 남자친구예요."

부끄러운지 뒷부분은 목소리를 낮추어 속삭였다. 무슨 말인지 바로는 알아듣지 못했지만 잠시 후에 이해했다.

교코 씨는 언니를 통해서 알게 된 남자와 사귀고 있는데, 그 사람이라면 소개해줄 수 있다는 것이다. 교코 씨의 남자친구라면 나도 부탁하기 수월하다. 꼭 만나게 해달라고 부탁했다.

"알겠어요. 그럼 이야기해볼게요……." 교코 씨는 말을 끊었다가 머뭇머뭇 다시 입을 열었다. "뭣 때문에 언니의 옛날 친구를 만나려고 하시는 거죠? 이번 일로 무슨 누를 끼치기라도 했나요?"

"아니요, 그런 게 아니에요. 가까이 알고 지내던 사람이 죽은 데다 동료가 그 일에 관여되었다는 의혹을 받고 있어서 손놓고 두고 볼 수가 없을 뿐이에요. 교코 씨야말로 번거로우시겠지만 부디 청을 들어주시지 않겠어요?"

나는 그럴듯하게 둘러대며 부탁했다. 내가 진 빚을 입 밖에 꺼낼 수가 없었다.

6

교코 씨의 남자친구 사쿠라 씨는 웬걸 대학병원 의사라고 했다. 가능한 한 빨리 만나고 싶다고 부탁하자 교코 씨는 이틀 후에 만날 자리를 마련해주었다.

일이 끝나고 나서가 편하다고 하기에 약속 시간은 저녁 7시 반으로 정했다. 시간이 시간이니만큼 함께 식사를 하기로 했다. 그래서 내가 아는 저렴한 스페인요릿집에 예약을 해두었다.

그날 사쿠라 씨는 교코 씨와 함께 왔다. 교코 씨가 먼저 와 있던 나를 찾아내 인사했다. 나는 의자에서 일어나서 두 사람을 맞이했다.

대학 시절에 테니스 동아리에 있었다는 말을 듣고 선이 가는 남자를 상상했는데 예상과는 달리 사쿠라 씨는 체격이 실팍했다. 테니스보다 유도 같은 격투기가 어울릴 것 같았다. 넓은 어깨가 양복에 갇혀 답답해 보였다.

"어려운 부탁을 드려서 죄송합니다."

나는 수고를 끼쳐서 미안하다는 마음을 표시했다. 그러자 사쿠라 씨는 "아니요, 아니요" 하고 쾌활한 말투로 받아주었다.

"저도 이번 일로 정말 깜짝 놀랐습니다. 야마우라 씨하고 만난 날에 사건이 터진데다 모르는 사이도 아닌걸요. 저도 사건에 관해 자세한 사정을 알고 싶을 정도니까 사쿠라이 씨의 마음은 잘 압니다."

"그렇게 말씀해주시니 저도 마음이 편하네요."

"뭐든지 물어보세요. 저는 신경 안 쓰셔도 돼요."

옆에서 교코 씨가 덧붙여 말했다. 신경쓸 생각은 없었지만 어째서 굳이 그런 말을 했는지 문득 의문이 들었다.

점원이 주문을 받으러 왔기에 내가 적당하게 골라서 주문했다. 메뉴를 돌려주고 나서 다시 이야기를 꺼냈다. 야마우라 선생의 교우 관계, 특히 남자관계가 궁금했다.

"야마우라 선생님에게 사귀던 분이 있었다고 교코 씨에게 들었는데요. 아시나요?"

"예, 잘 압니다. 야마우라 씨의 남자친구도 같은 동아리 사람이었으니까요."

"어떤 분인가요?"

"저와 마찬가지로 의대생이었으니 지금은 의사가 됐죠. 직장도 같아요."

"그래요? 혹시 그 동아리 가입자는 모두 의대생이었나요?"

"남자는요. 여자는 다른 대학 사람이었어요. 야마우라 씨도 그중 한 명이었고요."

"그분 성함은 뭔가요?"

"이즈쓰라고 합니다. 야마우라 씨와 잘 어울리는 한 쌍이다 싶었는데……."

사쿠라 씨는 말꼬리를 흐렸다. 나는 그다음을 듣고 싶었지만 사쿠라 씨는 더이상 말을 잇지 않았다.

"두 사람은 왜 헤어졌나요?"

너무 깊이 파고드는 것 같았지만 일단 물어보았다. 교코 씨의 반응도 살폈지만 특별히 불쾌해 보이지는 않았다.

"자세하게는 모르지만 남녀관계니까요. 이런저런 일이 있었겠죠."

사쿠라 씨는 모호하게 대답했다. 알면서 시치미를 떼는 건지 정말로 모르는 건지 말만 들어서는 판단이 서지 않았다.

"두 분은 언제 헤어졌나요? 학교 다닐 땐가요?"

"아니요, 야마우라 씨는 이미 졸업한 후가 아니었을까 싶은데요. 아시다시피 저희는 공부를 더 오래해야 하니까 후배인 야마우라 씨가 먼저 졸업했습니다. 이즈쓰와 저는 학교를 다니는 중이었어요."

"그후로 다른 사람과 사귀는 낌새는 없었고요?"

이번에는 교코 씨에게 물었다. 지난번과 마찬가지로 교코 씨는 "예" 하고 대답했다.

"없었던 것 같아요."

"학교 다닐 때는 어땠나요? 이즈쓰 씨 말고 야마우라 선생님과 사이가 좋았던 분은 없었나요?"

"야마우라 씨는 미인이었으니 관심을 보이던 사람은 한둘이 아니었죠. 하지만 이즈쓰도 제법 괜찮은 녀석이라서요. 동아리에서 여자에게 인기가 제일 많았습니다. 그런 한 쌍이었으니 다른 사람이 끼어들 여지는 없었죠."

"그렇군요."

아무래도 대학교 시절로 거슬러 올라가도 특별히 새로운 이야기는 없는 모양이었다. 나는 지난번 모임으로 이야기의 방향을 돌렸다.

"야마우라 선생님이 돌아가신 날 오랜만에 한자리에 모이셨다고 들었는데요. 그때 야마우라 선생님은 어땠나요? 이상한 점은 없었나요?"

"예. 저도 몇 번이나 돌이켜봤는데 특별히 이상한 점은 없었어요. 한자리에 모인 건 일 년 만이었는데 다들 변한 구석이 없었어요. 야마우라 씨도 마찬가지였고요."

"야마우라 선생님과 이즈쓰 씨는 어땠나요? 의식해서 서로 피했다던가."

"아니요, 그렇지도 않았어요. 야마우라 씨는 쾌활한 사람이라 옛날 일은 속에 품고 있지 않았습니다. 오히려 이즈쓰가 의식하지 않았을까 싶은데요."

"무슨 말씀이신지?"

"야마우라 씨가 적극적으로 이즈쓰에게 말을 걸었어요. 이즈쓰는 당황하면서도 싫은 기색은 아니었고요."

"두 분은 오랜만에 만나셨나요?"

"그렇겠죠. 두 사람이 최근까지 만났을 리 없으니까요."

"만났을 리 없다고요? 어째서죠?"

"지금 이즈쓰는 따로 사귀는 사람이 있습니다. 그 사람도 동아리 친구라서 요전번 술자리에 같이 있었어요. 이즈쓰는 그 사람이 보고 있어서 야마우라 씨가 말을 걸자 어색하게 대한 거죠."

"그분 성함은 뭔가요?"

"오미네라고 해요. 오미네 유카리. 이즈쓰 말로는 결혼할 사이라고 하더군요."

"오미네 씨와 야마우라 선생님은 친했나요?"

"예, 두 사람은 원래부터 친구라 함께 동아리에 가입했어요. 그러니 사이는 좋을 겁니다."

야마우라 선생과 친구에 관해 이야기할 때도 많았지만 오미네라는 이름은 들어본 적이 없었다. 정말로 친했다면 한두 번쯤은 이름이 나올 법도 하다. 그런데 오늘 처음 듣다니 최근에는 서먹서먹하게 지냈기 때문이 아닐까. 분명 중간에 이즈쓰라는 남자가 끼어 있는 탓이리라. 여자들 사이에서는 흔히 있는 이야기다.

남자는 여자들이 어떤 사이인지 좀처럼 눈치채지 못하는 듯하다. 그래서 사쿠라 씨는 두 사람 사이에 감돌았을지도 모르는 긴장감을 흘려 넘긴 것 아닐까. 언뜻 사이가 좋아 보인다고 해서 지금도 우정이 지속되고 있으리라는 보장은 없다. 그것이 여자들의 세계다.

"그럼 야마우라 선생님과 오미네 씨도 그때 이야기를 나누셨겠군요."

나는 내 생각은 마음속에 담아두고 사실만을 확인했다. 내 추측이 옳다면 서로 곁에도 가지 않았든지, 싸늘한 대화가 오갔을 것이다. 사쿠라 씨는 그런 분위기는 알아채지 못한 걸까.

"예. 오랜만이었던 것 같았지만 옛날로 돌아가 수다를 떨었습니다. 모임이 끝난 후에도 둘이서 차를 마시러 가겠다고 했을 정도예요."

"차를요?"

예상외의 말이 나와서 당황스러웠다. 내 추측이 빗나갔나. 아니, 그럴 리 없다. 둘이서만 이야기할 필요가 있었기 때문에 차를 마시기로 한 것 아닐까. 나는 어디까지나 내 생각을 고집했다.

"예. 정말 둘이 함께 사라졌으니까 어디 카페라도 갔겠죠. 그럼 오미네 씨가 생전의 야마우라 씨와 마지막으로 함께 있었던 셈이네. 그것참 충격이 크겠는데."

사쿠라 씨는 끝까지 오미네 유카리를 걱정했다. 하지만 나는 그렇게 선의의 해석은 할 수 없었다. 야마우라 선생의 생전 발자취를 좀더 더듬어보고 싶었다.

"죄송합니다. 제 생각만 하는 것 같지만 오미네 유카리 씨와도 이야기를 해보고 싶어요. 소개해주시면 안 될까요?"

7

오미네 유카리는 뜻밖에도 첫인상이 나와 비슷했다. 딱히 남의 눈을 끌 만한 외모가 아니라서 인파에 섞이면 거의 눈에 띄지 않는 타입이었다. 남자를 두고 야마우라 선생과 다툰 사람이라는 선입견 때문에 더 빼어난 외모의 여자를 상상했는데 예상이 완전히 빗나갔다. 사쿠라 씨를 처음 보았을 때도 그렇고, 아무래도 나는 상상력이 빈곤한 듯하다.

외모가 상상과 너무 달랐기 때문에 나는 오미네 유카리를 바로 찾아내지 못했다. 내가 표시물로 들고 온 잡지를 보고 상대방이 다가온 덕분에 겨우 알아차렸다. 나는 갑자기 불러내 미안하다는 사과의 말로 첫인사를 건넸다.

사쿠라 씨는 내 무리한 부탁을 받아들여 오미네 유카리와 만날 수 있도록 주선해주었다. 상대가 쾌히 승낙했는지는 모른다. 교코 씨를 통해 만나주기로 했다는 말만 들었다. 나는 사쿠라 씨가 잡은 약속 시간에 맞춰 지정된 카페로 향했을 뿐이다.

얼굴을 마주하자 오미네 유카리는 당황스러움을 감추지 못했다. 어째서 자신이 이런 곳에서 모르는 사람과 만나야 하느냐고 얼굴에 씌어 있는 것 같았다. 의아하게 여기는 것도 당연하기에 시간이 걸릴 줄 알면서도 내 사정을 설명했다. 오미네 유카리는 입 한번 벙긋하지 않고 내 말에 귀를 기울였다.

"……그래서 번거로우시겠지만 야마우라 선생님과 몇 시까지 함께 계셨는지, 그후에 야마우라 선생님이 바로 집에 돌아갔는지, 그런 것들을 여쭤보고 싶었어요."

나는 긴 설명을 마무리했다. 오미네 유카리는 고개를 까딱 움직여 답하고 드디어 입을 열었다.

“미쓰코하고는 9시 반 정도까지 함께 있었어요. 카페 문을 닫을 때까지 있었으니까 시간은 틀림없어요. 의심스러우면 그 가게에 물어봐도 돼요.”

작지만 강한 의지가 담긴 목소리였다. 그런 점 또한 나와 비슷했다. 오미네 유카리의 경계심을 풀기 위해 나는 바로 고개를 저었다.

“의심하는 게 아니에요. 야마우라 선생님이 집에 도착할 때까지 무슨 일이 있었는지 알고 싶을 뿐이에요.”

“그렇게 에둘러 표현하지 않아도 괜찮아요. 사쿠라 씨한테 전부 들었겠죠. 그래서 절 만나러 온 것 아닌가요?”

“사쿠라 씨한테 전부?”

나는 무슨 뜻인지 몰라 그대로 되뇌었다. 오미네 유카리는 뭔가 착각하고 있다. 내가 도대체 사쿠라 씨한테 무슨 말을 들었다고 생각하는 걸까. 오미네 유카리가 나를 경계할 만한 이야기는 전혀 들은 바 없다.

“아닌가요?”

내 반응을 보고 오히려 오미네 유카리가 놀란 것 같았다. 얼떨떨한 표정으로 내 얼굴을 멀뚱멀뚱 바라보았다. 나는 무언가

맞물리지 않는 이 상황에 큰 흥미를 느꼈다.

"저는 정말로 아무 말도 못 들었어요. 제가 뭘 알고 있다고 생각하신 건가요?"

캐어묻자 그제야 자신의 실수를 깨닫고 오미네 유카리는 곤혹스럽다는 듯이 눈살을 찌푸렸다. 지레짐작하여 설쳤음을 후회하는 것이리라. 하지만 곧 포기했는지 어깨를 움츠리고 밝은 표정을 지었다.

"바보 같네요. 혼자 긴장해서 일방적으로 시비를 걸다니. 죄송해요. 영락없이 저를 비난하러 오신 줄 알고……."

"어째서요? 비난당할 만한 일이라도 하셨나요?"

"그렇지 않아요. 하지만 미쓰코가 살해당했다면 누구든 절 의심할 테니까 그만 겁이 났어요."

"왜 오미네 씨를 의심하죠?"

"이즈쓰 씨에 관해서는 사쿠라 씨에게 들었죠? 제가 그 일로 미쓰코를 원망한다는 말도요."

"원망한다고요? 그런 이야기는 못 들었어요. 사쿠라 씨는 오미네 씨와 야마우라 선생님 사이가 좋다고 생각하는 것 같았어요."

"그런가요……."

내 말에 놀랐는지 오미네 유카리는 잠시 입을 반쯤 벌렸다. 그리고 뭔가 이해한 듯 고개를 끄덕이더니 쓴웃음을 지었다.

"저희 사이가 좋다고 했단 말이죠. 아아, 남자에게는 그렇게 보였던 모양이네요. 그랬구나……."

"이즈쓰 씨를 둘러싸고 야마우라 선생님과 싸우기라도 하셨나요?"

"싸움이라고 하면 싸움이었을지도 모르지만, 좀 달라요. 제가 일방적으로 화를 냈을 뿐이니까요. 치고받고 싸우는 게 다 뭐야, 말다툼조차 아니었어요."

"일방적으로?"

"예. 미쓰코는 언제나 순진무구한 요조숙녀였으니까요. 악의 한 점 없이 남을 짜증나게 만들죠. 저는 고등학교 때부터 걔의 그런 성격에 줄곧 휘둘려왔어요. 마지막에는 항상 용서해주었지만."

"자세히 말씀해주시겠어요? 지금은 오미네 씨가 이즈쓰 씨와 사귀시죠. 이즈쓰 씨와 야마우라 선생님이 헤어졌기 때문에 사귀기로 하신 것 아닌가요?"

"형식상으로는 그래요. 하지만 이즈쓰 씨를 먼저 좋아한 건 저라고요. 제가 먼저 호감을 품고 나서 미쓰코에게 얘기했더니 미쓰코도 좋아하게 됐어요. 늘 그랬어요. 미쓰코는 항상 제 흉내를 냈고 결과적으로는 저보다 잘됐죠. 그때도 그랬고요. 제가 좋아하는 줄 알면서 약삭빠르게 이즈쓰 씨와 가까워지더니

만 사귀지 뭐예요. 분해서 죽을 뻔했어요. 더 분한 게 뭔지 알아요? 제 눈앞에서 낚아챈 이즈쓰 씨와 그후에 깨끗이 헤어졌다는 거예요. 헤어질 거면 처음부터 빼앗아 가지 말던가. 그럼 나도 마음 아플 일 없었을 텐데……."

오랜 세월 마음속에 쌓인 앙금을 토해내듯이 오미네 유카리는 속사포처럼 떠들었다. 죽은 사람을 나쁘게 말하고 싶지 않다는 자제심 때문인지 화를 억누르려고 애쓰는 것 같았지만, 말 군데군데에 분노가 묻어났다. 야마우라 선생에게 그런 감정을 쏟아내는 사람은 처음 보았기에 무척 당황스러웠지만, 공감이 되는 부분도 있었다.

나는 오미네 유카리만큼 심한 일은 당하지 않았지만 야마우라 선생의 순진무구한 정신세계에는 그야말로 넌더리가 났다. 그래서 야마우라 선생이 죽었음을 알고 안심했고, 그 탓에 갚을 수 없는 빚을 지고 만 것이다. 정도의 차이는 있을지언정 오미네 유카리는 나와 비슷한 울분을 품고 있었다. 다른 사람들은 모두 오미네 유카리의 말을 너무하다고 느낄지 몰라도 나만은 그 분노를 이해할 수 있었다.

"술자리를 마치고 따로 이야기를 나누셨죠. 이즈쓰 씨 일로 따끔하게 한마디하시려고 그런 건가요?"

오미네 유카리가 야마우라 선생에게 복잡한 감정을 품고 있다는 것은 잘 알았다. 하지만 그 감정이 사건과 직접 관계가 없다면 아무 도움도 되지 않는다. 나는 억지로 이야기를 본론으로 되돌렸다.

"아니요. 그런 이야기는 안 했어요. 해봤자 아무 소용없는걸요. 미쓰코한테 불평한들 깜짝 놀라기밖에 더하겠어요. 걔한테 나쁜 뜻은 눈곱만큼도 없을 테니까요. 그래서 저도 이제 와서 미쓰코한테 뭐라고 할 마음은 없었어요. 그날은 정말로 옛날 추억에 잠겨 수다를 떨었을 뿐이에요. 진짜예요."

"그럼 9시 반에 헤어지고 나서는 야마우라 선생님이 뭘 했는지 모르시겠군요."

"물론이죠. 역에서 헤어졌으니까요. 나중에 미쓰코가 죽었다는 소식을 듣고 깜짝 놀랐어요. 이런 이야기를 하면 이번에야말로 의심받겠지만, 저는 아무것도 몰라요. 무슨 일이 있었다면 저랑 헤어진 후라고요."

오미네 유카리는 자신의 결백을 강조했다. 지금까지 속마음을 솔직하게 털어놓아준 만큼 그 말을 믿고 싶은 기분이었다. 야마우라 선생을 아는 사람이라면 오미네 유카리의 말이 심하다고 생각할지도 모른다. 악의라고는 전혀 없는 그 사람을 미워하다니 질투와 비뚤어진 성격 탓이라고 여길 것이다. 나는 그렇게 여기지 않는 소수의 예외였다. 내가 오미네 유카리의 말을 믿지 않으면 도대체 누가 그 말을 믿으랴. 역시 가재는 게 편임을 부정할 수 없었다.

8

오미네 유카리의 이야기는 딱히 참고가 되지 않았지만 일 년 만의 동아리 모임이 사건과 관계가 없을 것 같지는 않았다. 모처럼의 행사에 참석한 직후에 행사와는 무관한 살의에 해를 입었다고 받아들이는 편이 부자연스럽다. 역시 그 술자리에서 사건의 싹이 텄으리라. 그런 생각을 지울 수가 없었다.

그래서 이즈쓰라는 사람과도 만나보고 싶었다. 사쿠라 씨와 오미네 유카리의 이야기만 듣고서 이즈쓰와 접촉해보지 않을 수는 없다. 처음 만난 오미네 유카리에게 부탁하기는 힘들어서 실례인 줄은 알지만 또 교코 씨를 통해 사쿠라 씨에게 부탁했다.

이번에는 사쿠라 씨가 직접 답변을 주었다. 사쿠라 씨는 내게 전화를 걸어 이즈쓰와 만날 약속을 잡았다고 알려주었다. 뿐만 아니라 놀라운 이야기를 덧붙였다.

"요전에는 교코가 있어서 말을 못 했는데요. 조금 마음에 걸리는 일이 있었습니다."

기분 탓인지 사쿠라 씨의 목소리는 가라앉아 있었다. 말할까 말까 망설이는 심정이 목소리에 배어 있는 것 같았다.

"무슨 일인데요?"

"예. 대단한 일은 아니겠지만 저 혼자 알고 있자니 마음이 무거워서요. 그러니 이즈쓰를 만나러 가시면 한번 확인해주셨으면 합니다. 제가 직접 물어봐도 되지만 제가 끼어들면 오히려 일이 커질 것 같아서요."

"자세히 말씀해주세요."

좀처럼 이야기를 꺼내지 않다니 사쿠라 씨답지 않았다. 그만큼 중요한 이야기라는 예감이 들었다.

"실은 술자리를 파하기 직전에 야마우라 씨가 이즈쓰에게 하는 말을 들었어요. 들을 생각은 없었지만 귀에 들어왔죠. 야마우라 씨가 이즈쓰에게 권하는 말이요."

"뭐라고 했는데요?"

"모임을 마치고 자기집에 놀러오지 않겠느냐고……."

"야마우라 선생님이 이즈쓰 씨를 자기집에 불렀다는 말씀이세요?"

"예. 단순한 인사치레였겠지만요. 야마우라 씨는 천진난만하게 그런 말을 하는 사람이거든요. 술자리를 파한 후에는 오미네 씨와 차를 마셨다고 하고, 이즈쓰도 분별없는 녀석은 아니니까 신경쓸 만한 일은 아니겠지만 야마우라 씨가 그렇게 되고 나니 아무래도 마음에 걸려서……."

"알겠습니다. 그런데 이 이야기를 경찰에는 하셨나요?"

"어떻게 말합니까. 그런 이야기를 하면 이즈쓰가 범인으로 의심받을 텐데. 그러니까 가능하면 사쿠라이 씨가 물어봐주셨으면 합니다. 그…… 처음 만나는 사쿠라이 씨가 물어보시는 편이 덜 껄끄러울 테니까요."

사쿠라 씨가 직접 물어보지 못하는 것도 이해는 간다. 만약 그 일에 대해 물어보면 이즈쓰의 윤리관뿐 아니라 살인 사건에 관해서도 의혹을 품고 있다는 뜻으로 비칠 테니까. 하지만 그 이야기를 혼자 가슴에 담아두려니 답답해 미칠 노릇이겠지. 나는 지금까지 사쿠라 씨가 보여준 후의에 보답하고자 그의 부탁을 들어주기로 했다. 내가 승낙하자 사쿠라 씨는 기쁘다기보다 안도한 듯한 목소리로 답했다.

그 주 토요일 오후 3시에 이즈쓰와 만났다. 이즈쓰는 여자에게 인기가 많았다는 사쿠라 씨의 설명대로 눈에 확 띄는 멋진 남자였다. 키가 크고 구릿빛 피부에 이목구비가 단정했다. 좋은 조건을 많이 갖추고 있어 오히려 빛 좋은 개살구 같은 인상을 줄 정도였다. 그만큼 이즈쓰는 현실감이 없는 남자였다.

"유카리를 만나셨다면서요. 이야기는 들었습니다."

카페에서 마주앉자 이즈쓰가 먼저 말을 꺼냈다. 오미네 유카리만큼 나를 경계하는 기색은 없었지만 속내는 알 수 없다. 오미네 유카리보다 자신의 본심을 감추는 데 능할 것 같았다.

"그럼 제가 왜 보자고 하셨는지도 아시겠군요. 쓸데없이 말을 길게 끌어 시간을 빼앗는 것도 죄송하니 단도직입적으로 여쭐게요. 야마우라 선생님과는 왜 헤어지셨나요?"

콕 집어서 묻자 이즈쓰는 황당하다는 표정을 지었지만 바로 매력적인 미소를 머금었다.

"정말 단도직입적이군요. 뭐, 저도 솔직하게 물어보시는 편이 마음 편하죠. 성격이 맞지 않는다는 걸 깨달아서 헤어졌습니다."

"성격 차이라고요?"

"미쓰코가 제멋대로인 여자인 걸 알고 나니 도저히 못 사귀겠더군요. 미쓰코와 가까운 사이셨다면 제 말을 이해하시겠죠. 죽은 사람을 나쁘게 말하고 싶지는 않습니다만."

너무나 거리낌없는 말투라 듣기에 유쾌하지는 않았다. 헤어진 여자의 성격을 두고 왈가왈부하다니 고상함과는 거리가 멀다. 내 질문에 솔직하게 대답했을 뿐이라는 것은 알지만 이즈쓰에게 호의를 품기는 힘들었다.

"그럼 헤어질 때 미련은 없으셨겠군요."

"사적인 질문을 하시네요. 뭐, 상관없습니다만. 미련요? 음,

완전히 없지는 않았지만 한숨 돌렸다는 마음이 더 컸습니다. 아무튼 미쓰코에게는 사정없이 휘둘렸으니까요."

나로서는 야마우라 선생이 남자를 어떻게 대했을지 상상에 의존할 수밖에 없다. 하지만 아무리 그래도 이즈쓰의 이야기는 너무나 일방적이었다. 그래서 더 아껴두어야 한다 싶었지만 비장의 카드를 꺼내고 말았다.

"그럼 요전 모임을 마치고 야마우라 선생님의 집에는 당연히 안 가셨겠군요."

퉁명스러운 말투였지만 그 때문에 이즈쓰가 타격을 입은 것은 아니리라. 이즈쓰는 뒤통수를 얻어맞은 것처럼 화들짝 놀라 십 초쯤 정신을 가다듬지 못했다.

"누구한테 들었습니까? 설마 유카리는 아니겠죠?"

"유카리 씨는 모르시나 봐요? 그만큼 뒤가 켕기는 일이라는 뜻이군요."

"멋대로 해석하지 마세요. 다시 한번 묻겠습니다. 누구한테 들었습니까?"

"그건 말씀드릴 수 없어요."

나와 접점이 있는 사람은 사쿠라 씨뿐이니까 조금만 머리를 쓰면 누가 정보를 주었는지 짐작이 갈 것이다. 그래도 나로서는 의리를 지키기 위해 입을 다물어야 했다.

그런데 이즈쓰는 예상치 못한 반응을 보였다. 입가에 다시 쓴웃음을 짓더니 순순히 폭탄과도 같은 사실을 털어놓았다.

"경찰한테 들었습니까? 경찰도 참 입 한번 싸네요. 됐습니다. 경찰한테 들었는데 시치미 떼어봤자 무슨 소용이겠어요. 그날 밤 미쓰코네 집에 갔습니다. 하지만 그뿐이에요. 저는 안 죽였습니다."

집에 갔다고? 이런 말을 할 줄은 상상도 못 했다. 마음의 준비도 하기 전에 중대한 이야기를 듣는 바람에 잠시 혼란에 빠졌다. 도대체 이즈쓰는 무슨 소리를 하는 걸까.

"어, 아닌가. 놀란 표정을 보아 하니 모르셨군요. 도둑이 제 발 저리다고, 그만 자백하고 말았네요."

"집에 가셨다고요? 그럼 술자리가 끝난 후에도 야마우라 선생님을 만나신 거군요."

"아니요, 그건 아닙니다. 제가 집에 갔을 때는 이미 죽은 뒤였어요."

"죽은 뒤였다고요?"

"예. 하늘을 우러러 한 점 부끄러움 없는 사실입니다. 제 말이 믿기지 않으시겠죠. 믿어주기를 바라지도 않습니다."

이즈쓰는 차분한 목소리로 말했다. 반대로 나는 흥분했다. 이즈쓰는 자신이 얼마나 중대한 증언을 했는지 모르는 걸까.

"몇 시쯤에 야마우라 선생님 집에 가셨나요? 아니, 애초에 어째서 집에 가기로 하셨나요?"

"11시에 갔습니다. 미쓰코가 그쯤 와달라고 했거든요. 왜 갔느냐고요? 그야말로 미련 때문이려나. 그것참, 저희 사이를 모르는 분께 이유를 설명하려니 힘들군요. 그냥 그렇게 알아두시죠."

"11시에 가보니 야마우라 선생님이 죽은 뒤였다고 하셨죠. 문은 잠겨 있지 않았나요?"

"예. 초인종을 계속 눌러도 나오지 않기에 이상해서 문손잡이를 돌려봤습니다. 그랬더니 열리더라고요. 어쩐 일인가 싶어 집안을 둘러보다 쓰러져 있는 미쓰코를 발견했죠. 일단 의사니까 들어가서 확인해봤습니다. 죽은 게 틀림없었어요."

"경찰에는 신고하지 않으셨나요?"

"안 했습니다." 이즈쓰는 이 대답을 할 때만큼은 자책감을 느끼는 것처럼 보였다. "신고해야 한다는 건 알고 있었지만 도저히 못 하겠더라고요. 거기 있던 이유를 어떻게 설명해야 할지 생각하니 눈앞이 캄캄해서."

"하지만 경찰이 알아냈군요. 어떻게 알아냈나요?"

"목격자가 있었습니다. 제가 미쓰코를 찾아온 걸 본 사람이 있었어요. 연립주택에 사는 사람이겠죠. 계단에서 스쳐지나갔어요. 한순간의 일이라 기억하지 못할 줄 알았는데 제 생각이 물렀어요. 바로 신고하지 않은 탓에 나쁜 인상을 준 모양입니다만, 다행히 아직까지 체포되지 않고 자유의 몸입니다."

이즈쓰는 주눅드는 기색 없이 그렇게 말했다.

9

이즈쓰의 말을 의심하지 않고 곧이곧대로 받아들일 마음은 없었지만 새빨간 거짓말로 치부할 정도도 아니었다. 이즈쓰가 야마우라 선생을 죽인 범인이라면 초콜릿에 수면제를 넣을 이유가 없기 때문이다.

나는 이즈쓰와 헤어져 집으로 돌아와서 다시금 생각을 정리해보았다. 범인은 왜 수면제를 사용했을까? 틀림없이 야마우라 선생이 저항하지 못하도록 하기 위해서일 것이다. 처음부터 살의를 품었는지 아니면 야마우라 선생의 몸을 차지하기 위해서인지는 확실치 않지만 사전에 계획을 세웠다는 것만은 분명하다. 꼬임에 넘어가서 찾아갔다가 어쩌다 보니 죽였다면 수면제가 등장할 장면은 없다. 이즈쓰가 범인이라면 수면제를 사용할 필요가 없다.

이 모순을 어떻게든 설명하고자 나는 한 가지 가설을 세웠다. 범인이 난조에게 죄를 뒤집어씌울 작정으로 수면제를 넣었다는 가설이다. 범인은 야마우라 선생의 집에 들어가고 나서야 초콜릿이 배달되었음을 알았다. 그후 다투다가 야마우라 선생을 죽이고 말았다. 범인은 초콜릿을 보낸 사람에게 죄를 뒤집어씌우기 위해 초콜릿을 가져가 수면제를 넣은 후 다시 현장에 가져다놓았다. 이렇다면 말이 되지 않을까.

하지만 이 가설로는 이해가 가지 않는 부분이 있어서 마음에 걸렸다. 최근에 입수한 정보인데, 야마우라 선생의 집에는 택배 송장이 남아 있지 않았다고 한다. 왜 그게 없었는지는 의문이지만 택배 송장이 없었다면 난조에게 죄를 뒤집어씌워야겠다는 발상도 하지 못했을 것이다. 죄를 뒤집어씌우는 것이 목적이었다면 범인은 처음부터 초콜릿을 보낸 사람이 난조였음을 알고 있어야 한다.

아니, 그뿐만이 아니다. 야마우라 선생은 실제로 수면제가 든 초콜릿을 먹었다. 즉 야마우라 선생이 초콜릿을 먹었을 때 수면제는 이미 들어 있었다. 범인이 초콜릿을 가지고 돌아가서 수면제를 넣었을 가능성은 애초부터 없었다.

요컨대 초콜릿에 수면제를 넣은 사람이 범인이라면 이즈쓰는 범인이 아니다. 이것은 논리적 귀결이다.

하지만 가능성이 하나 더 있다. 초콜릿에 수면제를 넣은 사람과 야마우라 선생을 죽인 범인이 다른 사람인 경우다. 이렇다면 이즈쓰가 범인일 수도 있다. 야마우라 선생은 이즈쓰의 뜻과는 상관없이 마침 수면제가 든 초콜릿을 먹은 탓에 정신이 몽롱해졌다. 이즈쓰는 그 기회를 놓치지 않고 야마우라 선생을 때렸을지도 모른다.

물론 이 경우 초콜릿에 수면제를 넣은 사람은 난조다. 난조는 야마우라 선생에게 흑심을 품고 저항하지 못하게 하려 했다. 하지만 난조 대신 범인이 이득을 봤다. 난조는 음흉한 기대를 품고 야마우라 선생을 찾아갔겠지만 그때는 이미 사건이 벌어진 뒤였다. 난조는 야마우라 선생의 시신을 발견하고 경악했을 것이다. 그리고 사건에 말려들까 봐 겁이 나서 자기 이름이 적힌 택배 송장을 가지고 달아났다. 이렇게 생각하면 사건 전체를 깔끔하게 설명할 수 있다.

하지만 만약 진상이 그러하다면 범인이 이즈쓰라는 보장은 없다. 오미네 유카리도 충분히 범행을 저지를 수 있었기 때문이다. 오미네 유카리는 야마우라 선생이 이즈쓰를 자기집으로 부르는 것을 엿들었다. 그리고 두 사람이 만나지 못하도록 모임이 끝난 후에도 야마우라 선생에게 붙어 있었다. 하지만 카페가 문을 닫자 헤어질 수밖에 없었다. 돌아가는 야마우라 선생을 보고 오미네 유카리의 불안은 점점 커졌다. 그래서 이즈쓰가 오면 되돌려 보내려고 야마우라 선생의 뒤를 밟아 집까지 따라갔다. 결국 거기서 말다툼이 벌어져 가까이 있던 골동품 시계로 야마우라 선생의 머리를 내리쳤다. 그때 이미 야마우라 선생은 난조가 수면제를 넣어서 보낸 초콜릿을 먹었기 때문에 제대로 저항하지 못하고 살해당했다. 나는 그런 광경을 상상했다.

그런 생각이 들자 이즈쓰 범인설보다 오미네 유카리 범인설이 더 진실에 가깝게 느껴졌다. 처음에는 오미네 유카리의 말을 믿었지만 그저 나와 비슷하다고 느꼈기 때문에 그랬을 뿐이다. 논리적 근거는 없다. 나는 오미네 유카리와 다시 이야기를 나누어보고 싶었다.

이번에는 직접 본인에게 연락했다. 요전에 만났을 때 전화번호를 알아두었다. 내가 다시 만나고 싶다고 부탁하자 오미네 유카리는 특별히 싫어하는 기색 없이 승낙했다. 오미네 유카리 역시 나와 뭔가 통한다고 느꼈는지도 모른다. 그렇다면 이번 만남은 내 생각보다 거북한 결과를 초래할 가능성이 있었다.

요전에 만났던 카페로 가자 오미네 유카리는 생각지도 못한 웃음으로 나를 맞이해주었다. 마치 친한 친구에게나 지을 법한 표정이었다. 오미네 유카리가 나를 받아들였다는 느낌이 들었다. 동시에 이즈쓰가 나와 만났다는 사실을 오미네 유카리에게 밝히지 않았다는 것도 깨달았다. 이즈쓰가 나와 나눈 이야기를 숨김없이 전했다면 이렇게 웃는 얼굴로 나를 마주할 리 없기 때문이다.

"죄송해요. 오늘은 아주 실례되는 질문을 드려야 해요."

빙빙 둘러서 물어볼 생각은 없었다. 오미네 유카리가 내게 호의를 품고 있다면 더더욱 솔직해져야 한다. 오미네 유카리는 그런 내 말에도 동요하지 않고 "뭔데요?" 하고 고개를 갸웃거렸다.

"뭐든지 물어봐도 돼요. 미쓰코가 살해당한 사건에 관해서죠? 저도 각오는 단단히 했으니까 뭐든지 물어봐요. 이제 와서 화낼 것 같았으면 만나러 나오지도 않았어요."

"불쾌한 소리를 할 테니까 화내도 상관없어요. 전 그저 마음속에서 사건을 완전히 정리하고 싶을 뿐이에요. 그러니 물론 경찰에는 말하지 않을 거예요."

"경찰에 말한다고요? 그럼 마치 제가 범인 같잖아요."

이것이 연기라면 오미네 유카리는 뛰어난 배우다. 나는 직설적으로 물었다.

"진실을 말해줘요. 그날 밤 카페에서 헤어진 후로는 야마우라 선생님하고 만나지 않았다고 했죠. 정말이에요?"

"예. 왜요?"

"실은 야마우라 선생님 집에 간 것 아니고요?"

"왜 그런 말을 해요? 제가 왜 미쓰코네 집에 가야 하는데요?"

"이즈쓰 씨하고는 잘 지내고 계세요?"

그렇게 물은 순간 온화했던 오미네 유카리의 인상이 싹 변했다. 대번에 무뚝뚝하게 생긴 가면처럼 표정이 사라졌다. 내게 품고 있던 친근감은 이제 찌꺼기조차 남아 있지 않았다.

"왜 그런 걸 묻죠? 그게 사건과 무슨 상관인데요?"

나는 표정이 사라진 오미네 유카리의 얼굴을 보고 내 추측이 빗나가지 않았음을 알아차렸다. 역시 오미네 유카리는 야마우라 선생이 이즈쓰를 유혹했다는 것을 알고 있었다. 오미네 유카리는 나에 대한 분노가 아니라 연인을 빼앗길지도 모른다는 질투심 때문에 표정이 변한 것이다.

"솔직하게 말해줘요. 그날 야마우라 선생님 집에 갔죠? 거기서 무슨 일이 있었는지는 묻지 않을게요. 그러니까 진실을 알려줘요."

"무슨 말이 그래요? 제가 미쓰코를 죽이기라도 했다는 건가요? 기가 차서 말도 안 나오네. 왜 그렇게 생각하는 건데요?"

"이즈쓰 씨는 자기가 찾아갔을 때 야마우라 선생님은 이미 죽은 뒤였다고 했어요. 그 사람 말을 그대로 믿는 건 아니에요. 그렇기 때문에 진실을 듣고 싶은 거고요."

"그이가 미쓰코네 집에 갔다……."

오미네 유카리는 내 말을 듣고 깜짝 놀란 것 같았다. 두 사람 사이를 갈라놓을지도 모르는 비밀을 누설하게 돼 자책감이 이만저만이 아니었지만 언젠가는 알 일이다. 오미네 유카리를 위해서라도 알 건 알아야 한다고 나 자신에게 변명했다.

"이즈쓰 씨가 자기 입으로 그런 말을 했다 이거죠."

오미네 유카리는 무서우리만치 딱딱하게 굳은 얼굴로 확인했다. 나는 고개를 끄덕였다.

"그럼 나도 자백할게요. 그 사람이 그렇게 말했다면 나도 입 다물고 있을 필요 없죠. 예, 그날 밤 미쓰코네 집에 갔어요. 당신 말대로 미쓰코와 그 사람을 의심했거든요. 하지만 처음부터 의심했던 건 아니에요. 미쓰코가 뭐라고 하든 그 사람이 쉽게 흔들릴 리 없다고 믿었죠. 일단 미쓰코와 헤어진 후에 집에 돌아가서 그 사람한테 전화를 해봤어요. 그런데 아직 집에 안 돌아왔더라고요. 그때 비로소 불안해졌죠. 그래서 미쓰코네 집에 가봤어요. 그리고 미쓰코네 집에서 나오는 그 사람을 봤고요. 너무 실망해서 말도 못 붙이겠더군요. 그 틈에 그 사람은 집으로 돌아갔어요. 그러니까 제가 미쓰코네 집에 간 건 그후예요."

"야마우라 선생님은 만났나요?"

내가 묻자 오미네 유카리는 천천히 고개를 저었다.

"아니요, 미쓰코는 이미 죽은 뒤였어요."

10

전화로 이즈쓰에게 연락을 취하기는 생각보다 훨씬 힘들었다. 대학병원에 근무하는 이즈쓰는 생활 리듬이 불규칙해서 집에 있는 시간이 일정치 않았기 때문이다. 그렇다고 자동 응답기에 용건을 남길 마음은 없었다. 이즈쓰와 직접 이야기를 나누고 싶었다.

자동 응답 메시지를 여섯 번 듣고 일곱 번째 전화를 걸었을 때에 마침내 이즈쓰의 목소리가 들려왔다. 이즈쓰는 내가 전화해서 의외라는 반응이었지만 크게 놀라지는 않았다. 내가 다시 접촉해올 것이라 예상하고 있었으리라. 나는 상대가 전화를 오래 받아도 괜찮은 상황인지 확인하고 나서 본론으로 들어갔다.

"우선 양해를 구하고 싶은데요, 전 경찰 흉내를 내어 범인을 찾아내려는 게 아닙니다. 솔직히 말씀드리자면 야마우라 선생님이 돌아가시고 아주 잠깐이나마 안도했어요. 야마우라 선생님이 싫었던 건 아니지만 같이 직장 생활을 하다 보니 어쩐지 피곤하더라고요. 참 야박하죠? 제가 생각해도 야박하다 싶어서 조금이나마 죄책감을 덜기 위해 어째서 야마우라 선생님이 살해당했는지 알아내려는 거예요."

"뜬금없이 무거운 이야기를 들려주시는군요. 뭐, 저도 미쓰코의 성격이 어떤지는 잘 아니까 선생님 기분도 이해는 갑니다. 그래서 어쨌다는 겁니까?"

"저는 제 마음을 솔직하게 말씀드렸어요. 그러니 이즈쓰 씨도 숨김없이 말씀해주셨으면 합니다."

"무슨 뜻이죠? 요전에 하나도 숨김없이 말씀드렸는데요."

이즈쓰는 동요하는 낌새도 없이 말했다. 나도 이즈쓰가 이 정도 가지고 당황하리라고는 생각지 않았다.

"이즈쓰 씨는 목격당했어요. 10시 20분경에 야마우라 선생님 집에서 나오는 모습을."

"10시 20분경요? 요전에 말씀드렸다시피 저는 11시쯤에 갔습니다. 목격자도 있어요. 도대체 누가 그런 허튼소리를 했습니까? 그 사람이 착각한 겁니다."

"이즈쓰 씨를 본 사람은 오미네 유카리 씨예요. 오미네 씨는 당신과 야마우라 선생님의 사이를 의심하고 그날 야마우라 선생님 집에 갔어요."

이즈쓰는 내 말을 듣고 한동안 아무 말도 없었다. 당장이라도 변명을 늘어놓을 줄 알았는데 그토록 오래 침묵을 지키다니 의외였다. 나는 상대가 입을 열 때까지 삼십 분이든 한 시간이든 기다릴 작정이었다.

"유카리가 10시 20분경에 저를 봤다고 했단 말이죠."

이즈쓰는 나지막한 목소리로 확인했다. 나는 "예" 하고 인정할 뿐이었다.

"그렇습니까……."

"오미네 씨는 당신이 야마우라 선생님 집에서 나오고 나서 곧장 선생님을 찾아갔대요. 당신과 어떤 관계인지 추궁하려고요. 하지만 그때 이미 야마우라 선생님은 돌아가신 뒤였다고 했어요."

"……."

이즈쓰는 대답하려 들지 않았다. 나는 개의치 않고 말을 이었다.

"이즈쓰 씨는 왜 두 번이나 야마우라 선생님 집에 갔을까요. 처음 찾아갔을 때 야마우라 선생님은 이미 돌아가신 뒤였을 텐데요. 그때 바로 경찰에 신고하지 않은 이유는 요전에 들었어요. 하지만 다시 찾아간 이유는 아직 못 들었네요. 시체밖에 없는 줄 알면서 왜 다시 가야 했을까요?"

이즈쓰는 침묵으로 답했다. 나는 전화선 건너편에 아무도 없는 게 아닐까 하는 걱정을 억누르며 내 생각을 풀어놓았다.

"위장 공작을 하러 갔겠죠. 당신은 어쩌다 그만 야마우라 선생님을 죽이고 말았어요. 예전부터 살의를 품고 있었다면 준비를 더 단단히 했겠죠. 그러니 충동적인 살인이었을 거예요. 어쩌면 콱 밀쳤을 뿐이었는지도 모르죠. 그런데 야마우라 선생님은 장롱에 부딪혔어요. 운 나쁘게도 장롱 위에는 탁상시계가 있었고요. 부딪힌 충격으로 탁상시계가 떨어졌고, 시계 받침대가 야마우라 선생님 머리를 정통으로 때렸죠. 사람은 그렇게 사소한 일로도 어이없이 죽는 존재예요. 그야 의사이신 이즈쓰 씨가 더 잘 아시겠지만."

그렇다, 나는 야마우라 선생이 사고로 죽었다고 생각한다. 야마우라 선생이 살해당할 만큼 남에게 미움을 샀다는 생각은 역시 하고 싶지 않았다. 이 일은 사고였다. 그걸로 됐다.

"야마우라 선생님이 죽자 깜짝 놀랐겠죠. 어떻게든 되살리려고 애를 썼겠지만 허사였어요. 왜 그때 경찰에 신고하지 않았느냐고 비난할 생각은 없어요. 만약 제가 당신 처지였더라도 사람을 죽인 죗값을 치를 수 있을 것 같지는 않으니까요. 그래서 당신은 자신의 죄를 은폐하는 길을 택했어요."

"……제가 어떻게 죄를 감추려고 했다는 말씀입니까?"

그제야 이즈쓰가 다시 입을 열었다. 이상하게도 나는 그의 목소리를 듣고 안심했다.

"당신은 남자가 야마우라 선생님 앞으로 보낸 초콜릿을 봤죠. 그리고 그 남자에게 의혹의 눈길이 쏠리도록 꾸미기로 했어요. 초콜릿을 보낸 사람이 범인으로 체포되지 않아도 상관없죠. 당신이 용의 선상에서 벗어나기만 하면 그걸로 충분하니까. 그래서 일단 집에 돌아가서 가져온 수면제를 주사기를 이용해 남아 있는 초콜릿에 넣었어요. 그뿐만이 아니에요. 일부러 유리 칼로 유리창을 잘라내 밖에서 누가 침입한 것 같은 상황을 꾸며냈어요, 그렇죠?"

"그 추리에는 한 가지 허점이 있는데요. 그렇게 위장 공작을 해봤자 역시 저를 향한 의혹은 피할 수 없어요. 경찰은 제가 그 초콜릿을 보냈다고 여길지도 모르니까."

바로 그 점을 지적하다니 머리 회전이 빠른 걸까, 아니면 전부터 신경을 써서 생각해보았기 때문일까. 나로서는 어느 쪽이라고도 판단을 내릴 수가 없었다.

"그래요. 초콜릿을 보낸 사람에게 의혹의 눈길을 돌리고 싶다면 보낸 사람이 누구인지 바로 알 수 있도록 해두어야 해요. 택배 송장을 그대로 놓아두는 게 제일 좋은 방법이겠죠. 하지만 당신은 어째서인지 택배 송장을 가지고 돌아갔어요. 그게 제일 이상한 점이었어요."

"제가 왜 택배 송장을 가지고 돌아갔습니까?"

이즈쓰는 마치 남의 일처럼 물었다. 나는 발끈하여 말을 퍼부었다.

"이건 상상에 불과하지만, 깜빡하고 택배 송장을 만졌기 때문 아닐까요? 택배 송장을 만진 건 야마우라 선생님이 죽기 전이었을지도 모르죠. 어쨌거나 자기 지문이 묻은 택배 송장을 그대로 남겨둘 수는 없었겠죠. 그래서 경찰의 수사력에 기대를 품고 택배 송장을 가지고 돌아갔어요. 경찰이 바로 발송인을 찾아냈으니 택배 송장 없이도 당신의 목적은 달성되었고요."

"여전히 설명이 모자라요. 잊으셨습니까? 수면제는 남아 있던 초콜릿뿐만 아니라 미쓰코의 위 속에서도 검출됐어요."

"기억하고 있고말고요. 그 사실 때문에 당신이 범인이라고 단정할 수가 없었죠. 하지만 어떤 사실을 깨닫고 이번에는 반대로 당신이 범인일 수밖에 없다고 확신했어요. 그런 일을 할 수 있는 사람은 이즈쓰 씨뿐이니까요."

"어떤 사실이라니, 그게 뭔데요?"

"당신이 의사라는 사실요. 의사라면 환자에게 유동식을 먹이기 위한 튜브도 쓸 줄 알겠죠. 당신은 튜브로 야마우라 선생님의 위 속에 수면제를 흘려 넣은 거예요. 시신을 부검해도 수면제가 검출되도록."

그렇다, 그것이야말로 이번 사건의 가장 큰 트릭이었다. 이즈쓰는 자신에게만 가능한 트릭을 사용해 의혹의 눈길을 다른 곳으로 돌렸다. 깜빡하고 택배 송장을 만지고 만 실수도 오히려 자신에게 유리하게 작용한다고 냉정하게 판단했다. 그의 행동은 한기가 느껴질 만큼 무서웠지만, 그 영리함에는 감탄하지 않을 수 없었다.

"목적은요? 제가 왜 그런 짓을 해야 합니까?"

이즈쓰는 어디까지나 냉정하게 반문했다. 대답은 준비되어 있었다.

"야마우라 선생님이 이미 초콜릿을 먹었거든요. 물론 남아 있는 초콜릿에 수면제를 넣어놓기만 해도 충분히 계획적인 범죄였다는 냄새를 풍길 수 있죠. 하지만 그래서는 범인이 초콜릿을 가지고 돌아가서 위장 공작을 벌였을 가능성이 남아요. 제가 이렇게 생각할 정도니까 경찰도 당연히 그 가능성을 알아차리겠죠. 그래서 당신은 범행이 드러나지 않도록 시신에도 위장 공작을 했어요. 그렇죠?"

"그렇군요."

이즈쓰는 감탄했다는 듯한 목소리로 말했다. 나는 마지막 질문을 던졌다.

"이즈쓰 씨, 당신 야마우라 선생님을 사랑하지 않았나요? 헤어지기는 했어도 잊을 수는 없었겠죠. 그래서 유혹을 뿌리치지 않고 야마우라 선생님 집에 간 거고요. 그런데 어쩌다 이렇게 된 거죠? 도대체 두 사람 사이에 무슨 일이 있었던 건가요?"

이즈쓰는 내 질문에 답하려고 하지 않았다. 다시 긴 침묵이 흘렀다. 이즈쓰가 입을 열 때까지 족히 일 분은 걸렸다.

"대답을 들어야 마음이 정리되겠습니까?"

"아니요, 그렇지는 않아요."

그 말을 듣고서야 내가 너무 깊이 파고들었음을 깨달았다. 그렇다, 여기서부터는 나와 상관없는 일이다. 나는 야마우라 선생의 죽음에 얽힌 진상을 알아낸 것으로 만족해야 한다.

"그럼 이제 마무리됐군요. 피곤하네요. 이만 끊어도 되겠습니까?"

"예. 시간을 빼앗아서 죄송합니다."

"안녕히 주무세요."

이즈쓰는 부드러운 목소리로 말하고 전화를 끊었다. 나 또한 상대에게 들리지 않을 것을 알면서 "안녕히 주무세요" 하고 답했다.

내일부터 다시 지금까지처럼 아이들 앞에 설 수 있을까. 나는 스스로에게 물어보았다. 분명 설 수 있을 것이다. 나 역시 이제 사건을 마무리지었으니까.

Scene 3
이면의 감정

1

"안녕히 주무세요."

나는 그렇게 말하고 천천히 수화기를 내려놓았다. 전화가 끊어지는 찰나에 미쓰코의 동료였던 사쿠라이라는 이름의 선생님 목소리가 들린 것 같았지만 기분 탓일지도 모른다. 무거운 대화가 끝나고 다시 방에 정적이 찾아왔지만, 이번에는 그 고요함이 무겁게 느껴졌다. 혼자 술을 마시는 습관은 없는데도 지금은 취하고 싶은 기분이었다. 그렇다고 해서 사러 갈 마음은 들지 않았지만.

사쿠라이가 들려준 추리는 빗나갔지만 충분히 충격적이었다. 사쿠라이가 어쩌다 잘못된 추리를 쌓아올렸는지 나는 그 이유를 잘 안다. 사쿠라이는 자기 추리의 토대를 의심 없이 믿고 말았다. 토대가 엉터리라면 추리 자체가 무너져 내리는 것이 당연하다. 그러나 내게는 사쿠라이의 착각을 바로잡을 기력도, 나무랄 기개도 없었다.

나는 안락의자에서 일어나 창가로 걸어갔다. 제대로 청소를 하지 않아 뿌연 창문 너머로 컴컴하기만 한 밤하늘이 보였다. 헤아릴 수 있을 정도로 별이 적은 하늘에 시선을 던지며 나는 유카리의 얼굴을 떠올렸다. 왜 유카리는 10시 20분경에 미쓰코네 집에서 나오는 나를 봤다고 거짓말을 했을까.

답은 깊이 생각할 필요도 없이 뻔했다. 유카리는 미쓰코가 나를 집으로 불렀다는 사실을 안다. 그리고 내가 그 제안을 받아들인 것도.

그래서 유카리는 내게 의혹이 향하도록 거짓말을 한 것이리라. 유카리도 양식이 있으니 경찰한테까지 그런 허튼소리를 하지는 않았지만, 사쿠라이에게는 말하지 않고 배길 수가 없었던 것이다. 유카리가 마음속에 담아둔 분노는 그만큼 컸다는 뜻일까.

왜 그때 나는 미쓰코의 제안을 받아들인 걸까. 다시금 스스로에게 물어보았다. 아무리 생각해도 당시의 내 마음은 도저히 이해가 안 간다. 미쓰코의 방자함, 남을 자기 마음대로 휘둘러

놓고도 태연한 그 무신경함에는 누구보다도 내가 제일 질리지 않았던가. 그런 까닭에 미쓰코와 헤어지고 유카리와 사귀었다. 빼앗기만 할 뿐 아무것도 나누어주지 않는 미쓰코에게 지쳐, 수수하지만 푸근한 평온함을 안겨주는 유카리를 선택한 것이다.

내가 알기로 미쓰코만큼이나 명랑하고, 사랑스럽고, 함께 있으면 즐거우면서도 제멋대로고, 남의 기분을 이해할 줄 모르는 어린아이 같은 여자는 세상에 또 없다. 미쓰코는 언제나 가장 빛났고, 누구보다 매력적이며, 누구보다 형편없는 여자였다. 남이 자신에게 맞추어주는 것을 당연하게 여겼지만 자신을 남에게 맞추는 법은 모르는 여자였다. 자기는 약속 시간에 아무렇지도 않게 한 시간이나 늦게 오면서, 내가 십 분이라도 늦으면 그날은 하루 종일 심통을 부렸다. 가고 싶은 곳이나 보고 싶은 영화가 서로 다를 때 미쓰코가 자기 뜻을 꺾어서 양보해준 적은 단 한 번도 없었다. 대학생 신분으로는 도저히 사기 힘든 값비싼 명품 액세서리를 생일 선물로 사달라고 조르면서 내 생일은 싹 잊어버렸다. 미쓰코는 언제나 여왕님이었고 나는 여왕님을 모시는 시종이었다. 시종에게도 최소한의 자존심이 있다는 사실을 미쓰코는 꿈에도 몰랐으리라. 시종의 기분 따위는 아랑곳하지 않으니까 미쓰코는 여왕님 노릇을 할 수 있었던 것이다.

나는 시종으로 지낼 수 있어서 기뻤다. 어떤 관계라도 상관없었다. 미쓰코 곁에 있을 수 있다는 것만으로 행복했다. 그만큼 미쓰코는 매력이 철철 넘쳤다. 미쓰코가 요구했다면 나는 그녀의 발이라도 핥았을 것이다. 하지만 미쓰코는 자신이 여왕의 지위에 앉아 있다는 사실을 자각하지 못했다. 그러므로 내게 발을 핥으라고 명령한 적은 없다. 내게 뭔가를 지시할 때 미쓰코는 어디까지나 애원이라는 방식을 사용했다. 그 애원을 뿌리치지 못했으니 어떻게 보아도 나는 시종에 불과했지만.

미쓰코와 사귄 일 년은 내 반생에서 가장 농밀한 시간이었다. 그 일 년의 시간만큼 큰 기쁨과 슬픔, 짜증과 분노를 느낀 적은 없다. 미쓰코의 미소에 주체할 수 없는 기쁨을 느꼈고, 너무나도 제멋대로인 방자함에 화가 났고, 그런데도 결국은 고분고분 미쓰코의 말에 따르는 내가 한심하게 느껴졌다. 물질은 온도를 극단적으로 올렸다 내렸다 하면 강도가 떨어져 극도로 약해진다. 내 마음에 일어난 현상이 그러했다. 얼마 지나지 않아 줏대도 긍지도 완전히 닳아 없어지고 말았다. 나 자신이 쓸모없는 인간이 되어간다는 것을 자각했지만, 제동을 걸 이성은 없는 것이나 마찬가지였다.

미쓰코와 헤어질 수 있었던 것은 닳아서 없어진 자존심의 찌꺼기가 그나마 남아 있었기 때문이리라. 계기는 별것 아니다. 그때까지 얼마든지 참아왔던 미쓰코의 방자함이었다. 상대의 사정을 전혀 고려하지 않는 미쓰코의 말투에 마음속에서 뭔가가 툭 끊어졌다. 시종에게도 시종 나름의 오기가 있었던 셈이다. 나는 전화에 대고 고함을 지른 후 수화기를 내팽개쳤다. 미쓰코는 분명 내가 왜 화를 냈는지 짐작도 가지 않았을 것이다. 그때 나는 영문도 모르고 멍하니 있을 미쓰코의 얼굴을 똑똑히 머릿속에 그릴 수 있었다. 그리고 그런 얼굴을 상상하니 마구 솟아오르는 후회의 감정을 간신히 억누를 수 있었다.

이제 와 돌이켜보면 미쓰코와 헤어지겠다고 용기를 낸 것이 놀라울 따름이다. 미쓰코는 반란을 일으키고 떠나는 시종을 붙잡으려고 하지 않았다. 도도하게 구느라 떠나는 남자에게 매달리지 않은 것은 아니리라. 미쓰코는 정말로 내가 화를 낸 이유를 이해하지 못한 것이다. 그래서 나와 무슨 말을 해야 할지 몰랐던 것이 틀림없다. 나는 지금도 미쓰코의 태도를 그렇게 이해하고 있다.

미쓰코와 헤어진 후 나는 먼저 이별을 고한 주제에 마치 호되게 차인 사람처럼 침울해했다. 뭘 하려고 해도 기운이 나지 않아서 폐인처럼 지냈다. 그대로 지냈다면 인생의 낙오자가 되었거나, 무릎을 꿇고 미쓰코에게 용서를 빌었을지도 모른다. 그렇게 되지 않았던 것은 곁에 유카리가 있어주었기 때문이다. 나는 유카리에게 구원받았다.

유카리가 내게 마음이 있다는 것을 언제 알아차렸을까. 적어도 사귀기 직전은 아니었다. 특별히 의식도 하기 전부터 유카리는 늘 내 곁에 있었다. 유카리는 미쓰코와 사귀는 동안 완전히 피폐해져가는 나를 비웃지 않고 지켜봐주었다. 유카리는 내게 미쓰코처럼 천국과 지옥을 뒤섞은 듯한 강렬한 시간을 안겨주지는 않았지만, 대신 고요하고 차분하여 진심으로 편히 쉴 수 있는 안락함을 주었다. 사람과 사람의 정상적인 교제가 무엇인지 가르쳐주었다. 남자와 여자가 대등하게 지내는 관계가 내게는 무척 신선하게 느껴졌다. 유카리가 없었다면 나는 분명 일그러진 관계를 평범하다고 굳게 믿었을 것이다. 나는 지금도 유카리에게 깊이 감사하고 있다.

그런데 왜 유카리를 배신한 걸까. 왜 거절하지 않고 미쓰코의 집에 찾아간 걸까.

몸에 밴 노예근성은 시간이 흘러도 완전히 사라지지 않는다는 뜻일까. 아니면 오랜만에 만난 미쓰코가 새삼스레 매력적으로 느껴진 걸까.

둘 다 맞을 것이다. 나는 지금도 미쓰코의 시종이며, 그 저항할 수 없는 매력을 잊지 못했다. 몇 번이고 되풀이했던 잘못을 다시 범한 것에 지나지 않는다. 벗어났다고 믿은 속박에서 결국 달아나지 못한 것이다.

이 얼마나 어리석은가. 스스로가 한심했다. 미쓰코와 사귀던 시절이라면 미쓰코의 매력에 푹 빠져 맥을 못 추는 것도 나쁘지 않으리라. 그건 그것대로 어리석을지도 모르지만 틀림없는 행복이 보장된다. 하지만 지금 내 곁에는 유카리가 있다. 유카리를 배신하면서까지 미쓰코의 집에 가다니 내 정신 상태가 의심스러웠다. 화가 나서 견딜 수가 없었다.

변명을 하자면 뭔가를 기대하고 미쓰코의 집에 간 것은 아니었다. 이제 와서 미쓰코와 관계를 회복하려는 마음은 없었다. 그 정도로 멍청하지는 않다. 술자리에서 미쓰코와 잠깐 이야기를 나누다 보니 예전의 즐거웠던 시간이 생생하게 떠오르고 만 것이다. 방자한 태도에 휘둘리던 쓰라린 기억은 깡그리 잊고 다시금 미쓰코의 매력에 빠져들었다. 그때는 미쓰코에게 홀렸다고밖에 할말이 없다. 나는 식충식물의 유인에 넘어가 잡아먹히는 곤충처럼 미쓰코의 집에 가기로 약속하고 말았다.

미쓰코가 무슨 생각으로 그랬는지는 모르겠다. 다만 집에 오라는 미쓰코의 말에 성적 의미가 담겨 있지는 않았을 것이다. 여왕님은 언제나 변덕스러운 법이다. 그저 옛날 추억을 되새기며 느긋하게 이야기를 나누고 싶었던 것 아닐까. 그 마음을 알고 있었기에 나도 무심코 미쓰코의 집에 가기로 한 것이다. 유카리를 배신했다는 자각도 없이.

유카리에게는 미안할 뿐이다. 유카리는 질투를 느껴 괴로워하던 끝에 나를 함정에 빠뜨리고자 위증을 한 것이리라. 그런 유카리의 마음을 아플 정도로 잘 아는 만큼 도저히 사쿠라이의 고발을 부정할 기분은 들지 않았다. 미쓰코를 죽인 범인이라고 오해를 받는 것쯤은 내가 범한 죄에 비하면 별것 아니다. 차라리 내가 범인이라면 얼마나 마음이 편할까. 하지만 유감스럽게도 나는 미쓰코를 죽이지 않았다. 내가 11시에 미쓰코의 집을 찾아갔을 때 미쓰코는 죽어 있었다. 사쿠라이에게 처음에 설명한 그대로다.

도대체 누가 미쓰코를 죽였을까. 죽기 전에 미쓰코가 어떻게 살았는지 모르는 나로서는 짐작도 가지 않는다. 다만 어렴풋이 미쓰코를 죽인 사람은 남자일 것이라는 감이 들었다. 한 번이라도 미쓰코의 매력에 사로잡힌 적이 있는 사람이라면 누구든지 반드시 미쓰코를 죽여버리고 싶다는 감정을 품기 마련이니까. 다름 아닌 내가 미쓰코와 사귈 당시에 몇 번이나 그런 몽상을 한 적이 있다. 그런 몽상을 실행에 옮긴 사람이 있다고 해도 이상하지 않다.

나는 창가에서 물러나 다시 안락의자에 앉았다. 혼란스러운 머리로 앞으로 해야 할 일을 생각했다. 제일 먼저 유카리에게 사과부터 해야 할 것이다. 상처를 입혀 미안하다고 유카리에게 몇 번이고 빌어야 마땅하다. 설령 유카리가 용서해주지 않는다고 해도 말이다.

나는 수화기를 들어 귀에 댔다. 하지만 도무지 유카리의 집 전화로 연결되는 단축 번호를 누를 용기가 솟지 않았다. 한심하게도 무슨 말로 사과해야 할지 떠오르지 않았다. 고민 끝에 나는 수화기를 내려놓았다.

어쩌면 유카리는 정말 내가 미쓰코를 죽였다고 생각하고 있을지도 모른다. 그것이 유카리에게 가장 바람직한 결론이기 때문이다. 유카리에게 언제나 눈엣가시였던 미쓰코를 다름 아닌 내가 죽인다. 그게 사실이라면 유카리도 십 년 묵은 체증이 내린 듯이 속이 시원할 것이다.

하지만 그렇다고 해서 유카리의 기대에 부응하기 위해 살인범이 될 수는 없다. 설령 유카리를 만족시킬 수 있다 하더라도 더이상 유카리에게 거짓말을 하고 싶지는 않았다. 그렇다면 하다못해 내가 직접 범인을 찾아내야 하지 않을까.

한갓 동료에 지나지 않았던 사쿠라이조차 미쓰코가 죽어서 기뻐한 것에 대해 양심의 가책을 견디지 못하고 범인을 찾아내려 하지 않았는가. 그렇다면 나 또한 그래야 할지도 모른다고, 내면의 목소리가 강하게 촉구했다. 범인을 찾아내 유카리에게 진상을 낱낱이 밝힌다. 그것만이 유카리에게 사과할 유일한 수단으로 여겨졌다.

왜냐하면 나는 미쓰코가 죽은 지금도 그녀에게 얽매여 있기 때문이다. 이 속박은 내 손으로 끊어내야 한다.

2

생각해. 나는 목소리를 내 스스로에게 명령했다. 정신을 차리기 위해 부엌으로 가서 인스턴트커피를 탔다. 그리고 머그컵을 들고 다시 안락의자로 돌아왔다. 술을 마시거나 담배를 피우는 습관이 없기 때문에 카페인의 힘을 빌리지 않고서는 생각을 정리할 수가 없다. 한 모금 마시고 지금까지 얻은 정보를 머릿속에서 정리해보았다.

미쓰코는 죽었을 때 수면제가 든 초콜릿을 먹었다고 한다. 하지만 그 초콜릿을 보낸 사람은 수면제를 넣지 않았다고 주장하고 있다. 나는 초콜릿을 보낸 사람에 대해서는 전혀 모른다. 그러므로 그 사람이 진실을 말하고 있는지 거짓말을 하고 있는지 혼자 생각해봤자 아무 소용없다. 지금은 우선 초콜릿에 수면제를 넣은 사람이 범인이라고 가정하고 추론을 전개해나가기로 하자.

초콜릿을 보낸 사람이 수면제를 넣지 않았다면 누구에게 수면제를 넣을 기회가 있었을까. 초콜릿을 건드릴 기회가 있었던 사람은 거의 없을 것이다. 반대로 말하면 그만큼 용의자를 추려내기 쉽다는 뜻이기도 하다. 생각해볼 가치는 있다.

순서대로 생각해보자. 초콜릿에 접촉한 사람은 처음에 택배 기사, 다음으로는 미쓰코 대신 초콜릿을 수령한 연립주택 집주인을 꼽을 수 있다. 하지만 경찰과 사쿠라이에게서 입수한 정보에 따르면 택배 기사는 여자고 집주인은 노인이라고 한다. 물론 여자와 노인도 사람을 죽일 수는 있겠지만 이번 경우에 그런 성급한 추리는 그다지 적절하지 않다. 왜냐하면 택배 기사는 동기라는 측면에서, 집주인은 초콜릿에 수면제를 넣을 수단이라는 측면에서 각각 문제가 있기 때문이다. 미쓰코와 이해관계가 없는 택배 기사는 초콜릿에 수면제를 넣으면서까지 죽일 이유가 없을 테고, 집주인은 수면제를 넣기 위한 도구와 기술이 없을 것 같다. 그러므로 두 사람에게 수면제를 넣을 기회가 있었다는 이유만으로 범인이라고 단정하는 것은 당치도 않다.

그렇다면 사쿠라이의 생각대로 범인이 범행 후에 수면제를 넣었을까. 하지만 그 가설은 내가 범인인 경우에만 유효하다. 과연 보통 사람이 사람을 죽이고 평정심을 잃은 상태에서 유동식 튜브로 시체의 위장에 수면제를 흘려 넣는다는 트릭을 떠올릴 수 있을까. 한 발짝 양보해서 떠올렸다고 쳐도 유동식 튜브를 바로 손에 넣기는 힘들 것이다. 그리고 그 점은 사쿠라이 또한 오해했다. 의사라고 해서 사적인 용도로 사용하기 위해 유동식 튜브를 반출할 길은 없다. 다른 물건으로 대신할 경우, 이번에는 위장까지 집어넣을 기술이 필요하다. 안과 의사인 나는 그런 전문적인 기술은 흉내낼 수도 없다.

그렇다면 초콜릿에 수면제를 넣을 수 있는 사람은 없었다는 뜻일까. 역시 초콜릿을 보낸 난조라는 사람이 미쓰코를 죽인 범인일까. 그렇게 생각하는 편이 제일 자연스럽지만 진상이 그렇게 단순하다면 진작에 경찰이 난조를 체포했을 것이다. 게다가 사쿠라이도 어설프게 추리소설 속 탐정처럼 추리를 펼쳐서 나를 고발할 필요 없이 더 간단한 결론을 덥석 물지 않았을까. 경찰도 사쿠라이도 난조가 범인이 아니라고 판단했다면 양쪽에게는 내가 모르는 근거가 있는지도 모른다. 가설을 세우는데 전제조건을 스스로 무너뜨려서야 말짱 도루묵이다.

무엇을 빠뜨린 걸까. 나는 처음으로 돌아가서 다시 한번 생각해보았다. 난조는 백화점에서 초콜릿을 산 다음 일단 집으로 가지고 돌아갔다가 택배로 미쓰코에게 보냈다고 한다. 왜 백화점에서 바로 보내지 않았을까 의문은 들지만 그저 밸런타인데이 초콜릿의 보답이 아니라 다른 뜻이 있었다면 카드 한 장쯤

썼을지도 모른다. 그렇다면 일단 자기집으로 가지고 돌아갔다고 해도 그다지 부자연스럽지는 않다.

택배를 접수한 창구 직원이 범인은 아닐 것이다. 중간에 분류하는 사람은 논외다. 그렇다면 역시 미쓰코의 집까지 배달한 택배 기사가 초콜릿과 처음으로 접촉한 사람이라고 봐도 무방하겠지. 다음으로 초콜릿과 접촉한 사람은 연립주택 집주인이다. 집주인은 미쓰코에게 직접 초콜릿을 건네주었다. 여기까지의 흐름에 부자연스러운 부분은 없다.

나는 거기까지 생각하다가 커피를 입에 가져가려던 손을 멈췄다. 아니다. 초콜릿이 배달되고 미쓰코가 건네받기까지의 과정을 아무도 의심하지 않았지만 맹점이 있지 않은가. 초콜릿을 잠깐 맡아둔 집주인은 노인이라고 했다. 노인이라면 귀가 어둡고 눈이 나빠도 이상할 것 없다. 택배를 받으러 온 사람이 미쓰코와 똑같이 생겼다면 그게 본인인지 다른 사람인지 확인하지 않고 건네주었을 가능성이 크지 않을까. 미쓰코에게는 그다지 친하지 않은 사람이라면 착각할 만큼 쏙 빼닮은 동생이 있다. 우연히 언니가 없을 때 집을 찾아왔다가 부재중에 택배가 왔다는 안내문을 보고 동생 교코가 대신 받은 것 아닐까. 초콜릿을 받기만 하면 수면제를 굳이 미쓰코의 집에서 넣을 필요는 없다. 교코에게는 초콜릿에 수면제를 넣기 위한 시간이 충분히 있었을 것이다.

나는 교코를 의심하고 싶지 않았다. 몇 번 만난 적 있는 교코는 언니와 달리 겸손하고 성실해 보였다. 하지만 그렇기 때문에 상식과는 동떨어져 제멋대로인 언니 탓에 고생한 적도 있지 않았을까. 아주 가까운 사이가 아니면 미쓰코에게 살의라는 농밀한 감정을 품을 리 없다. 그리고 미쓰코와 사귀던 남자만 아주 가까운 사이에 해당한다고 볼 수는 없다.

교코의 연인인 사쿠라는 동료이자 대학교 때부터 알고 지내온 친구다. 그런 녀석의 여자친구를 언니를 죽인 살인범으로 의심하다니 너무 심한가 싶기도 했다. 하지만 그렇다고 해서 떠오른 가능성을 무시할 수는 없었다. 하다못해 그날 교코가 미쓰코의 집에 가지 않았음을 확인하지 않으면 두 번 다시 유카리와 얼굴을 마주하지 못하고 미쓰코의 환영에 시달리며 살아야 할 것이다. 내 생각을 부정하기 위해서라도 교코를 만나야 했다.

3

직접 연락을 취할 만큼 교코와 친한 것은 아니었다. 교코는 어디까지나 미쓰코와 사쿠라를 건너서 아는 사이다. 나와 미쓰코가 사쿠라를 교코에게 소개해주기는 했지만 지금은 사쿠라를 통하지 않고서는 교코에게 전화 한 통 걸 수도 없다. 그래서 나는 사쿠라에게 사정을 설명하기로 했다.

사쿠라와 같은 대학병원에서 일하고 있기는 하지만 얼굴을 매일 보는 것은 아니다. 과가 다르면 하루 종일 마주치지도 않는 것이 보통이다. 둘 다 바쁜 터라 이야기를 나눌 기회가 좀처럼 없다. 그래서 나는 병원 내부 통신망으로 사쿠라에게 메일을 보내두었다.

오전 진료를 마친 후 점심을 먹고 돌아와 바로 컴퓨터를 켜고 메일을 확인했다. 화면에 발신인 이름이 죽 표시되었다. 그중에 사쿠라의 이름도 있었다. 나는 곧바로 메일을 열었다.

오늘밤이라면 오케이.
괜찮으면 답장 줘.

사쿠라의 답장에는 쌀쌀맞게 느껴질 만큼 간결한 문장이 적혀 있었다. 하지만 병원에서는 보통 이렇다. 수많은 환자가 기다리고 있는데 메일을 장황하게 쓸 시간은 없다. 내가 사쿠라에게 보낸 메일에도 "할 이야기가 있는데 시간 있어?"라고밖에 쓰지 않았다.

바로 볼 수 있으리라고는 기대하지 않았다. 얼마나 바쁜지는 서로 잘 알고 있다. 어떻게 해도 시간이 맞지 않으면 교코에게 직접 연락할 각오를 굳힐 작정이었다. 다행히 오늘밤이라면 나도 시간이 난다. 나는 알겠다는 취지의 답장을 보냈다.

밤 8시가 넘어 사쿠라가 찾아왔다. 사쿠라는 마치 길거리 무뢰배처럼 눈에 확 띄는 옷을 입고 있었다. 분홍색 폴로셔츠에 보라색 재킷을 걸친 근육질 남자를 누가 의사라고 생각하랴. 교코와 만날 때는 좀더 점잖게 입는 모양이지만 평소에는 늘 이렇다. 조폭 똘마니처럼 입은 사쿠라와 함께 돌아다니다 보면 얼굴이 화끈거릴 정도였다.

"미안. 잠깐만 기다려."

나는 양해를 구하고는 키보드에 손을 얹어 쓰다 만 문장을 재빨리 마무리짓고 파일을 저장했다. 컴퓨터를 끄고 나서 몸을 돌리자 사쿠라는 지루해하는 기색도 없이 책장의 책을 찬찬히 들여다보고 있었다.

"미안해. 내가 만나자고 했는데 오라고 해서."

사과하며 일어서자 사쿠라는 별일 아니라는 듯이 얼굴 앞에다 대고 손을 내저었다.

"뭘, 바쁜 건 매한가지인데. 서두를 것 없어."

"괜찮아. 다 끝냈어."

"나갈 수 있어?"

"응, 옷 갈아입을 테니까 잠깐만 기다려."

옷을 갈아입는다고 해도 가운을 벗고 재킷을 걸칠 뿐이다. 일 분도 지나지 않아 나는 사쿠라와 함께 방에서 나왔다.

"어디 갈까?"

사쿠라는 내가 무슨 일로 만나고 싶어 하는지 전혀 모르는 듯이 가벼운 투로 말했다. 아는 사람이 살해당했다지만 사쿠라에게는 연인의 언니일 뿐이다. 자신이 의심받을 일도 없으니 크게 신경쓸 필요는 없다. 경찰에게 맡겨두면 된다고 생각하는 게 당연하다.

나는 병원에서 좀더 떨어진 곳에 가자고 제안했다. 아는 사람과 마주칠지도 모르는 곳에서 이야기하고 싶지는 않았다. 결국 택시를 잡아 번화가까지 나가기로 했다.

몇 번 간 적이 있는 태국요릿집에 들어갔다. 적당히 음식을 시키고 타이 맥주로 건배를 하고 나자 사쿠라가 이야기를 재촉했다.

"할 이야기라니, 뭐야? 야마우라 씨 일이야?"

느닷없이 본론으로 파고들었다. 둔감해 보이는 인상이지만 아무것도 눈치채지 못할 만큼 둔하지는 않은 모양이다. 나는 속으로 쓴웃음을 지으며 실례했다고 몰래 사과하고 나서 고개를 끄덕였다.

"응, 맞아. 어젯밤에 사쿠라이라는 미쓰코의 동료 교사에게서 전화가 왔어."

"전화? 다른 걸 또 물었어?"

그렇게 되묻는 사쿠라의 얼굴이 어쩐지 머쓱해 보였다. 그 표정을 보고 미쓰코가 나를 집으로 불렀다는 사실을 사쿠라이에게 알려준 사람이 사쿠라임을 알았다. 그렇다고 해서 화가 난 것은 아니다. 내가 경솔하게 행동해놓고 그 책임을 남에게 떠넘길 수는 없으니까. 사쿠라를 탓해봤자 아무 소용도 없다.

"그 사람은 그 사람 나름대로 여러 가지를 끌어안고 있는 모양이야."

나는 간단하게 그렇게 대답하고 넘겼다. 사쿠라이가 나를 살인범이라 여기고 있다고 말하면 유카리가 거짓말을 한 것도 설명해야 한다. 내 입으로 설명할 용기는 없었다.

"사쿠라이 씨가 여러모로 조사하고 있다는 걸 알고 나도 조금 생각해봤지."

"생각하다니, 범인이 누구인지?"

"응, 그래."

사쿠라는 그대로 입을 다물었다. 하고 싶은 말을 머릿속으로 정리하고 있는 것처럼 보였다. 마침 그때 요리가 나와서 나는 사쿠라가 말을 할 때까지 기다리기로 했다. 종업원이 가고 나자 사쿠라는 머뭇머뭇 입을 열었다.

"네 마음은 알지만 그런다고 범인의 정체가 드러나는 것은 아니잖아. 야마우라 씨는 묻지 마 살인범에게 살해당했을지도 모른다고."

"묻지 마 살인범은 아니야. 묻지 마 살인범이 초콜릿에 수면제를 넣겠어? 미쓰코의 주변 사람이 저지른 짓이 틀림없어."

"그렇다면 더더욱 헤어진 네가 생각해봤자 아무 의미 없지. 헤어진 후로 야마우라 씨가 어떤 사람과 어떻게 지냈는지도 모를 것 아니야. 추리할 정보조차 없다고."

"그야 생각해보지 않으면 모르지. 모든 가능성을 고려한 후에도 뾰족한 수가 없으면 포기하려고. 하지만 지금은 아직 부정하지 못한 가설이 남아 있어."

"가설? 그럼 한번 들어볼까."

사쿠라는 선선히 말했다. 하지만 어젯밤에 한 추리를 그대로 들려줄 수는 없었다. 나는 사쿠라의 말에 응하지 않고 진짜 용건을 꺼냈다.

"실은 그러기 위해서도 교코 씨와 이야기를 하고 싶어. 그래서 네게 부탁하려고 만나자고 한 거야."

"가설을 증명하기 위해 교코와 이야기를 할 필요가 있다는 뜻이야? 하지만 교코는 야마우라 씨가 어떤 사람과 친하게 지냈는지 잘 모르는데. 같이 살지 않았거든."

"알고 있는 것만으로도 충분해. 확인하고 싶은 게 있어서 그래."

"뭐, 그렇다면야 상관없다만. 내가 물어봐줄까? 그게 빨라."

"직접 물어보고 싶어. 가능하면 넌 없는 편이 낫고."

"왜?"

사쿠라는 처음으로 의아하다는 듯이 눈썹을 찌푸렸다. 당연하다. 스스로도 말도 안 되는 부탁을 하고 있다는 건 알고 있었다. 처음에는 일이 쉽게 진행되지 않을까 예상했지만 아무래도 내 생각대로는 되지 않을 모양이었다.

"그게 무슨 말이야? 내가 없는 편이 낫다니? 내가 들으면 안 되는 이야기라는 거야?"

내가 잠자코 있자 사쿠라는 언성을 높였다. 그래도 어떻게 설명해야 할지 적절한 말이 떠오르지 않았다. 그런 나를 지켜보던 사쿠라는 내가 무슨 생각을 하고 있는지 짐작이 간 모양인지 굳은 얼굴로 말했다.

"설마 교코를 의심하는 건 아니겠지, 응? 야, 진짜야?"

"의심하는 건 아니야. 가능성 중 하나로 볼 수도 있다는 거지. 난 그저 교코 씨가 그 가설을 부정해줬으면 할 뿐이라고."

"와, 미치겠네. 어떻게 그딴 생각을 한 거야. 아무리 친해도 이건 그냥 못 넘어가. 열받았다고."

"당연해. 하지만 잠깐 내 이야기를 들어봐. 동기는 완전히 무시하고 초콜릿에 수면제를 넣을 수 있는 기회가 있었던 사람이 누구인지 생각해봤어."

사쿠라는 당장이라도 자리를 박차고 일어설 것처럼 서슬이 시퍼랬다. 그래서 나는 단념하고 내가 세운 가설을 그대로 들려주기로 했다. 사쿠라는 금방 흥분하는 성격이기는 하지만 바보는 아니다. 내 가설이 옳다고 여기면 무턱대고 화를 내지는 않을 것이다.

이야기를 다 듣고 나서 사쿠라는 화를 삭이듯이 맥주를 벌컥벌컥 마셨다. 잠시 후 천천히 고개를 끄덕였다.

"네 생각은 잘 알았어. 그래, 가능성만 따지자면 그런 가설도 성립하겠지. 그건 인정할게. 하지만 굳이 교코를 만나 확인할 필요는 없어. 그날 교코에게는 알리바이가 있으니까."

"알리바이?"

사쿠라가 딱 잘라 말하는 바람에 나도 모르게 되물었다. 이 경우 분명 알리바이라는 단어를 사용하는 게 맞지만 사쿠라가 그런 주장을 할 줄은 예상하지 못했기 때문이다. 나는 그저 교코가 미쓰코의 집에 가지 않았다는 말을 듣는 것으로 족했다.

"고등학교 시절 친구가 도쿄에 올라왔대. 교코는 하루 종일 그 사람에게 도쿄 구경을 시켜줬어. 경찰도 확인을 끝낸 일이야."

경찰이 확인을 끝냈다. 그렇다면 사쿠라가 당장 상황을 모면하기 위해 거짓말을 한 것은 아니리라. 나는 사쿠라의 말을 듣고 나서 진심으로 안도했다. 나 또한 교코가 미쓰코를 죽였을 가능성을 강하게 부정하고 싶었기 때문이다.

"정말 다행이야. 알리바이가 있다면 이제 됐어. 너무 심한 말을 했군. 미안해."

나는 고개를 숙였다. 사쿠라는 "아니야" 하고 고개를 젓더니 여전히 복잡한 표정으로 말했다.

"나야말로 네 심정을 너무 대수롭지 않게 여겼던 것 같아. 야마우라 씨의 죽음이 네 가슴에 그렇게까지 사무친 줄은 몰랐어. 야마우라 씨하고는 옛날에 관계를 다 정리했다고 생각했거든."

"그래, 미쓰코와 사귀었던 건 과거의 이야기지. 하지만 유카리와는 앞으로 살아갈 미래가 있잖아. 유카리를 위해서라도 미쓰코의 죽음을 무시하고 넘어갈 수가 없어."

내 결의가 사쿠라에게 얼마나 전해졌는지는 분명치 않았다. 하지만 오래 알고 지낸 만큼 사쿠라는 내 마음을 이해한 것 같았다. "알았어" 하고 고개를 끄덕이더니 내 얼굴을 정면으로 보았다.

“그렇다면 역시 교코와 만나보는 편이 좋을지도 모르겠다. 마음에 걸리는 일이 있었거든.”

“마음에 걸리는 일?”

“응, 장례식 때 받은 부의금 때문에.”

그렇게 말하고 사쿠라는 놀랄 만한 이야기를 꺼냈다.

4

사쿠라는 마음먹으면 바로 행동에 옮기는 성격이다. 곧바로 휴대전화를 꺼내서 교코에게 연락했다. 지금 나오라는 말을 듣고 교코는 꽤나 당황한 모양이었지만 결국 오기로 했다. 의사와 사귀다 보면 일정대로 움직일 수 없다는 것쯤은 알고 있다고 쳐도 이런 터무니없는 요구까지 받아들이다니 타고난 성격일까, 아니면 남자에게 순종적인 걸까. 어쨌거나 언니하고 성격이 완전히 다르다는 것은 분명했다.

한 시간쯤 걸린다기에 우리는 그동안 옛날이야기로 시작해서 요전 동아리 모임에 이르기까지를 회상하며 띄엄띄엄 이야기를 나누었다. 죽은 사람과 관계된 이야기라 그리 즐겁지는 않았다. 그래도 우리는 미쓰코와 관계없는 이야기를 찾으려고 하지는 않았다. 미쓰코를 죽인 범인이 붙잡히지 않는 한 우리는 영영 이런 식으로 이야기할 수밖에 없을지도 모른다는 생각이 문득 들었다.

교코는 정확히 한 시간 후에 가게로 들어왔다. 전철로 한 번에 올 수 있다고는 하나 몸단장도 해야 할 텐데 꽤나 빨리 도착했다. 아무래도 그저 순종적인 것이 아니라 그때그때 유연하게 대처를 잘하는 성격인 듯했다. 사쿠라에게는 과분한 여자라고 생각했지만 당연히 입 밖에 꺼내지는 않았다.

"이런 시간에 나오시라고 해서 죄송합니다."

나는 일어서서 사과의 뜻을 표했다. 교코는 살짝 가쁜 숨을 내쉬다 "아니에요, 아니에요" 하고 말하며 사쿠라 옆에 앉았다. 일단 교코가 마실 맥주를 주문하고 다시 인사를 건넸다.

"가족을 그렇게 떠나보내셨으니 얼마나 애통하십니까. 장례식에는 참석했습니다만 인사도 제대로 못 드렸네요."

"사과는 제가 드려야죠. 언니 일로 심려를 끼쳐 죄송합니다."

교코는 깍듯하게 말하며 고개를 숙였다. 내가 대학생 시절 봤을 때는 마냥 어린아이 같았는데 잠시 못 본 사이에 사회 예절이 완전히 몸에 밴 어른이 된 듯했다. 교코를 잠시나마 의심한 나 자신이 부끄러워 말문이 막혔지만 사쿠라가 거들어주었다.

"요전에 언니 동료였던 사쿠라이라는 사람에게서 연락이 왔었잖아. 그 사람 이야기를 듣고 이즈쓰도 여러모로 생각해봤다나 봐."

사쿠라는 내가 교코를 의심했었다는 이야기는 아예 꺼내지도 않았다. 나는 눈짓으로 고마움을 표시하고 교코에게 시선을 돌렸다.

"신경쓸 필요 없지 않겠느냐고 했지만, 뭐 이 녀석의 마음도 모르는 바는 아니야. 스스로 수긍할 수 있을 만큼이라도 알아보고 싶다고 해서 그 이야기를 조금 들려줬어."

"아아, 그거."

교코는 금세 알아듣고 약간 굳은 얼굴로 나를 보았다. 나는 교코에게 설명을 듣기 위해 말없이 고개를 끄덕였다.

"사쿠라 씨에게 어디까지 들으셨는지 모르지만 처음부터 이야기해도 될까요?"

"상관없습니다. 그러시죠."

내가 힘주어 말하자 교코는 가볍게 턱을 당겼다. 마음을 다잡으려는 것처럼 보였다.

"그럼 이야기할게요. 언니 생전의 일로 마음에 걸리는 게 있었어요. 요전에 받은 부의금을 정리하다가 알아차렸는데요."

사쿠라의 설명에 따르면 조문객에게 받은 부의금 중에 상식에 약간 어긋날 정도로 많은 돈이 든 봉투가 있었다고 한다.

"십만 엔이나 들었더라고요. 아무리 친한 사이였다고 해도 부의금으로 십만 엔은 너무 많잖아요. 그래서 어떤 분이 주셨는지 이름을 확인해봤는데 씌어 있지 않았어요."

정확하게 말하자면 무기명이었던 것은 아니라고 한다. 붓글씨로 학부모회라고만 적혀 있었다고 한다.

"학부모라면 언니가 그동안 고생이 많았다고 생각하셨을 수도 있겠죠. 아무리 그래도 십만 엔은 너무 많아요. 게다가 굳이 이름을 감출 필요도 없잖아요. 무슨 일인가 싶어 계속 마음에 걸렸어요."

"무슨 일이라고 보시는데요?"

내가 재촉하자 교코는 한순간 망설이듯이 옆에 있는 사쿠라의 얼굴을 보았다. 사쿠라는 복잡한 표정으로 '어쩔 수 없지'라고 말하듯이 고개를 끄덕였다. 그 모습을 보고 힘을 얻었는지 교코는 입을 굳게 다물었다가 말을 이었다.

"저는 지금까지 언니가 이즈쓰 씨와 헤어진 후에 아무하고도 사귀지 않은 줄 알았어요. 하지만 실은 누가 있었던 게 아닐까 싶어요."

사쿠라에게서도 듣지 못한 말이었다. 작은, 아주 작은 충격이 가슴을 때렸다. 헤어진 지 몇 년이나 지난 여자가 누구와 사귀든 무슨 상관인가. 그렇게 타일러봤자 내 마음을 속일 수는 없다. 역시 나는 아직도 미쓰코에게 얽매여 있는 모양이다.

"그 사람이 학부모라고요?"

목소리가 평소와 다름없기를 빌었다. 두 사람의 표정에 변화가 없는 것으로 보아 아무래도 마음속 동요가 드러나지 않은 것 같았다. 교코는 내 질문에 고개를 끄덕이며 대답했다.

"그렇지 않을까 싶어요."

"그 사람이 부의금으로 십만 엔을 냈을 거라는 말씀이로군요. 그런데 어째서 그 사람과 언니가 사귀었다고 생각하세요? 다른 이유로 냈을지도 모르잖아요."

"그렇긴 하지만 그 돈을 보고 생전에 언니가 문득 흘린 말이 떠올랐어요."

"말을 흘렸다고요?"

"예, 언니랑 남자에 관해 이야기한 적은 별로 없지만 예전에 결혼에 대해 서로의 마음을 털어놓은 적이 있었어요. 언제쯤 결혼하고 싶다든가, 상대로는 어떤 사람이 좋겠다든가 같은 막연한 희망사항이었지만요."

그것참, 하고 옆에서 사쿠라가 중얼거렸다. 사쿠라도 처음 듣는 이야기인 듯했다. 사쿠라는 교코와 결혼할 생각인 모양이니 어떤 이야기를 했는지 신경쓰일 것이다. 하지만 지금은 이야기가 틀어질 만한 말을 꺼낼 생각이 없는 듯했다.

"그때 언니는 이렇게 말했어요. '결혼할 수 있는 상대라면 좋겠다'라고요. 그때는 무슨 뜻인지 몰랐지만 돌이켜보니 상대에게 아내가 있다는 뜻이 아니었을까 해요."

"언니가 불륜을 저질렀다는 말씀이시군요."

말을 꺼내고 나서야 목이 바싹 말랐음을 깨달았다. 서둘러 김이 빠진 맥주를 마셨다. 맛이 어떤지는 느껴지지 않았다.

"그렇게 생각하고 싶지는 않지만, 학부모회라고만 적힌 부의금 봉투를 받고 나니 아무래도 불륜인 것 같다는 느낌이 들어서……."

목소리가 점점 작아지더니 교코는 마침내 고개를 푹 숙였다. 자기 이야기를 듣는 사람이 예전에 언니와 어떤 사이였는지 새삼스레 기억났는지도 모른다. 아니면 가족의 허물을 밝히려니 가슴이 아픈 걸까. 그런 이야기를 들려달라고 하다니 가혹한 처사였던 듯하다.

"그 사람이 누구인지 짐작은 가십니까? 이름을 들은 적이 있다든가."

그래도 질문의 고삐는 늦추지 않았다. 이제 와서 남의 기분을 헤아려봤자 아무 소용없다. 교코 역시 이대로 의문을 품고 살아도 상관없다고는 생각지 않으리라. 나는 그런 변명으로 염

치없는 내 태도를 얼버무렸다.

“아니요, 이름은 들은 적 없어요. 학부모회 사람뿐만 아니라 다른 분들의 이름도요.”

“그럼 언니에게 초콜릿을 보낸 난조라는 사람 이름도 처음 들으셨어요?”

“예. 이런 일이 일어날 때까지 저는 아무것도 몰랐어요.”

언니가 어떻게 생활하든지 나 몰라라 했던 것을 후회라도 하는 듯한 말투였다. 하지만 미쓰코에 관해 몰랐던 것은 교코뿐만이 아니다. 이제 와서 생각해보면 일찍이 남자친구였던 나도 미쓰코를 완벽하게 알고 있었다고 자신할 수 없다. 인간은 아무리 깊은 관계를 맺어도 결코 완벽하게 서로를 이해할 수는 없지 않을까. 연인이든, 가족이든.

미쓰코가 불륜을 저질렀다고 해도 상대가 이 사건에 관계가 있다고 단정할 만한 단서는 전혀 없다. 하지만 어젯밤에 생각한 대로 아주 가까운 사이가 아니면 미쓰코를 죽이고 싶다는 격한 감정은 솟아오르지 않을 것이다. 범인을 찾아내려면 죽기 전 미쓰코의 교우관계가 어땠는지 반드시 알아야 한다. 우선은 누가 미쓰코와 사귀고 있었는지 확인할 필요가 있었다.

“주제넘은 줄은 알지만 언니 유품 중에서 학교 명부를 빌려주시면 안 될까요? 가능하면 학부모회 명부가 제일 좋겠는데요.”

그렇게 부탁하자 교코는 물론 사쿠라도 놀란 표정을 지었다. 내가 이렇게까지 물고 늘어질 줄은 몰랐을 것이다. 하지만 나는 흥신소에 의뢰해서라도 미쓰코의 불륜 상대를 찾아낼 작정이었다. 그러기 위해서는 단서가 필요했다.

내 표정이 어지간히 절박했던 모양이다. 교코는 기세에 눌린 듯이 "찾아볼게요" 하고 속삭이는 듯한 목소리로 대답했다.

5

셋이서 만난 지 사흘 후에 사쿠라를 통해 교코의 연락을 전해 들었다. 하지만 학부모회 명부를 찾았다는 알림이 아니라 뜻밖의 소식이었다. 사쿠라의 메일을 확인했을 때는 무슨 뜻인지 금방 이해가 가지 않았다.

야마우라 씨의 일기를 찾았어.

학부모회 명부보다 참고가 될 것 같아.

이렇게 짧은 글로는 무슨 말인지 알 수 없다. 자세하게 알려 달라고 답장을 보내자 밤에 전화가 왔다.

"미안해. 바빠서 메일에 자세한 내용을 못 적었어. 지금 시간 괜찮아?"

사쿠라는 거두절미하고 느닷없이 용건을 꺼냈다. 나는 들고 있던 만년필을 내려놓고 "괜찮아" 하고 대답했다.

"일기를 찾았다는 건 알겠는데 학부모회 명부보다 참고가 될 것 같다는 건 무슨 소리야? 불륜 상대의 이름이라도 씌어 있었어?"

간호사가 나가기에 기회를 놓치지 않고 대놓고 물었다. 주변에 사람이 있는지 사쿠라는 작은 목소리로 "아니" 하고 대답했다.

"그건 아니지만 이니셜이 적혀 있었어. 그것만으로도 충분히 참고가 될 것 같아."

"이니셜."

이니셜과 학부모회 명부를 대조하면 상대방이 누구인지 꽤 좁혀지지 않을까. 확실히 큰 단서다.

"읽어보고 싶은데. 보여줄래?"

"그러지 뭐. 교코도 그럴 생각인 것 같으니."

너무 흔쾌하게 허락하는 바람에 나는 문득 양심의 가책을 느꼈다. 나에게 고인의 일기를 읽을 자격이 있는지 의문이 든 것이다. 일기에 내연남과 어떻게 지냈는지 적나라하게 씌어 있을

지도 모른다. 그런 일기를 난 어떤 표정으로 읽어야 할까. 아니면 교코가 선선히 허락해주었을 정도니 걱정할 필요는 없다는 뜻일까.

"그나저나 미쓰코가 일기를 썼다니 뜻밖이네. 그런 성격인 줄은 몰랐어."

나는 일기 내용에 관한 걱정은 제쳐두고 순수한 감상을 입에 담았다. 내가 아는 미쓰코는 일기를 쓸 만큼 부지런한 성격이 아니었다. 하지만 학교 선생님이니까 학생 지도 일지 정도는 썼을 것이다. 그렇다면 일기라기보다는 사생활에 관해 메모하듯이 휘갈겨 쓴 것에 지나지 않을 가능성도 있다. 어쨌거나 유일한 유족인 교코가 실물을 보여준다고 했으니 나 혼자 상상해봤자 소용없다.

"일기는 노트북에 저장되어 있었다고 해. 증거물로 경찰이 가져간 야마우라 씨의 노트북을 돌려받고 나서야 알았지. 요즘 워드프로세서 프로그램에는 일기 기능도 있잖아. 그게 재미있어서 심심풀이 삼아 일기를 쓴 모양이야."

그렇다면 이해가 간다. 나도 프로그램을 업데이트한 다음에는 새로운 기능을 만지작거려보고는 한다. 미쓰코도 그런 기분으로 짤막한 글을 썼다는 뜻일까.

"그렇구나. 그런데 언제 볼 수 있어? 받으러 갈까?"

“파일로 저장되어 있으니 메일로 보내줄게. 그럼 되잖아.”

“네가 가지고 있어? 벌써 읽어봤어?”

“응, 읽었어. 내키지 않았지만 교코가 꼭 읽어보라고 해서. 복사한 파일을 가지고 있지.”

“그럼 내 개인 메일 주소로 보내줄래?”

“알았어. 집에 가면 바로 보내지. 보낸 다음에 전화할게.”

“부탁해.”

그 말을 끝으로 전화를 끊었다. 나는 서류 작업을 마무리하고 귀가했다.

뒤숭숭한 기분으로 사쿠라의 연락을 기다렸다. 역 앞 편의점에서 산 도시락을 먹은 후 목욕도 하지 않고 계속 기다렸다. 결국 11시가 지나서야 전화벨이 울렸다. 나는 그때까지 소설을 읽으면서 시간을 보내려고 했으나 내용은 머리에 들어오지 않았다.

지금 메일을 보냈다는 말만 듣고 다른 이야기는 없이 전화를 끊었다. 즉시 컴퓨터를 켜고 메일 소프트웨어를 실행했다. 인터넷에 연결되자 메일이 왔다는 메시지가 표시되고 자동으로 다운로드가 시작됐다.

접속을 끊고 다운로드된 압축 파일을 풀었다. 그다지 용량이 크지 않은, 대중적인 워드프로세서 프로그램의 문서 파일이 나왔다. 파일을 더블클릭하자 워드프로세서가 열리고 미쓰코의 일기가 표시되었다.

6

4월 5일 (토)

마침 새 학기도 됐겠다, 일기를 써볼까 한다. 일기라고는 초등학교 때 그림일기밖에 써본 적이 없지만 학생들에게 쓰라고 시키기만 할 게 아니라 나도 조금은 애를 써봐야지. 워드프로세서 프로그램도 지금까지는 학생들에게 나누어줄 프린트를 작성할 때밖에 써먹지 않았으니 일기 기능을 사용해보는 것도 재미있을 것 같다. 과연 언제까지 쓸지는 모르겠지만.

……

4월 7일 (월)

5학년을 담당하는 것은 처음인데 의외로 편할지도 모르겠다. 중학교 입학시험을 치는 아이도 있는 6학년만큼 책임도 무겁지 않고, 저학년에 비하면 제법 자라서인지 말귀도 잘 알아듣는다.

하지만 아직 새 학기니까 그럴지도 모르지. 조만간 가면이 벗겨지려나.

……

4월 10일 (목)

급식이 시작되어 기쁘다. 점심을 배달시켜 먹으려니 경제적으로 부담되고, 그렇다고 해서 일찍 일어나서 도시락을 싸기는 귀찮고. 요즘은 내가 어릴 적에 비해 급식이 맛있어져서 은근히 점심시간이 기대된다. 그래도 남기는 아이가 있으니 세상 참 좋아졌다. 그렇다고 억지로 먹이면 항의하는 부모도 있으니 귀찮은 노릇이다.

……

4월 21일 (월)

5월이 되면 학생들 집을 가정방문해야 한다. 나름 재미있기도 하지만 역시 귀찮다. 가능하면 하기 싫다. 아마 부모도 학교 선생을 덮어놓고 환영하지는 않겠지. 도대체 누가 좋아하겠어? 학생? 그러고 보니 아이들은 제법 들떠서 떠들어대더라.

……

5월 7일 (수)

오늘부터 가정방문 시작. 오늘은 세 집. 하나같이 정성을 들여 꼼꼼히 청소한 티가 나서 오히려 부담스러웠다. 피곤해.

……

5월 15일 (목)

오늘은 보기 드물게 가정방문한 집에 학생 아버지가 있었다. 쉬는 날이었던 모양이다. 한순간 불안했지만 이야기를 해보니 오히려 어머니 혼자 있는 것보다 편했다. 물론 상대에 따라 다르겠지만 즐거이 이야기할 수 있는 사람이라 살았다. 이 정도면 가정방문도 얼마든지 할 만할 텐데. 이제 일곱 집 남았다.

……

5월 19일 (월)

오늘도 계속해서 가정방문. 야마모토가 차를 내오다 테이블에

엎질러서 치마에 묻었다. 금방 닦았지만 얼룩이 남을지도 모르겠네. 야마모토는 평소에도 덜렁대서 탈이다. 아, 짜증나.

……

5월 22일 (목)

드디어 가정방문도 끝. 이제 6월 학부모 참관 때에야 학부모들과 이야기를 나누겠네. 그건 그것대로 마음이 무겁지만, 뭐 일단 큰일 하나 마쳤다. 힘들어, 지쳤다. 오늘은 월급날.

이후로 잠시 미쓰코의 학교 생활에 대한 이야기가 이어졌다. 그런 이야기에 남자의 그림자는 드리워져 있지 않았다. 난조라는 동료 교사 이름은 나왔지만 미쓰코가 특별하게 의식하는 느낌은 없었다. 그리고 유월 중순이 지나 문제의 남자에 관한 글이 나왔다.

6월 19일 (목)

학교에서 집에 가는 길에 백화점에 들렀는데 우연히 K씨와 마주쳤다. 먼저 내게 말을 걸어주어 기뻤다. K씨는 시간이 있었는지 괜찮으면 같이 차라도 마시자고 권했다. 한 시간 정도 이야기를 했을 뿐이지만 아주 즐거웠다. 비가 오는데도 굳이 백화점에 가봤더니 운수대통.

……

6월 28일 (토)

K씨가 밥을 같이 먹자고 했다. 프린스 호텔 식사권을 받았는데 같이 가자는 이야기였다. 가족과 가면 될 텐데 요전에 이야기를 들은 바로는 아무래도 부인과 사이가 좋지 않은 모양이다. 그러니까 내게 말했겠지. 어떻게 할까 망설였지만 이런 기회는 좀처럼 없으니까 가기로 했다. 물론 K씨의 부탁이니까 가기로 한 것도 맞다.

K씨는 이야기를 잘해서 같이 있어도 지겹지 않다. 나이 차이가 나는 사람도 나쁘지 않구나 싶다. 그건 그렇고 이거, 이중으로 스릴 넘친다. 역시 이러면 안 되려나.

……

7월 10일 (목)

또 K씨가 불러냈다. 이제 구실을 댈 마음도 없는 모양이다.

나도 거절할 마음은 없었지만.

아오야마에서 초밥을 먹고 시부야의 바에 갔다. 오랜만에 그런 고급스러운 가게에 가서 정말 좋았다. 어린아이를 상대하는 건 힘든 일이 아니라고 여겼는데 어느덧 스트레스가 쌓였는지도 모르겠다. K씨 같은 어른과 함께 있으니 마음이 편했다.

에라, 모르겠다는 마음으로 함께 도큐 호텔에 갔다.

……

7월 18일 (금)

오늘부터 여름방학이다. 신난다. 아, 올해는 어디 갈까. 빨리 계획을 세워야 해.

……

7월 30일 (수)

K씨가 나고야로 출장 가는데 함께 가지 않겠느냐고 물었다. 8월 2일부터 4일까지다. 어차피 불륜 여행을 갈 거라면 교토 부근이 좋겠지만, 뭐 어쩔 수 없지. 시간이 나서 교토에도 갈 수 있으면 좋겠다.

……

8월 2일 (토)

아는 사람과 마주칠지도 모른다고 해서 신칸센에 따로 앉아서 갔다. 심심해서 카세트플레이어로 음악만 들었다. 나고야에 도착한 후에도 바로 일이 있다고 해서 함께 시내 구경도 못 했다. 뭣 때문에 날 부른 거야. 화가 나서 호텔에서 이걸 쓰는 중.

이라고 적었지만 밤에 고급 요릿집에서 가이세키 요리■를 사주었으니 용서해줘야지.

……

8월 3일 (일)

오늘도 따로 다녔다. 혼자 쓸쓸히 나고야 성을 구경하고 왔다. 바보 같다. 밤에는 이탈리아 요리를 먹었다. 쓸 이야기가 이런 것밖에 없다니, 참. 우울하다.

■ 술과 함께 즐기는 연회용 고급 코스 요리.

……

8월 4일 (월)

어제까지 혼자 둔 보상을 할 생각인지 오늘은 오후부터 계속 함께 있어주었다. 결국 교토까지 가서 산넨자카 일대를 산책했다. 마치 진짜 부부가 되기라도 한 것 같아서 웃겼는데 K씨도 마찬가지였던 모양이다. 의외로 장난꾸러기 같은 구석이 있는 걸까.

가와라마치의 모텔에서 잠시 쉬고 거의 막차에 가까운 신칸센을 타고 돌아왔다. 돌아올 때도 따로 앉았지만 어쩔 수 없으니까 포기했다. 꽤 즐거웠다.

미쓰코와 K라는 남자는 급속하게 가까워진 듯했다. 그다지 주저하지도 않고 잠자리를 가지다니 미쓰코다웠다. 이렇듯 미쓰코는 이 주에 한 번꼴로 K와 계속 만났다. 일부러 써놓지 않았는지 K의 직업은 추측할 실마리조차 없었다. 그래도 상대가 상당히 유복하다는 것은 분명했다. K가 정말로 미쓰코 반 학생의 아버지라면 나이가 아주 많지는 않을 것이다. 젊은 나이인데도 돈에 부족함이 없을 만한 직업은 그렇게 많지 않다. 이는 상대방을 알아낼 유력한 단서가 될 것이다.

9월 23일 (화)

월급날이라 8월 여행의 답례로 내가 K씨에게 한턱냈다. K씨가 늘 데려가는 비싼 가게에는 갈 수 없으니 저렴한 퓨전 요리 전문점에서. 그래도 K씨가 기뻐해서 나도 기뻤다.

……

9월 26일 (금)

내일 일정을 확인하려고 처음으로 K씨 직장에 전화를 했다. K씨는 우리 관계에 신중해서 내 직장에 연락을 한 적은 한 번도 없다. 학부모라고 하면 별 의심 없이 바꿔주는데. 내 전화를 받고 K씨는 주변의 귀가 신경쓰이는지 안절부절못했다. 그런 K씨의 반응에서 나는 내가 불륜을 하고 있음을 비로소 실감했다.

난 K씨의 아이를 교실에서 봐도 아무렇지도 않은데. 내가 이상한 걸까.

이날 일기는 상당히 결정적이다. K가 미쓰코 반 학생의 아버지임은 의심할 여지가 없다. 역시 교코의 감이 맞았다.

이날을 기점으로 두 사람의 관계는 서서히 삐걱대기 시작한다.

10월 8일 (수)

K씨와 밥을 먹을 때 처음으로 그의 부인을 화제로 삼았다. 내가 부인을 예쁘다고 칭찬하자 노골적으로 싫은 표정을 지었다. 그런 표정을 보면 나와의 관계를 어떻게 생각하고 있는지 확인하고 싶어진다. 그는 대답을 얼버무렸다.

이혼할 마음은 없다는 것을 처음부터 알고 있었지만 그의 태도가 너무 분명하게 느껴져 마음이 영 언짢았다.

……

10월 20일 (월)

오늘은 내 생일이다. K씨가 목걸이를 사주었다. 명품에 딱히 흥미는 없었지만 막상 티파니 백금 목걸이를 받으니 기뻤다. 요전에 부인 이야기를 하다 분위기가 조금 험악해진 게 마음에 걸렸나. 이렇게 물건으로 기분을 풀어주려 하다니 좀 아니다 싶기도 했지만, 이번엔 봐줄까.

……

11월 6일 (목)

오늘은 머리끝까지 화가 났다. 이야기를 하다가 자기 아들을 칭찬했을 뿐인데 K씨는 비아냥으로 받아들인 모양이다. 어떻게 그렇게 받아들일 수 있지? 평범한 연애가 아니라서 마음 한구석이 켕기니까 내 사소한 말에도 예민하게 반응하는 거다. 아, 불륜 짜증난다, 짜증나. 이제 그만 끝낼까. 어차피 상처 입는 건 나일 텐데.

이왕 헤어질 거면 단물을 좀더 빨아먹어야지. 그냥 홀가분하게 풀어주기는 아깝다. 그쪽도 꽤 즐겼으니까 나도 나름대로 보상은 받아야겠지.

……

11월 19일 (수)

놀랐다. K씨가 나와 그렇게 헤어지기 싫어할 줄이야. 살짝 이별을 암시했을 뿐인데 엄청 허둥대서 도리어 놀랐다. 그렇게 나를 소중히 여기고 있었다니. 늘 냉정하고 침착한 사람이라 정말 의외였다.

……

12월 5일 (금)

크리스마스이브에 뭘 하느냐고 물어보자 대번에 '일'이라니. 요전 일도 있고 하니 무리를 해서라도 나와 같이 있어줄 줄 알았는데. 뭐, 그런 차가운 면이 좋기는 하지만 조금 쓸쓸하다. 크리스마스이브에 뭘 하지. 혼자 집에 있기는 싫고, 그렇다고 친구들과 같이 보내기도 쑥스럽고.

……

12월 24일 (수)

결국 집에 혼자 있다. 성질난다. 다음에는 집으로 전화 걸어야지. 얼마나 당황한 목소리로 받을지 기대된다.

12월 25일 (목)

억지로 시간을 내달라고 해서 K씨에게 크리스마스 선물을 주었다. 아주 화려한 넥타이다. 집에 들고 갈 수 없을 테니 직장에 놓아두겠지. 하지만 나 만날 때 매지 않으면 절대 용서하지 않을 거다.

그는 페라가모 구두를 선물로 주었다. 이걸로 또 내 비위를 맞출 심산인지도 모르지만 이번에는 감동 안 했다. 이 정도는 선물받는 게 당연하니까.

……

12월 31일 (수)

혼자 한 해의 마지막날을 보내려니 외로워서 그의 집에 전화를 걸어봤다. 물론 담임 선생님으로서가 아니라 이름을 밝히지 않는 수상한 여자로서. ㅋㅋ 말투가 제법 의연해서 감탄했다. 더 당황할 줄 알았는데.

1월 1일 (목)

신년인데 기분은 최악이다. 그가 어제 일로 화를 냈다. 뭐 그렇게 화를 낼 일이라고 그래. 결국 가정이 소중하다는 거겠지. 잘 알았다.

교코와 둘이서 신사에 첫 참배를 갔다. 교코는 사쿠라 씨와 잘되고 있는 모양이라 다행이다.

불륜 상대 이야기는 1월 1일 일기를 끝으로 더이상 나오지 않았다. 그후로는 만나지 않은 건지, 아니면 미쓰코가 쓰지 않은 건지 일기만 읽어서는 알 수 없었다. 새해가 밝은 뒤로 쓰지 않은 날이 늘었으니 일기를 쓰는 것에 슬슬 질렸는지도 모른다. 살해당하기 한 주 전에 쓴 마지막 일기에는 학교 수업 내용을 간단하게 적었을 뿐이었다.

일기 내용은 내가 알고 있는 미쓰코의 글답기도 했고, 아예 모르는 여자의 글 같기도 했다. 그래서인지 스스로도 놀랄 만큼 냉정하게 읽을 수 있었다. 후반부의 제멋대로 설치는 모습은 그야말로 미쓰코다웠지만, 그 이외의 학교와 관련된 부분에서는 나도 모르는 선생님의 얼굴이 눈앞에 어렸다. 미쓰코는 의외로 아이들에게는 좋은 선생님이었을지도 모른다는 생각이 들었다. 그래서 불륜 상대를 휘두르는 미쓰코를 냉정하게 바라볼 수 있었던 것 같다.

이 일기만 읽어서는 올해 들어 K와 미쓰코의 관계가 어떻게 됐는지 불명확하다. 하지만 K가 점점 더 제멋대로 행동하는 미쓰코에게 질려 마지막 수단을 사용했을 가능성은 크다. 적어도 두 사람의 관계가 잘 풀리지 않은 것은 사실이다. 역시 K가 누구인지 알아내는 작업은 결코 헛수고가 아닐 것이다. 나는 일기를 전부 읽고 나서 굳게 확신했다.

7

학교 명부는 다음날 받았다. 사쿠라는 바빴는지 간호사가 대신 이쪽 진찰실까지 가져왔다. 나는 진료를 하면서 짬짬이 명부를 펼쳐보았다.

미쓰코가 담임을 맡은 반은 5학년 2반이었다. 그 반에 성의 이니셜이 K인 남학생은 네 명이었다. K라는 이니셜이 성이라고 판명된 것은 아니지만 분명 틀림없을 것이다. 그리고 11월 6일 일기에 "K씨의 아들"이라고 적혀 있으니 K의 아이가 남자임은 확실하다. 남학생 네 명의 성은 가사하라, 고지마, 고미야마, 곤도였다.

보호자란으로 눈을 옮기자 곤도만 여자 이름이었다. 아버지가 없는 것이리라. 그렇다면 미쓰코의 불륜 상대는 나머지 세 아이의 아버지 가운데 있다는 뜻이다.

뭔가 마음에 걸렸다. 고미야마의 보호자 이름을 어디서 본 기억이 있었다. 어디서 봤더라. 환자였나. 잠시 생각하다 마침내 떠올랐다. 아, 우리 대학병원 의사 중에 고미야마 시게키라는 사람이 있지 않던가. 설마 동일인일까.

나는 곁에 있는 간호사에게 외과의 고미야마 선생님이 어디 사는지 아느냐고 물어보았다. 하지만 간호사는 "글쎄요" 하고 고개를 갸웃거릴 뿐이라 도움이 되지 않았다. 하는 수 없이 여유가 생겼을 때 직접 외과에 가보기로 했다.

1시쯤에 환자를 다 보고 나자 겨우 시간이 생겼다. 나는 점심도 먹지 않고 외과로 향했다. 외과에 사쿠라가 있기는 하지만 바빠서 정신도 없을 텐데 고미야마 선생님의 주소를 물어보러 전화하는 건 이만저만 폐가 아니다. 가능한 한 간호사에게 알아봐달라고 할 생각이었다.

간호사실에 가자 운 좋게도 안면이 있는 간호사가 있었다. 남자에게 무람없이 아양을 떠는 태도가 눈에 띄는 여자다. 동료 간호사들의 빈축을 사고 있는 모양이지만 이런 때는 도움이 된다. 나는 그 간호사에게 고미야마 선생님의 주소를 알고 싶다고 부탁해보았다.

"잠깐만 기다리세요."

아니나 다를까 싹싹하게 고개를 끄덕이고 금방 찾아봐주었다. 서류를 펼치고 불러준 주소는 맙소사, 미쓰코의 학교 명부에 실려 있던 주소와 일치했다.

뜻밖의 우연이었다. 이렇게 가까이에 미쓰코의 불륜 상대일지도 모르는 사람이 있었을 줄이야. 내게는 엄청난 행운이기도 했다. 신원 조사를 위해 흥신소에 써야 할 돈을 아낄 수 있기 때문이다.

"하는 김에 조금만 더 부탁할게요. 고미야마 선생님, 작년 8월에 나고야로 출장 가시지 않았나요? 정확하게는 8월 2일부터 4일까지인데."

나는 미쓰코의 일기에 씌어 있던 내용을 떠올리고 물어보았다. 만약 출장을 갔다면 다른 두 사람은 조사해볼 필요도 없다. 그것으로 확정이다.

간호사는 순순히 다시 서류를 뒤적였다. 대답은 간단했다.

"안 가셨네요. 작년 8월 2일부터 사흘 동안 고미야마 선생님은 평소대로 출근하셨어요. 왜요?"

"아니, 별일 아니에요. 고마워요."

용의자라고도 할 수 있는 세 명 중에 한 명이 깔끔히 제외되자 맥이 쭉 빠졌다. 이 기세를 몰아 나머지 두 명 중 한 명으로 압축할 수 있으면 좋으련만 그렇게 잘 풀리지는 않을 것이다. 내가 고미야마 선생님에 관해 알아보러 왔다는 것은 비밀로 해달라고 입막음을 하고 그길로 점심을 먹으러 나갔다.

오후에는 입원 환자의 용태를 확인하고 수술 준비를 하며 시간을 보냈다. 하루 일과가 끝나 돌아가려고 할 때 사쿠라에게서 내선 전화가 왔다.

"명부, 받았어?"

사쿠라는 그렇게 말을 꺼냈다. 어제 일기 건까지 포함해 메일로 고맙다는 인사를 보냈지만 아직 읽지 않았는지도 모른다. 나는 애써준 사쿠라에게 다시금 감사의 뜻을 표했다.

"받았어. 여러모로 고마워. 명부를 조사해보고 깜짝 놀랐어. 외과의 고미야마 선생님 아들이 미쓰코 반에 있지 뭐야."

"그래. 나도 명부를 보고 알았어."

"낮에 그쪽에 가서 확인해봤지. 결론부터 말하자면 고미야마 선생님은 K가 아니었지만."

"그래? 뭐, 그렇겠지. 그래서 이제부터 어쩌려고?"

"지금 시간 나? 괜찮으면 잠깐 보자."

"응, 그러려고 전화했어. 이야기 좀 들려줘."

"알았어. 마침 나가려고 한 참이니까 그쪽으로 갈게."

나는 전화를 끊고 외과 병동으로 향했다. 고미야마 선생님에 관해 조사해달라고 부탁한 간호사와는 얼굴을 마주치고 싶지 않았는데 다행히 사쿠라가 바로 나왔다. 변함없이 엄청난 패션 감각을 자랑하는 옷을 입고 있었다. 오늘은 녹색 재킷에 노란색 와이셔츠다. 바지만 빨간색이면 신호등이라고 생각했다.

"미안. 어디 갈까."

사쿠라는 가볍게 손을 들고 다가오더니 그렇게 말했다. 잠깐 상의하다 오늘도 병원에서 떨어진 가게에 가기로 했다. 병원 앞에서 택시를 잡아타고 다소 북적거리는 요릿집에 들어갔다.

적당히 주문하고 물수건으로 손을 닦고 나서 사쿠라는 "자" 하고 재촉했다.

"일기를 읽은 감상은 어때? 충격받았어?"

"아니." 진지한 얼굴로 묻는 사쿠라에게 나는 짤막하게 대답했다. "충격은 무슨. 왜?"

"미련이 남아 있는 것 같았거든. 네게 보여주다니 가혹한 처사가 아닐까 했는데 걱정이 과했나."

"괜찮아. 냉정하게 읽었어."

나는 K라는 남자가 부자임을 알 수 있다는 것부터 시작해 고미야마 선생님이 작년 팔월 초에 출장을 가지 않았음을 알고 의혹이 풀렸다는 것까지 설명했다.

"나도 명부를 보고 고미야마 선생님이 눈에 확 들어왔지. 하지만 K는 고미야마 선생님이 아니야. 출장을 가지 않은 건 물론이고 요일이 안 맞아."

내 말을 이어받아 사쿠라가 말했다. 나는 무슨 뜻인지 이해가 가지 않아 되물었다.

"요일?"

"응, 그래. 몰랐어? 야마우라 씨가 K와 만난 날은 거의 수요일이나 목요일이야. 수요일과 목요일에 고미야마 선생님은 출근했어. 선생님의 휴진일은 월요일이거든. 불륜 상대랑 밥이나 먹고 있을 여유는 없다고."

"아아, 그렇구나."

그것까지는 몰랐다. 그저 K에게는 가족이 있으니까 평일에 만나는 줄만 알았다. 나는 가방에서 프린트한 일기를 꺼내 확인했다. 사쿠라가 지적한 대로였다.

"냉정하게 읽는다고 읽었는데 생각만큼 냉정하지는 않았나 보네. 요일은 전혀 눈치채지 못했어."

"뭐, 나야 고미야마 선생님의 일정을 아니까 금방 알아챈 거지. 어쨌거나 같이 일하는 사이 아니냐."

사쿠라는 종업원이 들고 온 맥주잔을 받아들고 맛있다는 듯이 꿀꺽꿀꺽 마셨다. 나는 입만 살짝 대고 바로 탁자에 내려놓았다. 술기운에 몸을 맡길 때가 아니었다.

"또 뭔가 알아낸 거 없어?"

물어보자 사쿠라는 "잠깐 줘봐" 하고 일기를 받아 갔다. 재빨리 훑어보며 난감하다는 듯이 말했다.

"K는 회사원 아닐까. 회사원이라면 주말에 쉬지 않는 직종일지도 몰라."

"그건 나도 생각했어. 미쓰코와 K가 주말에는 거의 만나지 않았으니까. 하지만 불륜 관계라면 오히려 당연하지 않을까. 주말에는 아내의 눈 때문에 마음 편히 못 나가는 걸지도 몰라."

"그건 그래. 즉 평범하게 주말에 쉬지만 수요일과 목요일은 비교적 일이 빨리 끝나는 직종이라는 뜻인가."

"무슨 일이지? 도무지 짐작이 안 가네."

"난 부동산 중개업자가 아닐까 싶었어. 부동산 중개업자는 대개 수요일에 쉬잖아. 이어서 쉴 생각이면 화요일이나 목요일에 붙여서 쉬겠지. 그러니까 부동산 중개업자 중에 이니셜이 K인 녀석이 있다면 결정적이라고 생각했어."

"부동산 중개업자라. 하지만 이 K라는 녀석 묘하게 주머니 사정이 좋은 것 같단 말이야. 요즘 불경기라 부동산 중개업자들 우는소리 많이 하지 않나?"

"응. 그러니까 아니겠지. 수요일에 쉬는 게 아니라 일이 일찍 끝나는 녀석이야."

"평범한 회사원이라고 쳐도 돈 씀씀이는 보통이 아니야. 꽤 좋은 회사에 다니나 보다."

"그 말에는 찬성이야. 하지만 그 이상은 모르겠군. 아주 신중하게 상대의 신원을 덮어둔 것 같아. 남에게 보여줄 일기도 아닌데 용의주도하네."

"실마리가 없는 건 아니야. 예를 들어 6월 28일 일기를 봐. 호텔 식사권을 받았다는 구실로 미쓰코를 불러냈지. 이거 분명 일 관계로 받은 게 틀림없어. 그렇다면 접대하는 쪽이 아니라

접대받는 쪽이지."

"그렇구나. 그것 말고는?"

"이 K라는 녀석이랑 5월 15일에 가정방문한 집에서 만났다는 아이 아버지는 동일인일 테지. 이 일기에서 미쓰코가 그 밖에 흥미를 보인 사람은 찾아볼 수 없어. 즉, 5월 15일에 미쓰코가 어느 학생의 집에 갔는지 알면 결정타지."

"하지만 그런 걸 어떻게 알아내? 물어봤자 안 가르쳐줄 텐데……. 아니지, 사쿠라이라는 선생님한테 부탁하면 알려주려나?"

"아아, 그 선생님."

여교사의 얼굴이 떠올랐지만 마음이 썩 내키지는 않았다. 사쿠라이는 미쓰코가 학생의 아버지와 불륜을 저질렀다는 사실을 모른다. 그걸 내가 가르쳐주다니 죽은 미쓰코에게 미안한 일이다. 그렇다고 해서 이유도 모르고서 뭔가 알려줄 만큼 사쿠라이는 만만한 상대가 아니다. 유감스럽지만 이 방법은 마지막 수단으로 남겨놓는 수밖에 없을 것 같았다.

"그건 잠시 보류하자. 미쓰코의 직장 동료였던 사람에게 미쓰코가 불륜을 저질렀다는 사실을 밝히고 싶지는 않아. 차라리 흥신소에 의뢰해볼까 해. 가사하라와 고지마라는 사람이 어떤 일을 하는지 조사해달라고 할 거야. 만약 가능하면 작년 팔월에 나고야로 출장을 갔는지도."

"흥신소? 그렇게까지 하려고?"

"응, 난 아마추어니까 탐정 흉내는 못 내. 돈으로 어떻게든 된다면 어느 정도의 출혈은 각오해야지."

"각오 한번 대단하다. 하지만 그렇게 골몰해봤자 남는 게 뭐냐. 어쨌거나 너랑은 관계없는 일이잖아."

그렇지 않다. 나는 죽은 미쓰코를 발견하고도 내 한 몸 지키고자 경찰에 신고하지 않고 달아났다. 하다못해 이 정도는 하지 않으면 눈에 새겨진 죽은 미쓰코의 얼굴이 지워지지 않는다. 하지만 사쿠라에게 이런 속내를 밝힐 수는 없었다.

"관계없지는 않아. 미쓰코는 내 여왕님이었으니까."

말 뒷부분은 목구멍으로 꿀꺽 삼켰다. 그랬으니 사쿠라에게 들리지는 않았을 것이다. 그래도 사쿠라는 이해했다는 듯이 더 이상은 아무 말도 하지 않았다.

8

나는 다음날 전화번호부에서 찾은 흥신소에 가서 가사하라와 고지마라는 사람이 어떤 일을 하고 가정환경이 어떤지 조사해달라고 의뢰했다. 탐정은 그 정도 일이라면 사흘이면 충분하다고 큰소리를 떵떵 쳤다. 그래서 그런지 요금은 비싸다는 느낌이 들었지만 나는 아무 말 없이 제시된 금액을 치렀다. 돈으로 될 일이라면 얼마든지 퍼부을 생각이었다.

사흘 후에 조사 결과를 받았다. 탐정은 그 짧은 시간에 내가 의뢰한 일을 처리해주었다. 하지만 작년 팔월에 뭘 했는지까지는 금방 알아내기 힘들다고 했다. 그래도 최소한 필요한 정보는 갖추어진 셈이다. 다시 조사를 의뢰할지 말지는 이번 조사 결과를 살펴보고 나서 정하기로 했다.

흥신소를 나와서 카페에 들어가 받아 온 보고서를 펼쳤다. 우선 가사하라 신고의 조사 결과를 훑어보았다. 가사하라는 규모가 큰 상사에서 일하는 회사원이었다.

일본에서 손꼽히는 상사에서 일하는 회사원이라면 일단 K일 조건이 충족되었다고 볼 수 있다. 연봉은 1200만 엔. 직급은 차장이었다. 근무지는 아카사카에 있는 본사. 미쓰코의 일기에 따르면 7월 10일에 아오야마에서 초밥을 먹었다니까 아카사카에서 일한다면 가깝지도 멀지도 않아 큰 의혹을 불러일으킨다. 일하는 곳만 본다면 가사하라가 K일 가능성은 상당히 높다.

가사하라의 가정환경은 평범했다. 아내는 전업주부고 아들과 딸을 하나씩 두었다. 부부 사이는 나쁘지 않아 이혼으로까지

발전할 듯한 험악한 분위기는 느껴지지 않는다고 한다. 결론은 이 조사만으로는 가사하라가 바람을 피우고 있을 가능성을 확인할 수는 없다는 것이었다. 나도 개인 정보를 조사해달라고만 했으니 그에 마땅한 결과였다.

또 다른 인물 고지마 야스요시 역시 회사원이었다. 하지만 이쪽이 다니는 회사는 기업의 격이라는 측면에서 가사하라가 다니는 회사와 큰 차이가 있었다. 들어본 적 없는 이름의 회사였지만 보고서에 따르면 시나가와에 본사를 둔 중견 자동차 부품 제조사라고 한다. 현재 정리해고의 폭풍이 휘몰아쳐서 내부 사정은 상당히 좋지 않은 모양이다. 연봉은 800만 엔. 직급은 영업 과장이었다.

이 정보만 놓고 보면 고지마가 K일 가능성은 낮다. 하지만 고지마는 가사하라와 비교해 아내와 사이가 훨씬 나빴다. 보고서에도 고지마가 바람을 피우고 있을 가능성이 있다고 똑똑히 적혀 있었다. 잠깐 사이에 그런 사실을 캐냈을 정도니까 가정이 무너져가고 있다는 것은 누가 보기에도 명백한 사실일지도 모른다. 아르바이트를 하는 아내와 외동아들이 고지마의 가족이었다.

나는 두 조사 결과를 앞에 두고 골치를 앓았다. 조사를 시켰다고 해서 금방 K의 정체가 밝혀지리라고 기대하지는 않았지만 조금은 성과가 있을 줄 알았다. 인상만 가지고 보자면 가사하라야말로 K다. 하지만 어디까지나 인상일 뿐 결정적인 증거는 전혀 없는 것이나 마찬가지다. 내 목적은 미쓰코의 불륜 상대를 찾아내는 것에 그치지 않고 최종적으로는 살인범까지 밝혀내는 것이다. 인상만으로 판단해서 될 일이 아니었다.

보고서에는 가사하라, 고지마 두 사람 다 수요일과 목요일에만 일찍 퇴근하지는 않는다고 적혀 있었다. 그 점에서도 둘 중 누가 K인지 집어내기는 불가능했다. 아무리 머리를 쥐어짜도 이 정보만으로는 더이상 추론을 계속하기 힘들 것 같았다. 미쓰코가 일기에다 K의 신원이 드러날 만한 내용을 거의 적지 않았으니 어떤 의미에서는 당연한 일이지만.

보고서에 첨부된 두 명의 사진 역시 판단력을 흐리는 원인이었다. 고지마와 가사하라의 외모는 정보에서 도출되는 인물상과 정반대였다. 보고서를 읽어보면 가사하라는 수완이 뛰어난 엘리트 회사원이라는 인상이고, 고지마는 생활에 찌든 사십 대 남자처럼 느껴진다. 하지만 실제로 고지마는 양복이 잘 어울리는 풍채 좋은 남자고, 가사하라는 배가 튀어나와 볼품없는 중년 남자였다. 상상과 현실이 너무 동떨어져서 한순간 흥신소 탐정이 사진을 잘못 첨부한 게 아닐까 의심했다. 하지만 그 자신만만한 탐정이 그런 초보적인 실수를 할 리 없다. 그렇다면 더더욱 판단하기가 난감해진다.

미쓰코의 성격은 누구보다 내가 제일 잘 안다. 미쓰코가 불륜을 저지르면서까지 사귄다면 가사하라 같이 생긴 남자는 절대로 선택하지 않을 것이다. 반대로 고지마는 미쓰코가 좋아할 만한 분위기를 띠고 있었다. 사진만으로 판단한다면 고지마야 말로 '불륜남'이다.

이것만으로는 모자라다. 나는 보고서를 샅샅이 뜯어보고 나서 그렇게 결론을 내렸다. 역시 이 두 사람에 관해 좀더 자세하게 조사해달라고 흥신소에 의뢰해야겠다. 결정했으면 주저하고 있을 틈은 없다. 나는 자리에서 일어나 카페에서 나와 바로 흥신소에 되돌아갔다.

나는 탐정 앞에서 사흘 전에 의뢰할 때는 이야기하지 않았던 조사의 목적을 밝혔다. 그리고 가사하라와 고지마 둘 중 한 명이 미쓰코와 사귀고 있었는지 알아봐달라고 다시금 의뢰했다. 하지만 탐정은 내 말에 예상치도 못한 반응을 보였다. 그는 눈살을 찌푸리며 복잡한 표정을 짓더니 팔짱을 끼고 잠시 생각에 잠겼다.

"유감스럽지만 의뢰를 받아들이기는 어렵겠습니다."

삼십 초쯤 침묵이 흐른 후 탐정은 천천히 입을 열었다. 거절당할 줄은 몰랐기 때문에 놀라서 되물었다.

"왜요? 이런 조사를 맡는 게 이쪽 일이지 않습니까. 애로 사항이라도 있습니까."

"불륜 조사는 물론 맡습니다. 하지만 어디까지나 현재 진행 중인 것만요. 예전에 바람을 피웠는지 안 피웠는지 어떻게 알아봅니까. 과거의 일은 당사자들밖에 모릅니다. 하물며 당사자 중 한 명은 돌아가셨다면서요. 그럼 조사할 방법이 없죠."

탐정은 이해력이 떨어지는 상대를 찬찬히 설득하듯이 말했다. 그래도 알아내는 게 프로 아니냐고 물고 늘어졌지만 탐정은 꿈쩍하지 않았다. 지금까지 축적한 노하우에 비추어 보아 내 의뢰에 좋은 결과를 낼 수 없음을 잘 알고 있는 것이다. 나는 실망하여 흥신소를 뒤로했다.

다른 흥신소에 가면 의뢰를 받아들일까. 걸으면서 다시금 생각해보았다. 답은 바로 나왔다. 분명 무리일 것이다. 설령 받아들이는 곳이 있다고 해도 결과는 별 볼 일 없을 것이다. 나 역시 탐정의 설명을 전혀 이해하지 못한 것은 아니었다. 의뢰를 받아들이지 않으려고 한 탐정은 이런 일을 하는 사람치고는 양심적인 부류에 들어가는지도 모르겠다.

아무래도 손쓸 방법이 없는 것 같았다. 남은 방법은 고지마와 가사하라를 직접 만나 미쓰코와 어떤 관계였는지 캐묻는 것 정도다. 하지만 그런 짓을 해봤자 누가 솔직하게 인정할까. 설령 바람을 피웠다는 사실은 인정하더라도 절대로 죽이지는 않았다고 부정할 게 뻔하다. 그래서는 아무 의미도 없다.

아마추어로서는 이 정도가 한계일까. 무력감에 사로잡힌 나는 물러서지 못하는 마음을 겨우 억눌렀다.

9

사쿠라에게도 흥신소의 조사 결과를 보여주었지만 새로운 가설을 세우지는 못했다. 오히려 사쿠라는 이쯤에서 포기하는 게 어떻겠느냐고 나를 타일렀다. 포기하라니 어림 반푼어치도 없는 말이었지만, 그렇다고 해서 뾰족한 수가 있는 것은 아니었다. 유카리와는 연락이 끊긴 상태였고, 기억 속에 들러붙은 죽은 미쓰코의 얼굴도 지우지 못했다. 사건이 일어난 날 이후로 상황은 전혀 달라지지 않았다.

하는 일 없이 시간만 흘러갔다. 사건 직후에는 뻔질나게 찾아오던 형사도 더이상 오지 않는다. 경찰 수사가 어떻게 진행되고 있는지 알 길도 없어 평범한 일상 속에서 답답한 속만 삭이며 지냈다.

그러던 어느 날, 환자 차트를 적다가 지난주 토요일이 왜 휴일이었는지 문득 의문이 들었다. 나는 별생각 없이 곁에 있던 간호사에게 물어보았다.

"지난주 토요일은 당연히 휴일이죠. 춘분날이었잖아요." 병원에서 잔뼈가 굵은 간호사가 대번에 대답했다.

"춘분날?" 한순간 무슨 말인지 이해가 가지 않았다. "그런가? 하지만 21일이잖아요. 춘분의 날은 20일 아닌가요?"

"아이고, 선생님도 참." 간호사가 눈매를 누그러뜨렸다. "춘분날은 딱 20일이라고 정해져 있는 게 아니에요. 해마다 바뀌잖아요. 모르셨어요?"

"그랬어요? 전혀 몰랐네. 그럼 추분의 날도 그래요?"

"추분날은 아니에요. 매년 9월 23일이 휴일이죠. 하기야 선생님께는 휴일이든 말든 무슨 상관이겠어요."

"뭐, 그렇죠."

나는 쓴웃음으로 답했다. 간호사는 반쯤 어이없다는 듯한 웃음을 입가에 맺고 다시 자기 일을 했다.

나도 눈앞에 펼친 환자 차트로 의식을 되돌리려 했다. 하지만 방금 나눈 이야기의 뭔가가 머리 한구석에 걸려서 일에 집중이 안 됐다. 기억 속 어느 한 부분이 분명히 어긋난 사실이 있다고 호소했다. 그런데도 뭐가 어긋났는지 좀처럼 알 수가 없었다.

10

집에 돌아오고 나서야 뭐가 어긋났는지 알아차렸다. 아무래도 신경이 쓰여서 하는 수 없이 미쓰코의 일기를 다시 읽다가 겨우 알아냈다. 나는 내가 알아차린 사실을 사쿠라에게도 확인받고자 다음날 출근하자마자 만나고 싶다는 메일을 보냈다.

오후에 메일함을 열자 사쿠라의 답장이 와 있었다. 하지만 퉁명스럽게 얼마간 바쁘다고만 적혀 있었다. 나도 의사니까 사쿠라의 사정은 알지만 삼십 분만이라도 상관없다. 어떻게든 그 정도 시간은 낼 수 있을 터였다.

메일로는 말이 통하지 않을 것 같아서 전화도 걸지 않고 직접 찾아갔다. 다행히도 신통치 않은 표정으로 환자 차트를 읽고 있는 사쿠라를 만날 수 있었다. 사쿠라는 나를 보더니 놀란 듯이 눈썹을 치켜세웠다. 설마 직접 찾아올 줄은 몰랐을 것이다. "왔어?" 하고 나를 향해 고개를 끄덕이고는 시선을 다시 환자 차트로 되돌렸다.

"바쁘다고 메일에 썼잖아. 지금은 시간이 안 나."

"꼭 지금이 아니라도 상관없어. 일이 끝나면 잠깐 이야기 좀 하자."

"언제 끝날지 몰라. 꽤 늦을 거야."

"괜찮아. 기다릴게."

그 말을 끝으로 나는 내 병동으로 돌아왔다. 그후에는 평소대로 일을 하고 집에 돌아갈 시간이 되자 다시 외과 병동으로 갔다. 사쿠라는 일방적으로 찾아온 나를 보고 순간적으로 불쾌한 듯한 표정을 지었다. 그 표정에 시시한 일로 번거롭게 하지 말라는 내심이 담겨 있다는 것을 알 수 있었다.

"여기 앉아도 돼? 기다릴게."

내가 방구석에 있는 의자를 가리키자 "응" 하고 짧은 대답이 돌아왔다. 사쿠라는 내 존재를 잊어버린 것처럼 책상 앞에 앉아 열심히 펜을 놀렸다. 나는 그저 사쿠라의 뒷모습을 가만히 바라보았다.

사쿠라는 일벌레다. 사람의 생명을 구하겠다는, 단순하지만 소중한 열의를 가슴속에 품고 환자를 대한다. 연구심, 향학심도 남들 배로 강하다. 빈말이 아니라 정말로 명의라고 생각한다. 대학 시절부터 친구로 지낸 나는 그가 의사로서 어떻게 살고 있는지 잘 안다.

내게 말한 적은 없지만 사쿠라가 현재 중대한 프로젝트에 관여하고 있다는 것은 어렴풋이 짐작이 갔다. 그런 와중에 몇 번이나 내 이야기를 들어주었다. 그 점은 순수하게 그에게 감사해야 마땅하다. 사쿠라는 옛날 지인이 살해당했기 때문도 아니고, 여자친구의 언니가 변사했기 때문도 아니라 단지 내가 이 일에 매달려 있기 때문에 도움을 준 것이다. 그것은 처음부터 알고 있었다.

"미안. 오래 기다렸지. 삼십 분 정도라면 시간 낼 수 있어."

사쿠라가 느닷없이 일어서서 말했다. 생각에 푹 빠져 있던 나는 그가 무슨 말을 했는지 제대로 알아듣지도 못하고 허둥지둥 일어섰다. 사쿠라는 가운을 입은 채 턱짓으로 밖에 나가자고 재촉했다. 나는 시키는 대로 사쿠라 뒤를 따라갔다.

"커피가 당기네. 같이 마시자."

사쿠라는 엘리베이터 버튼을 누르며 말했다. 이 시간에 커피라면 지하 자동판매기의 종이컵 커피일 것이다. 내키지는 않았지만 내 볼일 때문에 멋대로 찾아와놓고 싫다고는 할 수 없다. 우리는 엘리베이터를 타고 지하로 내려갔다.

지하는 필요한 곳만 남겨놓고 불을 꺼놓은데다 인기척도 없어 괴괴했다. 낮에 환자들의 휴게실로 쓰이는 공간에도 지금은 정적만이 고여 있었다. 우리는 커피를 뽑아서 탁자 앞에 자리를 잡았다.

"왜 그래? 아직도 그 사건에 목을 매고 있는 거야?"

내가 입을 열기 전에 사쿠라가 먼저 물었다. 나는 "그래" 하고 고개를 끄덕이고 가방에서 프린트한 일기를 꺼냈다.

"9월 23일이 무슨 날인지 알아?"

나는 일기를 탁자에 내려놓고 그렇게 물었다. 내 당돌한 질문에 사쿠라는 허를 찔린 듯한 표정을 지었다. 잠시 생각하다 "추분의 날이잖아"라고 대답했다.

"그게 뭐 어쨌는데? 심리 테스트 같은 거야?"

"추분의 날은 휴일이지. 그렇다면 좀 이상한 점이 있어."

나는 사쿠라의 말에는 대답하지 않고 일기에 포스트잇을 붙여놓은 부분을 펼쳤다. 물론 9월 23일 일기다.

"봐봐. 미쓰코는 이날이 월급날이라고 적었어. 하지만 월급봉투를 직접 받든, 은행 계좌로 입금되든 휴일에 월급이 나오다니 이상하지 않아? 어떤 직종이든 휴일에는 월급이 안 나와."

내 말에 사쿠라는 대답하려고 들지 않았다. 얼굴에는 아무 표정도 떠올라 있지 않았다.

"미쓰코가 무슨 착각을 한 걸까. 그렇게 생각하고 일기를 전부 다시 읽어봤어. 그러자 월급날에 관해 언급한 곳이 또 있더라고. 5월 22일이야."

나는 포스트잇을 붙여놓은 다른 곳을 펼쳐서 보여주었다. 하지만 사쿠라는 제대로 보려고 하지 않았다. 나는 개의치 않고 말을 이었다.

"분명 미쓰코의 월급날은 22일이겠지. 이 밖에도 그렇게 추정할 수 있는 부분이 몇 군데 있어. 그렇다면 어째서 9월만 착각했을까. 그날은 K에게 밥을 산다는 특별한 이벤트가 있었는데 말이야."

"왜일 것 같아?"

드디어 사쿠라가 입을 떼어 되물었다. 나는 어떻게 대답할까 잠시 고민하다가 처음에 생각했던 대로 설명하기로 했다.

"여기뿐만이 아니야. 이상한 곳을 몇 군데나 더 찾았어. 예를 들어 5월 15일, 이날은 미쓰코가 K와 처음 만난 중대한 날이지. 미쓰코는 이날 일기에 가정방문이 앞으로 일곱 집 남았다고 썼어. 하지만 5월 7일에 가정방문을 시작했는데 15일에 일곱 집밖에 안 남았다니 진행 상황이 너무 빠른 것 같지 않아? 그런가 하면 가정방문이 끝난 건 22일이야. 주말에는 가정방문을 하지 않는다고 치면 일곱 집을 방문하는 데 닷새나 걸린 셈이지. 첫날에 세 집을 돌아다닌 것에 비해 16일 이후에는 아주 천천히 돌아다녔어. 어떻게 된 걸까."

"이런저런 사정이 있었겠지."

기분 탓인지 사쿠라의 대답은 될 대로 되라는 식으로 들렸다. 사쿠라의 종이컵은 어느새 텅 비어 있었다. 사쿠라는 그런 줄도 모르고 종이컵을 입으로 가져갔다가 자신의 행동에 혀를 차는 듯한 표정을 짓고 탁자에 내려놓았다. 나는 그런 사쿠라의 행동을 가만히 관찰했다.

"K와 미쓰코가 재회한 6월 19일, 이날도 이상해. 이날은 비가 왔다고 씌어 있는데 실제로는 아니었거든. 비는 안 내렸어."

"잘도 그런 걸 기억하고 있구나."

사쿠라가 비아냥거리듯이 말했다. 나는 사쿠라의 그런 말을 듣고 싶지 않았다.

"6월 19일은 유카리 생일이거든. 그날 날씨 정도야 기억하고 있지."

"아아, 그랬구나. 그건 몰랐네."

사쿠라는 그 말로 전부 인정한 것이나 다름없었다. 그래도 나는 나머지 이야기를 하지 않고는 배길 수 없었다.

"날씨와 관련해 이상한 점이 또 있어. 8월 2일부터 4일까지 출장을 갔을 때야. 8월 2일은 집중호우 때문에 신칸센이 운행을 중지했지. 그런데 미쓰코는 일기에 그런 내용은 전혀 적지 않았어."

"그것도 기억하고 있었어?"

"아니, 신문사 데이터베이스에 접속해서 알아봤지."

"그랬구나. 난 그렇게까지 할 여유가 없었어. 최근에 계속 바빴거든."

"……일기를 고쳤다고 인정하는 거구나."

나는 사쿠라의 눈을 똑바로 쳐다볼 수가 없었다. 손 언저리에 시선을 떨어뜨린 채 머뭇머뭇 확인했다. 사쿠라가 '그래' 하고 인정할까 봐 두려웠다.

하지만 사쿠라는 마음을 굳힌 모양이었다. 내 속내를 살피는 낌새도 없이 "응" 하고 고개를 끄덕였다.

"날짜를 적당하게 바꿔 적었어. 내용까지 손을 댄 건 출장을 간 부분뿐이고."

"실은 나고야로 출장을 간 게 아니었군. 오사카 근처?"

"정답이야. 너무 간단한 퀴즈인가. 교토와 가깝고 성이 있는 곳 하면 오사카 정도니까."

"전체를 주의깊게 읽어보니까 날짜가 이상하다고 추정되는 곳은 대부분 수요일과 목요일에 집중되어 있었어. 물론 미쓰코가 K와 만난 날이지. 미쓰코는 사실 월요일에 K와 만나지 않았을까 해. 그 증거로 두 사람은 월요일인 10월 20일에 만났어. 이날은 미쓰코 생일이니 나도 기억하고 있을 것 같아서 바꿀 수 없었겠지. 아니야?"

"네 말이 맞아. 그렇게 잘 알고 있으니 내가 왜 그런 짓을 했는지 그 이유도 알겠지?"

"K는 고미야마 선생님이야. 미쓰코는 고미야마 선생님과 불륜을 저지른 거야."

나는 주변 사람의 귀를 의식하여 목소리를 낮추었다. 하지만 우리 이야기를 듣는 사람은 아무도 없었다. 지하 홀은 으스스할 만큼 고요했다.

"내가 아는 건 그뿐이야. 네가 왜 그 사실을 감추려 했는지는 모르겠어. 고미야마 선생님이 네 의국 선배라서 감쌌겠지만, 네가 제 한몸 지키거나 출세하자고 그런 짓을 했을 것 같지는 않아. 도대체 무슨 이득이 있어서 고미야마 선생님을 감싼 거야?"

"착각하지 마. K가 고미야마 선생님이라는 확신은 없어. 본인에게 확인해보지도 않았고. 일기와 명부를 대조해보고 내 멋대로 추측했을 뿐이야. 하물며 선생님이 야마우라 씨를 죽이다니 누명을 씌우는 데도 정도가 있지."

"그럼 왜?"

나는 몸을 내밀었다. 그 서슬에 탁자에서 종이컵이 떨어졌지만 비어 있는 종이컵은 덧없이 바닥을 구를 뿐이었다. 지금은 그딴 일에 신경쓸 상황이 아니었다.

"우리는 지금 중대한 프로젝트를 진행하고 있어. 유방암 부분 절제의 획기적인 수술법이지. 이게 학회에서 인정되면 현행 방식으로 수술을 했을 때보다 환자의 가슴을 더욱 원형대로 보존할 수 있어. 우리 연구 결과에 따라 유방암으로 고생하는 몇

만 명의 환자가 구원받을 수 있다고. 이 프로젝트의 리더가 고미야마 선생님이야. 지금처럼 중대한 시기에 허접스러운 추문으로 선생님의 마음을 번잡하게 만들고 싶지 않아. 네게는 야마우라 씨의 죽음이 중대할지도 모르지만, 그런 것보다는 우리 연구가 훨씬 중요해. 네 쓸데없는 집착 때문에 프로젝트를 지연시킬 수는 없어."

"그래서 내 의혹을 불식시키려고 했다는 거야?"

"그러면 안 돼? 내가 아무 조작도 하지 않고 일기를 줬다면 과연 넌 어떻게 했을까? 고미야마 선생님에게 무례한 질문을 퍼부었겠지. 그럼 순식간에 병원 안에 소문이 퍼졌을지도 몰라. 그딴 소문이 나봐, 고미야마 선생님이 두각을 나타내는 것을 눈엣가시처럼 여기는 녀석들이 이게 웬 떡이냐 하고 불난 집에 부채질을 해댈 거라고. 난 그런 꼴은 못 봐. 너한테 미안한 짓을 했다고는 요만큼도 생각 안 해."

"내가 그렇게 못 미더워 보였어? 진실을 털어놓지 못할 만큼?"

"네가 도대체 뭔데? 명탐정? 웃기고 있네. 넌 일개 의사야. 의사가 살인범을 쫓는답시고 설쳐봤자 결과는 뻔하지. 유치한 탐정 놀이는 그만 끝내라고."

사쿠라는 손목시계를 들여다보더니 "시간 다 됐다" 하고 일어섰다. 그리고 아무 말도 없이 엘리베이터로 사라졌다. 나는 바닥에 떨어진 종이컵에 시선을 고정한 채 고개를 푹 숙였다.

미쓰코—내 여왕님. 난 결국 네 속박에서 벗어날 수 없을 것 같아. 머지않아 유카리하고도 헤어지겠지. 난 이미 죽고 없는 너의 환영을 쫓으며 살아가야 할까. 부탁이야, 이제 그만 날 해방시켜줘.

진심으로 빌었지만 머릿속에 남은 죽은 미쓰코의 얼굴은 아무 대답도 해주지 않았다. 다시는 쓰일 일 없는 텅 빈 종이컵은 바닥에 방치되어 있었다. 종이컵을 줍는 사람은 아무도 없었다.

Scene 4

감정의 허식

1

장례식을 치르기 좋은 날이 따로 있을 것 같지는 않지만 딱 그런 날이라고 말하고 싶을 만큼 하늘은 음산하게 흐렸다.

찌뿌둥한 날씨는 내 마음을 그대로 비추고 있는 것 같았다. 장례식장에 도착할 때까지, 아니 도착하고 나서도 나는 여전히 망설였다. 이대로 돌아갈까, 하고 몇 번이나 마음먹었던가. 그래도 발걸음을 돌리지 않고 보이지 않는 뭔가에 독촉당하듯이 장례식장까지 온 까닭은 고인을 애처로워하는 마음이 컸기 때문이다. 미쓰코가 요절하다니 여간 애석한 일이 아니었다.

도에서 운영하는 장례식장에서는 몇 건이나 되는 장례식이 동시에 치러지고 있었다. 하지만 나는 한 발짝 들여놓자마자 미쓰코의 장례식이 어디서 치러지는지 금방 알아보았다. 그만큼 미쓰코의 장례식은 다른 장례식과 분위기가 달랐다. 그도 그럴 것이다. 천수를 누리고 세상을 떠난 노인과 무참한 폭력으로 목숨을 잃은 젊은이를 한데 놓고 보면 자연히 죽음에 얽힌 비통함에도 차이가 난다. 미쓰코의 장례식에 참석한 조문객들만이 어쩐지 석연치 않은 표정을 짓고 있는 것도 당연했다.

조문객 중에 안면이 있는 사람이 있지는 않을까 걱정했지만 다행히 아는 사람은 없었다. 물론 여기서 마주친다고 해서 허둥댈 필요는 없다. 아들의 담임 선생님 장례식에 참석한 부모로서 당당하게 있으면 된다.

하지만 아내에게는 비밀로 하고 왔다. 여기서 누군가의 눈에 띄어 내가 여기 왔다는 사실이 아내 귀에 들어가기라도 하면 곤란하다. 둘러댈 수야 있겠지만 꽤나 골치 아파질 것이다. 아는 사람과 마주치지 않는 것이 최고였다.

학교 선생님들도 와 있겠지만 학부모회에 나가본 적이 거의 없어서 누가 누구인지 구분이 가지 않았다. 그렇다고 누가 선생님인지 알아볼 생각도 없었다. 나는 조문객 줄에 늘어서서 분향할 차례가 돌아오기를 얌전히 기다렸다.

줄 왼쪽에 부의금을 받는 책상이 있었다. 나는 안주머니에서 부의금 봉투를 꺼내서 내밀었다. 중년 여자가 봉투를 받아들고 말없이 고개를 숙였다. 나 또한 살며시 고개를 숙여 답했다.

부의금 봉투에는 십만 엔을 넣었다. 부의금치고 지나치게 많은 액수임은 안다. 그래도 그렇게 하지 않고서는 마음이 편하지 않았다. 아니, 부의금으로 십만 엔을 낸다고 해서 마음이 편할 리 없다. 그건 나도 잘 안다. 알아도 아무것도 하지 않는 것보다는 낫다.

부의금 봉투에 내 이름을 적을 수는 없었다. 잠시 망설인 끝에 "학부모회"라고만 적었다. 오히려 부자연스러운 인상을 줄지도 모르지만 무기명으로 낼 수도 없었다.

나는 그런 자잘한 일로 고민하는 자신에게 강한 혐오감을 느꼈다. 제 한몸 지키기에 급급하면서도 미련을 떨쳐버리지 못하고 이런 곳까지 오고야 만 스스로를 비웃었다. 그래도 내 행동을 결코 후회하지는 않으니까 구제할 길이 없다고 해야 마땅하리라.

이 분쯤 기다리자 분향할 차례가 되었다. 미쓰코의 유일한 유족인 여동생에게 인사하고 분향대 앞에 섰다. 정면에 놓인 영정 사진에는 웃으며 뒤돌아본 순간의 미쓰코가 담겨 있었다. 그 발랄한 표정을 보자 이제 두 번 다시 미쓰코와 만날 수 없다는 현실이 다시금 밀려와서 눈앞이 아득해졌다. 머리로는 미쓰코가 죽었다는 것을 이해해도 마음으로는 여전히 받아들이지 못

했다. 왜. 왜 미쓰코가 죽어야 한단 말인가. 나는 믿을 수 없는 현실을 앞에 두고 마치 어린아이처럼 계속해서 물었다. 울부짖어서 미쓰코가 돌아온다면 지금 당장이라도 체면이고 뭐고 다 버리고 그렇게 하고 싶었다. 하지만 절대로 그런 짓은 하지 않을 나의 분별력과 양식이 역겨워서 견딜 수가 없었다. 내 분별력은 어디까지나 마음속 동요를 억누르고 겉으로는 평정한 상태를 유지하기를 강요했다. 나는 합장을 한 후 분향대 앞에서 물러났다.

출관할 때까지 기다릴 마음은 없었다. 싸늘해진 미쓰코의 얼굴을 보고도 동요하지 않을 자신이 없었다. 나는 미련을 끊어내기 위해서라도 일찌감치 장례식장을 뒤로할 생각이었다.

조문객들의 줄 옆으로 빠져나와 장례식장 중앙 정원으로 나왔을 때였다. 문득 시선이 느껴져 그쪽으로 고개를 돌리자 놀랄 만큼 단정한 외모의 남자가 나를 보고 있었다. 그는 나와 눈이 마주쳐도 시선을 돌리지 않았다. 마치 내 사람됨을 꿰뚫어 보겠다는 듯이 가만히 나에게 의미심장한 시선을 던졌다. 나는 얼굴을 본 적도 없는 상대의 무례한 태도에 당황했지만 다가가서 무슨 볼일이라도 있느냐고 물어볼 용기도 없었다.

고작 십 초 정도 눈을 마주쳤을까. 하지만 내게는 그 시간이 십 분이나 이십 분으로 느껴질 정도로 몹시 피곤했다. 나는 왠지 꺼림칙한 기분이 들어 눈을 돌리고 그 자리를 떠났다. 지금은 한시라도 빨리 장례식장에서 멀어지고 싶었다.

2

미쓰코와는 그녀가 아들 담임 선생님으로서 가정방문을 왔을 때 처음 만났다. 때마침 쉬는 날이라 집에 있는데 모르는 척할 수도 없어서 아내 하쓰에와 함께 이야기를 나누었다. 그때는 미쓰코에게 특별한 흥미를 느끼지 못했다. 또랑또랑하고 기운 넘치는 선생님이라는 인상을 받았을 뿐 그 이상도 이하도 아니었다. 나는 부모로서 '눈앞의 여자가 아들을 맡기기에 적합한 사람인가'라는 척도에 맞춰 미쓰코를 보았을 따름이다.

그런데 어쩌다 빼도 박도 못하는 관계가 된 건지 나도 잘 모르겠다. 지금 돌이켜보며 억지로라도 이유를 찾자면 분명 다시 만난 순간의 옆얼굴이 몹시 쓸쓸해 보였기 때문일 것이다. 중년 남자가 댈 만한 핑계치고는 지나치게 감상적이지만, 그때 미쓰코는 말을 걸 수밖에 없을 만큼 고독해 보였다. 그리고 미쓰코를 잃어버린 현재, 내가 미쓰코의 고독을 치유해주었다는 자신감은 남아 있지 않다. 내 가슴에는 아내와 아들에게 느끼는 양심의 가책과 소중한 사람을 잃은 후의 삭막함이 남아 있을 뿐이다. 마흔 살이 넘은 나이에 젊은 여자에게 빠진 남자가 치러야 할 수많은 대가 중 일부이리라.

미쓰코와는 차가운 장맛비가 소리도 없이 내리던 저녁 무렵에 재회했다. 나는 마침 시간이 나 예전부터 가지고 싶었던 담배 케이스를 구경하려고 시부야의 백화점에 들어갔다. 화장품 판매장과 나란히 있는 담배 판매장에서 몇 가지 상품을 살펴보았지만 아쉽게도 내가 원하는 깔끔한 디자인은 없었다. 나는 조금 낙담하여 백화점에서 나오려고 했다. 밖으로 나가기 위해 화장품 판매장을 가로질렀을 때 낯익은 얼굴이 눈에 들어왔다.

눈앞의 여자가 누구인지 바로 생각나지는 않았다. 나는 본 기억이 있는 옆얼굴을 잠시 노골적으로 바라보았다. 백자처럼 매끈한 얼굴에 충격마저 받았다. 평소의 나라면 아무리 여자가 예뻐도 멈춰 서서 뚫어지게 쳐다보는 무례한 짓은 하지 않는다. 생각해보면 그때부터 나와 미쓰코의 운명이 교차하기로 결정되었는지도 모른다.

미쓰코는 자신에게 꽂힌 시선을 깨닫고 고개를 돌렸다. 그제야 나도 여자가 누구인지 알아차렸다. 나는 고개를 숙여 인사하고 다가가서 말을 걸었다.

—요전에는 일부러 집까지 찾아와주셔서 감사했습니다.

—아아, 고미야마의 아버지시군요. 저야말로 쉬시는 날 방해해서 죄송했어요.

미쓰코는 그렇게 말을 받고 방긋 웃었다. 나는 그 순간 일 초라도 오래 미쓰코의 웃는 얼굴을 보고 싶다는 욕구에 사로잡혔다. 정말 예상치도 못한 감정으로, 감전되어 찌릿찌릿한 느낌과도 비슷했다. 인사만 하고 헤어지고 싶지 않았다. 바로 그런 생각이 들어 쥐꼬리만 한 지혜라도 짜내기 위해 머리를 굴렸다. 중년 남자의 순정이라고 비웃음을 사리라는 것은 안다. 하지만 이것이 그 당시의 거짓 없는 심경이었다.

—쇼핑하러 오셨어요?

백화점에 있으니까 굳이 물어보지 않아도 쇼핑하러 온 게 뻔했다. 하지만 나는 무슨 말이든지 꺼내서 대화의 실마리를 찾아내 가능한 한 오래 이야기를 나누고 싶었다. 미쓰코는 쓸데없는 내 말에도 흔쾌히 대답해주었다.

—예. 퇴근하고 돌아가는 길에 백화점에 들르는 것밖에 낙이 없거든요.

—학교 선생님도 참 힘드시겠군요. 스트레스가 이만저만 쌓이는 게 아닐 테죠. 하기야 우리 아들놈도 선생님에게 스트레스를 주는 원인 중 하나겠지만요.

—고미야마는 말썽이라고는 부리지 않는 착한 아이예요. 걱

정 안 하셔도 돼요.

가정방문 때는 태도가 딱딱했지만 교사로서의 소임에서 벗어났기 때문인지 미쓰코는 의외로 싹싹하게 굴었다. 나는 그 태도에 용기를 얻어 아들을 핑계 삼아 잠시 이야기를 나누다가 계속 서서 이야기하기도 뭐하니 카페로 가자고 했다. 미쓰코는 아무런 망설임 없이 선선히 승낙했다. 그렇게 우리는 학부모와 교사라는 관계에서 한 걸음 더 나아갔다.

나는 옛날부터 여자에 관해서는 감이 좋은 편이었다. 두세 마디 나누기만 해도 나와 잘 맞는지 안 맞는지 꿰뚫어 볼 수 있었다. 그리고 내 감은 미쓰코를 적극적으로 대하는 원동력이 되었다. 한 시간쯤 같이 차를 마셨을 뿐이지만 이번에도 내 감이 빗나가지 않았음을 알았다.

다음주에는 환자에게 받은 호텔 식사권을 구실로 미쓰코를 불러냈다. 거절하지 않을 것이라는 까닭 없는 확신이 있었다. 실제로 미쓰코는 주저하기는커녕 기꺼이 만나기로 했다. 약속 장소로 정한 호텔 라운지에 나타난 미쓰코는 초등학교 교사라는 답답한 족쇄를 벗어던져 요염해 보이기까지 했다. 나는 검붉은색 원피스로 몸을 감싼 미쓰코를 감탄을 억누르지 못하고 맞이했다.

마음이 잘 맞을 것이라는 예상은 적중했지만 미쓰코는 내가 상상하던 여자가 아니었다. 너무 딱딱하지 않고 그렇다고 경박하지도 않았으며, 적당하게 억제하며 적당하게 분방했다. 술이 세고 쾌활해 같이 와인을 마시는 나까지 기분 좋아질 정도였다. 무대 연극에 비유하자면 미쓰코는 명백히 주연이고 나는 조연, 아니 관객에 불과했다. 나는 미쓰코와 함께 밥을 먹고 잡담에 귀를 기울이는 것만으로도 충분히 만족스러웠다. 아내도 포함한 모든 여성에게서 지금껏 한 번도 느껴본 적 없는 감정이었다.

미쓰코가 꺼내는 화제는 고삐 풀린 말처럼 왔다갔다했다. 음악과 그림 감상 등의 취미 이야기를 하는가 싶더니 젊은 여자답게 패션과 요리 이야기를 꺼내기도 했다. 그런 화제에서 가지를 쳐서 느닷없이 철학을 논하는가 싶더니 어째서인지 의학 용어에 정통하기도 했다. 나는 그런 미쓰코가 마치 눈이 어지럽게 형태를 바꾸는 만화경이나 다양한 색깔의 빛이 난무하는 프리즘같이 느껴졌다. 이야기를 하면 할수록 수수께끼 같았다.

지금까지도 미쓰코를 완벽하게 파악했다는 생각은 들지 않는다. 미쓰코는 때로는 다정했고 때로는 오만했으며, 때로는 풍부한 지성을 자랑했고 때로는 제멋대로였다. 과장해서 말하자면 미쓰코는 만날 때마다 다른 사람 같았다. 나는 그때마다 놀라움을 맛보고 싶어서 몇 번이나 미쓰코와 만난 것 같기도 하다.

가정에 불만이 있었던 것은 아니다. 아내를 살뜰하게 아끼는 마음은 변함없었고 아들의 존재는 나를 지탱하는 버팀목이었다. 그런데도 나는 미쓰코를 꼭 가지고 싶었다. 변명을 하자면 나는 결혼한 후로 아내 말고 다른 여자에게 그런 감정을 품은 적이 없었다. 미쓰코는 어디까지나 특별했다. 욕망이 싹트고 나자 나는 망설임과 자제력의 방해를 무릅쓰고 돌진했다.

나는 비겁했다. 미쓰코의 관심을 끌기 위해 실은 그렇지도 않으면서 아내에 대한 불평을 늘어놓았다. 나는 가정에 지친 남자를 연기했고, 가정 밖에서 평안함을 찾고 있다는 냄새를 풍겼다. 미쓰코는 뻔히 들여다보이는 연기에 속아넘어간 건지, 알면서 모두 다 받아준 건지 내게 마음을 열었다. 미쓰코와 함께한 반년 남짓은 그야말로 가장 행복한 시간이었다.

예상치도 못한 형태로 미쓰코를 잃고 나는 지금 그저 얼떨떨했다. 설마 이처럼 갑작스럽고 난폭한 형태로 이별이 찾아올 줄은 상상도 하지 못했다. 누가 미쓰코를 죽였을까. 누가 내게서 감미로운 시간을 빼앗아 갔을까. 나는 그 녀석을 흠씬 두드려 패고 나서 울고 싶었다. 내가 미쓰코를 얼마나 소중히 여겼는지 모든 수단을 동원해서 그 녀석에게 가르쳐주고 싶었다. 하지만 내게는 사회적 지위가 있다. 결코 망가뜨려서는 안 되는 가정이 있다. 그 두 가지가 있는 한 나는 바보 같은 짓을 하지 않을 것이다.

그런 내가 너무나 혐오스러웠다.

3

미쓰코의 장례식에 다녀온 다음날, 근무하는 병원에서 뜻밖의 전화를 받았다. 아니, 뜻밖이라는 말은 정확하지 않다. 미쓰코가 살해당했다는 사실을 알았을 때부터 그들이 찾아올 것이라고 각오하고 있었다. 하지만 좀더 시간의 여유가 있으리라고 예상했다. 나는 그들의 빠른 움직임에 놀라서 뜻밖이라고 생각한 것이다. 경찰의 움직임은 아마추어의 예상보다 훨씬 신속했다.

"고미야마 씨 맞으시죠?"

전화를 건 상대방의 목소리는 내가 상상하던 형사의 목소리보다 훨씬 부드러웠다. 내 상황을 묻고 통화를 해도 괜찮은지 확인하고 나서 천천히 용건을 꺼냈다.

"야마우라 미쓰코 씨가 돌아가신 일로 잠깐 이야기를 듣고 싶은데 괜찮으실까요?"

형사는 야마우라 미쓰코라는 여자를 아느냐고 확인조차 하지 않았다. 즉, 경찰은 이미 나와 미쓰코가 어떤 관계인지 조사를 마쳤다는 뜻이다. 그렇다면 잡아떼어봤자 허사일 것이다. 괜찮다고 대답하는 수밖에 없었다.

"이쪽에서 병원으로 찾아가도 상관없습니다만, 주변의 눈도 있고 하니 편한 곳을 지정해주시면 거기서 뵙고 싶은데요. 어떠

십니까?"

형사의 탐문 수사는 일방적이고 고압적인 줄만 알았는데, 생각지도 못한 저자세로 나와서 조금 당황스러웠다. 형사의 제안은 요행이었다. 나는 이 지경에 이르러서도 내 안위만 걱정하고 있었다.

병원에서 매우 멀어서 아는 사람과는 절대로 마주칠 것 같지 않은 카페를 골랐다. 평소 같으면 별생각도 없이 질질 끌었을 일을 일찌감치 마무리하고 병원에서 나왔다. 약속 시간인 10시가 되기 몇 초 전에 카페에 도착했다.

카페로 뛰어들자 어떤 사람이 바로 손을 들어 내 주의를 끌었다. 나는 다가가려다가 순간 깜짝 놀랐다. 손을 든 남자를 어제 봤다는 사실을 깨달은 것이다.

장례식장에서 관찰하듯이 나를 바라보던 남자. 그가 전화를 건 형사였다.

형사는 어쩐지 비현실적으로 느껴질 만큼 잘생겼다. 군계일학과도 같이 남의 눈을 끄는 외모와 형사라는 직업이 너무나 어울리지 않았다. 나는 어쩐지 속은 듯한 기분이 들어 잠시 제자리에 우두커니 서 있었다.

내가 좀처럼 움직이려 하지 않자 안달이 났는지 형사는 일어서서 손짓했다. 옆에 앉은 무뚝뚝한 표정의 중년 남자는 과연

이 사람은 형사겠구나 싶을 만큼 매섭게 생겼다. 무뚝뚝한 표정의 남자는 내게 날카로운 시선을 던졌을 뿐 일어서려고 하지 않았다.

"늦어서 죄송합니다."

나는 그들 자리로 다가가 고개를 숙였다. 잘생긴 남자가 다시금 "고미야마 씨 맞으시죠?" 하고 확인했다. 우리는 서로 명함을 교환하고 자리에 앉았다.

명함을 보니 잘생긴 젊은 형사의 이름은 니시나, 무뚝뚝한 표정의 중년 남자의 이름은 오타였다. 두 형사 모두 뭐라 말할 수 없이 특이한 눈빛으로 내 마음속까지 더듬는 것 같았다. 나는 마음이 불편해져 종업원이 가져다준 물을 몇 번이고 바쁘게 입으로 가져갔다.

"바쁘실 텐데 나오시라고 해서 죄송합니다."

니시나는 어디까지나 점잖은 말투를 유지했다. 오타는 입을 떼려고 하지 않았다. 니시나가 주로 질문을 하는 듯했다.

"아니요, 무슨 말씀을. 배려해주셔서 감사합니다."

나로서는 그렇게 대답할 수밖에 없었다. 느닷없이 병원에 찾아와 불륜에 대해 꼬치꼬치 캐물었다면 얼마나 큰 파문이 일었을까. 상상도 하기 싫었다.

"거두절미하고 몇 가지 질문을 드리겠습니다. 야마우라 미쓰코 씨와는 언제부터 본격적으로 만나셨습니까?"

말투는 정중했지만 단도직입적인 질문이었다. 하지만 그편이 낫다. 나는 모든 질문에 솔직하게 답할 생각이었다.

"작년 칠월부터입니다. 야마우라 씨는 아들의 담임 선생님이었는데 그 인연으로 알게 되었습니다."

"예, 그런 것 같더군요."

니시나는 시원스레 고개를 끄덕였고 옆에서 오타도 머리를 주억거렸다. 그 모습을 보고 그들이 그런 것쯤은 이미 조사를 끝냈음을 알았다. 내가 거짓말하지는 않는지 시험 삼아 던진 질문이었다.

"고미야마 씨, 야마우라 씨가 돌아가셨다는 걸 알고 무슨 생각이 드셨습니까? 놀라셨습니까?"

니시나는 보기에 따라서는 웃고 있는 것 같기도 한 표정을 지었다. 불상의 입가에 맺힌 웃는 듯 마는 듯한 미소와 비슷했다. 겁먹을 만할 일을 하지도 않았는데 니시나의 그런 표정이 으스스하게 느껴졌다.

"놀랐습니다. 야마우라 씨가 살해당할 줄이야 상상도 못 했거든요."

"그러니까, 범인이 누군지 짐작이 안 간다는 말씀이십니까?"

"예, 전혀요."

한 점의 거짓도 없는 진심이었다. 도대체 누가 미쓰코를 죽였는지 짐작조차 가지 않았다. 미쓰코가 누구와 어떻게 지냈는지 모르니까 당연한 일이지만.

미쓰코는 학교에서 있었던 일을 어지간하면 입에 담지 않았다. 신지의 담임이라는 사실을 내가 의식하지 않기를 바란 것이리라. 따라서 나는 미쓰코의 사생활에는 어두웠다. 미쓰코 역시 내 가정에 대해서는 언급하려 들지 않았다. 불륜 관계에서는 그러는 것이 보통인지도 모르지만.

"두 분의 관계를 아시는 분은 계십니까? 예를 들면 직장 동료나, 아니면 야마우라 씨의 친구나."

"글쎄요." 나는 고개를 갸웃거렸다. "적어도 저는 아무한테도 이야기한 적이 없습니다. 야마우라 씨도 친구한테 이야기하지는 않았을 겁니다."

도대체 왜 이런 질문을 하는 건지 의문스러웠다. 경찰은 우리 관계가 사건의 원인이라고 생각하는 걸까. 그렇다면 한참 잘못 짚었다. 나와 미쓰코는 아무에게도 누가 되지 않게 사귀었다. 우리가 사귀었다고 해서 원한을 사거나 살해당할 만큼 다른 사람에게 미움받을 리 없었다.

"사모님이 눈치챈 듯한 낌새도 없었습니까?"

니시나는 예상치 못한 질문을 했다. 나는 한순간 말문이 막혔지만 바로 부정했다.

"그건 아닐 거라고 확신합니다. 아내는 우리 관계에 대해 아무것도 몰라요. 만약 안다면 잠자코 있을 리 없거든요."

"아무리 꽁꽁 잘 숨겨도 마누라는 남자가 생각하는 것보다 훨씬 감이 좋은 법입니다."

지금까지 잠자코 있던 오타가 처음으로 입을 열었다. 기분 탓인지 말투에 분노가 섞여 있는 것처럼 느껴졌다. 아마도 가정이 있으면서 젊은 여자와 놀아난 경박한 남자에게 혐오감을 느낀 탓에 말에 가시가 돋친 것이리라. 나는 굳이 대꾸하지 않았다.

"뭐, 사모님이 아시는지 모르시는지는 사건과 관련이 있다면 머지않아 밝혀질 테니까요."

니시나의 말이 무슨 뜻인지 금방은 이해가 가지 않았다. 잠시 후에야 형사가 무엇을 암시했는지 깨달았다. 니시나는 하쓰에가 질투에 사로잡혀 범행을 저질렀을 경우를 상정하고 있는 것이다.

설마 그랬을까. 나는 형사들을 상대하고 있다는 사실도 잠시 잊고 그럴 가능성을 따져보았다. 아무리 미치도록 화가 난들 하쓰에가 살인을 저지를까.

하쓰에는 젊을 때부터 정신적으로 균형이 잘 잡힌 여자였다.

화를 내거나 우는 일이 없지는 않지만 그런 모습을 보이는 경우는 정말 드물었다. 부정적인 감정을 언제까지고 품고 있는 성격이 아니라 힘든 일이 있어도 하룻밤 자고 나면 잊어버린다. 그리고 어느 틈엔가 크게 요란을 떨지도 않고 눈앞의 장애물을 뛰어넘는다. 나는 하쓰에의 명랑한 성격에 몇 번이나 도움을 받았는지 모른다. 누가 뭐래도 하쓰에만은 질투에 불타올라 사람을 죽일 리 없었다.

"고미야마 씨 본인에 대해 여쭙겠습니다. 야마우라 미쓰코 씨가 돌아가신 3월 14일 밤, 어디 계셨습니까?"

"알리바이가 있느냐는 말씀입니까?"

형사로서 내게 알리바이를 묻는 것은 지극히 당연한 일이리라. 하지만 나는 이제야 내가 의심받는다는 것을 깨닫고 핏기가 싹 가시는 기분이었다. 왜 내가 의심받아야 하는가. 그게 무슨 말도 안 되는 소리냐고 항의하고 싶었지만, 객관적으로 보아 나만큼 수상한 인물도 없다는 것은 알고 있었다. 살인의 동기는 원한이나 치정으로 인한 말썽이 대부분이다. 그렇다면 나는 가장 의심스러운 용의자인 셈인가.

"그날 밤은 집에 있었습니다. 일이 일찍 끝났거든요."

"그걸 증명해주실 분은 사모님이시고요."

"그렇습니다. 전화 같은 게 오지도 않았으니까요."

가족의 증언은 신빙성이 없다고 말하고 싶은 것이리라. 하지만 이것만은 어쩔 도리가 없었다. 가짜 알리바이를 댈 수도 없지 않은가.

형사들은 하쓰에한테 내 알리바이를 확인할까. 하지만 그러면 왜 형사가 내 알리바이를 묻는지 하쓰에한테 설명해야 한다. 대충 얼버무리고 넘어가기는 쉽지 않을 것 같았다. 새삼스레 내가 얼마나 어리석은 행동을 했는지 통감했다. 이렇게 나는 내 목을 점점 더 졸라갈 것이다.

"밤 10시부터 11시 사이에는 사모님과 같이 계셨습니까? 아니면 혼자 계셨습니까?"

"제 방에 있었습니다. 보통은 대개 서재에 틀어박혀 책을 읽곤 합니다."

"그럼 마음만 먹으면 사모님 몰래 외출도 하실 수 있었겠군요. 고미야마 씨 서재의 창문은 도로에 면해 있죠?"

어떻게 그런 걸 알고 있는 거지. 나는 무심코 니시나의 얼굴을 물끄러미 바라보았다. 니시나는 자신이 한 말이 내게 어떤 영향을 주었는지 전혀 개의치 않는 듯 태연자약한 얼굴로 내 대답을 기다리고 있었다. 나는 그의 시선에 기가 죽어 그렇다고 인정했다.

형사들은 벌써 우리집에 다녀온 걸까. 어쩌면 이미 아내에게도 탐문을 했을 가능성이 있다. 하다못해 가정을 파괴할 만한 말은 꺼내지 않았기를 빌었지만, 너무나 뻔뻔한 바람임은 잘 알고 있었다. 아내를 위해, 신지를 위해서라고 둘러대봤자 내가 비겁자라는 사실에 변함은 없다.

그후에도 형사들은 나와 미쓰코의 관계에 대해 미주알고주알 캐물었다. 나는 기억하는 한 자세하게 질문에 답했다. 내 태도에 형사들이 만족했는지 그들의 얼굴만 보아서는 도통 알 수가 없었다. 삼십 분쯤 지나 조사가 끝난 후에도 내가 여전히 의심받고 있는지 혐의가 풀렸는지 긴가민가했다.

4

집에 돌아가기 무서웠지만 현실 도피를 할 수도 없었다. 나는 무거운 발걸음으로 집까지 걸어갔다. 도착해서 현관 초인종을 누를 때는 생전 처음이라 해도 좋을 만큼 망설였다. 하지만 내게 돌아갈 곳은 여기밖에 없다. 절벽에서 뛰어내리는 심정으로 각오를 단단히 하고 초인종을 눌렀다.

"왔어?"

자물쇠를 푸는 소리가 나고 하쓰에가 얼굴을 내밀었다. 평소와 다름없는 표정이 아내가 아무것도 모른다는 사실을 증명했다. 나는 안도와 동시에 강렬한 죄악감을 느꼈다.

"응, 다녀왔어."

가방을 건네고 구두를 벗은 후 곧장 거실로 가서 소파에 앉는 게 평상시의 내 일과였다. 오늘만 다르게 행동할 수는 없었다.

"수고했어."

하쓰에는 그렇게 말하고 부엌으로 갔다. 일 분쯤 지나서 녹차를 우려서 들고 왔다. 내가 해달라고 한 것도 아닌데 아내는 결혼하면서부터 늘 나를 떠받들어주었다. 하쓰에는 단언컨대 최고의 아내다. 잘 알고 있는 사실이었다.

녹차를 마시며 그날 석간신문을 읽는 척했다. 글자는 전혀 눈에 들어오지 않았지만 헛된 연기를 계속했다.

"야마우라 선생님이 살해당한 사건 말인데."

정면에 앉은 하쓰에가 이야기를 하고 싶어 죽을 뻔했다는 말투로 입을 열었다. 나는 고개를 들지 않고 "응" 하고 관심 없는 것처럼 대답했다.

"뭔가 새로운 사실이라도 밝혀졌어?"

속으로는 심장이 튀어나올 만큼 긴장한 상태였지만 말투는 어디까지나 덤덤했다. 내 연기가 비열하게 느껴졌다.

"깜짝 놀랐다니까. 역시 선생님은 묻지 마 살인범이나 강도에게 살해당한 게 아니라나 봐. 수면제를 먹었대."

"수면제?"

생각지도 못한 단어가 튀어나오는 바람에 나는 고개를 들었다. 이제 연기를 할 필요는 없었다.

"응, 응. 선생님 댁에 포장을 막 뜯은 것 같은 초콜릿이 있었대. 보통 슈퍼에서 파는 값싼 초콜릿이 아니라 박스에 든 고디바 초콜릿. 여섯 개들이에서 두 개가 없어졌는데 나머지 네 개에 수면제가 들어 있었다지 뭐야. 선생님의 위에서도 수면제가 검출됐대."

아이 엄마들은 나 같은 아빠들이 생각하는 것보다 훨씬 광범위한 정보망으로 밀접하게 연결되어 있다. 이런 정보를 한발 먼저 입수했어도 전혀 이상할 것 없다. 하쓰에가 사건을 상세하게 알고 있다는 것보다 하쓰에가 들려준 사실이 더 놀라웠다.

"누가 선생님을 잠재운 후에 머리를 때려 죽였다는 거야?"

"그런 셈이지. 게다가 그 초콜릿을 야마우라 선생님한테 선물한 사람이 아무래도 1반 담임인 난조 선생님인 것 같아."

"난조?"

모르는 이름이라서 나는 고개를 갸우뚱했다. 미쓰코에게 그런 이름을 들어본 적은 없었다.

"응. 근육질이고 꽤 멋진 선생님이야. 아마 화이트데이 선물 아니었을까?"

"그러니까 그 난조라는 선생이 범인이라고?"

형사에게서 그런 눈치는 조금도 느껴지지 않았다. 그렇게 수상한 인물이 있는데 왜 형사는 나와 미쓰코의 관계를 알고 싶어 했을까.

"그런데 그게 아닌 모양이야. 적어도 난조 선생님은 인정하지 않는대."

"그야 그렇겠지. 자기가 범인이라고 순순히 부는 사람이 어디 있겠어?"

"그렇기는 하지만. 난조 선생님은 초콜릿을 보낸 건 인정했대. 하지만 수면제는 넣지 않았다고 해."

"그럼 누가 넣었다는 거야?"

"범인이겠지. 누구인지는 모르지만."

"통 모를 이야기네."

난조라는 남자가 초콜릿을 보냈다고 인정했다면 수면제를 넣은 것도 난조라는 공식이 성립하지는 않을까. 어떤 수단으로 미쓰코에게 주었는지 모르지만 제삼자가 개입할 여지가 있었던 걸까. 당연히 경찰도 조사하고 있겠지만 그 점이 신경쓰여 애가 탔다.

"만약 정말로 선생님끼리 선물을 주고받다가 그런 일이 일어났다면 학교로서는 엄청난 불상사잖아. 어떻게 해명할 생각일까."

나는 내 일은 제쳐놓고 학교에 화를 내는 척했다. 하쓰에는 고개를 끄덕이고 말을 이었다.

"그러게 말이야. 그래서 내일 긴급 학부모회를 열기로 했어. 교장 선생님이 학부모들에게 사건에 관해 설명해줄 모양이야. 가서 자세한 내용을 듣고 올게."

"내일? 몇 시에 하는데?"

"밤 8시부터래. 엄마뿐만 아니라 아빠도 참석할 수 있을 거야."

"8시라면 괜찮겠군. 나도 갈게."

"어, 당신도?"

내 말이 의외였던지 하쓰에가 물었다. 지금까지 신지의 교육은 아내에게 맡겨놓다시피 했으니 그렇게 반응하는 것도 당연했다.

"신경쓰여서. 이대로는 불안해서 신지를 학교에 못 보내."

"당신도 와준다면 고맙지. 다른 집에서는 아빠도 거의 다 오는 모양이니까. 그런데 어째 믿기지가 않네. 우리 주변에서 이런 일이 일어나다니." 하쓰에는 미간을 찌푸리고 가슴을 끌어안듯이 팔짱을 꼈다. "선생님 사건과는 별개로 강도도 출몰하는 모양이야. 몇 집인가 피해를 입었다고 들었어. 뒤숭숭해서 무서우니까 당신도 될 수 있는 한 일찍 집에 와. 일이 바쁜 건 알지만."

"응, 알았어. 가능한 한 일찍 돌아올게."

나는 진심으로 그렇게 약속했다. 그 정도밖에 아내에게 해줄 수 있는 일이 없었다.

5

다음날 긴급 학부모회에는 신지가 있는 2반 학생의 부모만을 대상으로 하는데도 아주 많은 사람이 참석했다. 교실에 있는 의자만으로는 모자라서 급히 체육관에서 접이식의자를 가져왔을 정도다. 접이식의자를 놓을 곳도 없어서 결국 책상을 복도로 꺼내어 임시로 자리를 마련했다. 아이들의 아버지와 어머니가 함께 참석한 탓이었다.

불안한 표정이 역력한 부모들 앞에 교장과 교감이 덥지도 않은데 땀을 흘리며 서 있었다. 두 사람은 그저 머리를 숙이며 바로 임시 교원을 찾을 테니 아이들의 수업에 지장은 없을 거다, 야마우라 선생은 어디까지나 사적인 일로 사건에 휘말렸으니

학교 측에서는 할말이 없다, 언론이 취재를 하러 와도 괜한 소리는 하지 말아달라, 라는 취지의 말을 몇 번이고 표현을 바꾸어가며 되풀이했다. 고장난 테이프처럼 반복되는 말을 듣고 있자니 인내심이 한계에 다다랐다. 우리를 포함한 부모들은 학교 측의 변명을 듣고 싶어서가 아니라 사건의 자세한 내용을 알고 싶어서 온 것이다. 책임 회피에 급급한 변명을 들어줄 기분은 아니었다.

"사건이 학교하고는 아무 상관도 없다고 하시는데, 정말입니까? 소문으로는 1반 담임 난조 선생님이 사건에 연관되었다고 들었는데요."

손을 들어 억지로 교장의 말을 막고 직설적으로 물었다. 그러자 이리저리 빠져나가려고 기를 쓰는 교장의 대응에 학을 뗐는지 그 자리에 있던 대부분의 사람들이 소리 없이 지지한다는 뜻을 표했다. 교장은 눈을 희번덕거리며 이마의 땀을 닦았다.

"그, 그런 소문이 돈다는 말은 들었습니다만, 소문은 어디까지나 소문일 뿐이니 그런 허튼소리에 현혹되지 않으셨으면 합니다만……."

"난조 선생님 본인이 야마우라 선생님께 초콜릿을 보냈다고 인정하셨다지 않습니까. 그것도 그저 소문일 뿐 사실이 아니라는 겁니까?"

"그건 어디까지나 사적인 일이라 학교가 관여할 수 있는 범위를 벗어났기 때문에……."

"착각하지 않으셨으면 하는데, 저희는 학교를 비난하려고 모인 게 아닙니다. 사건에 관한 자세한 내용을 알고 싶어서 온 거라고요. 교장 선생님, 난조 선생님께 이야기 못 들으셨습니까?"

"아니, 그러니까 그렇게 재우쳐 물어보셔도……."

"난조 선생님한테 이야기 들었습니까, 못 들었습니까?"

잠자코 있으려니 답답했던 듯 다른 아버지도 말을 꺼냈다. "대답하세요"라는 목소리가 여기저기서 터져 나왔다. 교장은 당황을 감추지 못하고 부모들과 교감에게 왔다갔다 시선을 옮겼다. 교감은 거의 포기한 듯한 표정을 짓고 있었다.

"난조 선생님은 밸런타인데이 때 야마우라 선생님에게 받은 초콜릿의 답례로 초콜릿을 선물했다고 들었습니다. 야마우라 선생님이 난조 선생님에게 준 초콜릿은 어디까지나 예의상 준 초콜릿이고 특별한 의미는 없었다고 합니다. 실제로 초콜릿을 받은 사람은 난조 선생님뿐만이 아니었습니다. 물론 난조 선생님도 특별한 의미를 담아 야마우라 선생님께 초콜릿을 보낸 건 아니라고 합니다."

몇 번이고 말을 끊어가며 교장은 그렇게 설명했다. 설명을 듣고 나는 남몰래 안도했다. 나는 미쓰코한테 초콜릿을 받아본 적이 없었기 때문이다.

"그럼 난조 선생님이 야마우라 선생님에게 초콜릿을 보냈다는 건 사실이군요. 소문으로는 초콜릿에 수면제가 들어 있었다고 하던데요."

이제 내가 발언하지 않아도 다른 학부모들이 알아서 질문을 던졌다. 나는 입을 다물고 하쓰에와 함께 일이 어떻게 흘러가는지 지켜보기로 했다.

"난조 선생님은 수면제에 관해서는 모른다고 했습니다."

조리 없이 말을 늘어놓던 교장이 그 질문에만큼은 단호하게 대답했다. 난조가 수면제를 넣었다면 책임 소재를 놓고 자신에게도 불똥이 튄다는 것을 잘 알고 있는 것이다. 옆에 서 있는 교감도 그 말이 맞다고 힘주어 고개를 끄덕였다.

"그 말을 곧이곧대로 받아들이겠다는 겁니까?"

"저는 난조 선생님을 믿습니다."

"믿고 안 믿고를 떠나서 우리는 사실을 알고 싶습니다. 난조 선생님이 초콜릿에 수면제를 넣지 않았다면 도대체 누가 넣었다는 말입니까?"

"그건 저희도 모릅니다. 앞으로의 경찰 수사에 기대하는 수밖에 없죠."

부모들은 번갈아가며 질문했다. 교장은 부모들의 질문에 대답하느라 진땀을 뺐다. 발뺌하려고 애를 쓰는 만큼 아무리 밀어붙여도 성과가 없었다. 이런 질의응답을 하기에는 버거운 상대일지도 모르겠다. 이래서는 결말이 나지 않겠다고 생각했는지 학부모 중 한 명이 과감한 발언을 했다.

"난조 선생님과 직접 이야기를 나누어보고 싶은데, 자리를 마련해주실 수 없겠습니까?"

찬성하는 목소리가 여기저기서 들려왔다. 교장은 도움을 요청하는 것처럼 다시 교감과 얼굴을 마주보더니 "잠깐만 기다려주십시오" 하고 말하고 교실에서 나갔다. 교장과 교감이 자리를 비우자마자 사람들은 수군대기 시작했다. 하쓰에도 내 소매를 끌어당기더니 얼굴을 가까이 갖다 댔다.

"대단하다. 깜짝 놀랐어. 당신이 앞장서서 말을 꺼낼 줄은 몰랐어."

"아아. 답답해서 그만 끼어들고 말았네."

그런 말을 들어도 부끄러울 뿐이었다. 내가 질문을 할 수밖에 없었던 이유를 이 자리에 있는 사람은 아무도 모른다. 나는 어디까지나 학부모의 한 사람으로서 행동해야 했다.

얼마 지나지 않아 교장과 교감이 되돌아왔다. 교장은 칠판 앞에 서서 누가 끼어들기 전에 마무리하겠다는 듯이 냉큼 말을 꺼냈다.

“여러분과 난조 선생님을 만나게 할 수는 없습니다. 양해 바랍니다.”

교장의 답변을 듣고 불평하는 목소리가 솟아올랐지만 교장과 교감은 귀를 기울이려 하지 않았다. 학부모회는 그렇게 제대로 수습되지 않은 채 끝났다.

6

아무 소득도 없이 우리는 불만을 품고 돌아갈 수밖에 없었다. 교실을 나설 때부터 하쓰에는 근처에 사는 무라세 씨와 의기투합하여 불평을 늘어놓고 있었다. 나는 두 사람의 뒤를 무라세 씨의 남편과 함께 말없이 따라갔다.

무라세 씨는 근처에 소문이 자자한 수다쟁이다. 정보통이기도 해 우리집에 전해지는 정보는 대부분 무라세 씨 입에서 나오는 모양이다. 지금도 역시 무라세 씨가 일방적으로 떠들고 하쓰에는 맞장구를 치고 있었다. 무라세 씨의 남편은 수다를 떠는 아내가 창피한지 내 옆에서 쓴웃음을 지었다.

“참나, 저렇게 미꾸라지 같이 대응하면 우리가 넘어갈 줄 알았나."

조금 전부터 무라세 씨는 울분을 풀 길이 없다는 듯이 같은 말을 되풀이하고 있었다. 학부모회가 시작되기 전에는 모두 그저 불안한 마음뿐이었겠지만 지금은 완전히 바뀌어 학교에 대한 불만이 쌓였다. 이럴 바에야 학부모회를 열지 않는 편이 낫지 않았을까. 나도 시간만 낭비한 것 같아서 불쾌했다.

"어째서 난조 선생님이 선물한 초콜릿에 수면제 같은 게 들어 있었을까. 무라세 씨, 아무 이야기도 못 들었어?"

하쓰에는 그렇게 말하며 이야기를 돌렸다. 하지만 한다 하는 정보통도 사건의 핵심에 다가서는 정보를 입수하지는 못한 모양이었다.

"못 들었어. 경찰도 아직 못 알아냈나 봐. 하지만 난조 선생님이 아무것도 모른다니 이상하지 않아? 난조 선생님이 거짓말하는 것 아닐까?"

"만약 난조 선생님이 수면제를 넣었다면 왜 그런 짓을 했을까? 야마우라 선생님이 미워서?"

"그것도 알쏭달쏭하다니까. 미워하는 게 다 뭐야, 난조 선생님은 야마우라 선생님을 아주 좋아한 모양이던데."

"뭐? 난조 선생님, 3반 사쿠라이 선생님이랑 사귀는 사이 아니었어?"

“언제 적 이야기를 하는 거야. 벌써 헤어졌대. 몰랐어?”

“그건 몰랐네. 그러니까 난조 선생님이 야마우라 선생님으로 갈아타려고 했다는 뜻이야?”

“아무래도 그런 모양이야. 야마우라 선생님은 어떻게 생각했는지 모르지만.”

뒤에서 두 사람의 이야기를 듣다가 깜짝 놀랐다. 미쓰코의 동료 중에 그런 남자가 있는 줄은 몰랐다. 내게 아무 말도 하지 않은 걸 보면 분명 미쓰코는 아무 관심도 없었을 것이다. 하지만 그렇다고 해서 두 사람 사이에 아무 일도 없었다고 단정할 수는 없다. 실제로 난조는 미쓰코에게 선물을 보냈다. 예의상 보낸 것이 아니라 깊은 의미가 담겨 있었다고 한들 제삼자로서는 알 방도가 없다.

집에 도착하자마자 나는 내 방에 틀어박혔다. 지금까지 얻은 정보를 활용해 가설을 세울 수 있을 것 같았다. 나는 미쓰코를 몰라도 너무 몰랐다. 새삼스럽게 그 사실을 통감했다.

일단 난조가 미쓰코를 죽인 범인이라고 가정해보자. 그러면 제일 먼저 이상한 점이 눈에 들어온다. 난조는 왜 초콜릿을 보냈다고 순순히 인정했을까. 무라세 씨 이야기에 따르면 미쓰코의 집에는 택배 송장이 남아 있지 않았다고 한다. 쓰레기통에도 없었다고 하니까 범인이 의도적으로 가지고 갔을 것이다. 그 점은 난조 범인설을 뒷받침하는 방증이라고도 할 수 있다.

하지만 택배를 잠시 맡아둔 연립주택 집주인이 난조의 이름을 기억하고 있었다. 그 때문에 경찰은 누가 초콜릿을 보냈는지 손쉽게 알아냈다. 난조가 정말로 범인이라면 여기서 시치미를 떼도 이상하지 않을 것이다. 어쨌거나 상황은 난조에게 압도적으로 불리하니까.

난조는 경찰이 너무 빨리 자신을 용의자로 지목해서 포기한 걸까. 하지만 계획적으로 살인을 저지른 사람이 경찰의 기동력을 그토록 얕봤다니 이상하다. 택배 송장이 남아 있지 않더라도 언젠가 경찰이 택배를 보낸 사람을 찾아내리라는 것쯤은 초등학생이라도 예상할 수 있다. 살인이라는 대담한 짓을 저지른 것 치고는 엉성하기 짝이 없는 대응이다.

그렇다면 포기한 것이 아니라 처음부터 각오하고 있었다고 보면 어떨까. 그렇게 엉성하게 대응할 리 없다는 생각의 허를 찔렀다면. 난조는 적극적으로 자신을 위험한 상황에 처하게 함으로써 오히려 안전을 확보하려고 한 것 아닐까.

하지만 아무리 뭐래도 그건 지나치게 꼰 생각이다. 그러다 경찰이 별다른 의문을 품지 않고 그대로 난조를 체포하면 끝 아닌가. 만약 내가 누군가에게 살의를 품었다면 굳이 모험을 선택하지 않고 좀더 안전한 수단을 궁리할 것이다. 범인의 심리 상태를 생각해보면 자신의 흔적을 있는 힘을 다해 숨기는 것이 자연스럽다.

즉, 아무리 따져봐도 난조를 범인으로 확정하기는 어렵다는 뜻이다. 미쓰코를 죽인 범인은 따로 있다고 보아야 한다.

그렇다고는 하나 난조가 사건과 무관하다고 할 수는 없다. 난조가 살인범이 아니더라도 수면제를 넣은 장본인일 가능성은 부정할 수 없으니까.

여자에게 수면제를 먹이는 목적은 뭘까. 선택지는 그렇게 많지 않다. 죽이기 위해서 아니면 욕보이기 위해서, 둘 중 하나다. 난조는 미쓰코를 죽일 생각은 아니었지만 흑심을 품고 있던 것 아닐까. 아무리 구슬려도 상대해주지 않는 미쓰코를 강제로 차지하려고 한 것 아닐까.

나는 난조라는 남자의 성격을 모른다. 그러므로 이 상상이 완전히 빗나갈 가능성도 있다. 하지만 난조를 모르기 때문에 더욱 선입견 없이 사건을 바라볼 수 있다. 순수하게 가능성만으로 가설을 세울 수 있다. 조금만 더 이대로 생각을 밀고 나가보자.

나는 몇 개비째인지 모를 담배를 꺼내 불을 붙였다. 책상 위 재떨이에는 이미 담배꽁초가 잔뜩 쌓여 있었다.

미쓰코는 그날 대학교 시절 친구들이 모이는 자리에 참석했다. 분명 술도 마셨을 것이다. 그럴 때 수면제를 먹으면 평소보다 효과가 훨씬 빨리 나타난다. 급속하게 덮쳐오는 수마에 미쓰코는 당황했을 것이다. 어떻게든 침대까지 가려고 용을 쓰다가 도중에 힘이 다했다면. 그때 기댄 장롱 위에는 골동품 시계가 미묘하게 균형을 유지한 채로 놓여 있었고, 미쓰코가 부딪힌 충격으로 시계가 떨어졌다. 미쓰코는 운 나쁘게도 떨어지는 시계 바로 아래에 있었다. 받침대 모서리에 맞은 충격으로 미쓰코는 절명했다. 그렇게 됐다고 생각할 수는 없을까.

물론 유리 칼을 사용해 침입한 사람은 난조다. 난조는 사고로 죽은 미쓰코를 보고 무슨 일이 있어났는지 깨달았을 것이다. 자신의 음흉한 계획 때문에 일어난 비극에 겁을 먹고 책임을 회피하기 위해 택배 송장만 들고 달아났다. 하지만 불행하게도 택배를 잠시 맡아준 집주인이 난조의 이름을 기억하고 있었다. 그래서 난조는 자신이 초콜릿을 보냈다고 인정할 수밖에 없었지만, 수면제에 관해서는 모른다고 딱 잡아떼기로 했다. 그것이 이번 사건의 진상 아닐까.

내가 알고 있는 정보를 토대로 하는 한 이 가설에서 모순은 찾아볼 수 없다. 무라세 씨 말에 따르면 경찰도 아직 타살인지 사고사인지 판단을 내리지 못한 듯하다. 그렇다면 내 가설을 적극적으로 부정할 만한 재료는 없는 셈이다. 내가 생각해냈을 정도니까 분명 경찰도 벌써 검증했을 것이다. 가까운 시일 안에 난조는 취조를 받지 않을까.

내 가설이 사실이라면 미쓰코는 남의 원한을 사서 살해당한 것이 아니다. 하지만 객관적으로는 사고사라도 내 주관으로는 난조에게 살해당한 것이나 마찬가지다. 만약 경찰이 진실을 밝혀낸다면 과연 내 심정은 어떨까. 난조를 향한 분노를 가슴속에 계속 숨겨둘 수 있을까.

스스로도 모를 일이었다.

7

편지는 학부모회가 열리고 나서 이틀 후에 배달됐다. 평범한 흰색 봉투에 워드프로세서로 내 이름이 적혀 있었다. 보낸 사람의 이름이 없다는 것이 좀 이상했지만 나는 그다지 깊이 생각하지 않고 봉투를 뜯었다.

봉투에 들어 있던 편지 또한 흔해빠진 종이에 인쇄한 것이었다. 제일 먼저 마지막 부분의 서명을 확인했지만 역시 이름은 없었다. 깜빡하고 봉투에 자기 이름을 쓰지 않은 것이 아니라 익명으로 보낸 편지인 듯했다. 그 사실을 알고 나서야 편지 내용에 흥미가 생겼다.

편지는 아무런 서론도 없이 시작되었다. 내용은 아주 짧았다. 필요한 내용만을 간결하게 적었을 뿐이었다. 하지만 나는 읽고 경악했다. 충격적인 짧은 문장을 몇 번이고 되풀이해 읽지 않을 수 없었다.

편지에는 난조의 죄가 폭로되어 있었다. 난조는 여자아이에게 수면제를 먹이고 몹쓸 짓을 하려고 한 적이 있다. 그러니까 이번 사건의 범인도 난조다. 편지를 쓴 사람은 그렇게 단정했다.

처음 읽고 내가 느낀 경악은 몇 번이고 다시 읽는 사이에 당혹스러움으로 바뀌었다. 이 편지에 적혀 있는 내용은 과연 진실일까. 아니면 단순한 비방일까. 비방이든 진실이든 왜 이런 내용의 편지를 내게 보냈을까. 과연 보낸 사람은 누구일까. 그런 의문이 차례차례 솟아올라 혼란스러웠다.

우표에는 우리집에서 가장 가까운 지역 우체국의 소인이 찍혀 있었다. 즉, 이 편지를 쓴 누군가는 멀리 살고 있다고 쳐도 일부러 이 지역까지 와서 부친 셈이다. 아니, 그렇게 복잡하게 생각할 필요 없다. 편지를 쓴 사람은 이 근처에 산다. 그렇게 생각하는 것이 제일 자연스러웠다.

학부모 중 하나가 편지를 썼을까. 어쩌면 난조에게 몹쓸 짓을 당한 아이의 부모일지도 모른다. 하지만 그렇다면 왜 내게 이런 편지를 보냈을까. 교장이나 교육 위원회에 호소해야 단호한 처분이 내려질 것이다. 내게 이런 익명 편지를 보내봤자 상황은 바뀌지 않는다. 편지를 쓴 사람은 도대체 내게 뭘 기대하는 걸까.

의문점은 한도 없이 많았지만, 이런 편지를 받은 이상 어떤 태도를 취할지 정해야 한다. 무시하든지, 아니면 행동에 나서든지.

무시하는 것은 간단하다. 아무것도 모르는 척하고 살아가는 것도 결코 불가능하지는 않다. 다행히 우리집 아이는 남자고 난조가 담임을 맡은 반 학생도 아니다. 진상을 규명하지 않아도 학교 다니는 데에 지장은 없다.

하지만 정말 그래도 될까. 내면에서 뭔가가 그렇게 속삭였다. 분명 의분은 아니다. 학부모회의 일원으로서 느끼는 공분이 아니라는 것쯤은 스스로도 잘 알고 있었다. 나는 그저 미쓰코가 왜 죽어야 했는지 그 이유를 알고 싶었다. 어디까지나 사적인 동기일 뿐 난조의 파렴치한 행위를 밝혀내겠다는 의도는 거의 없었다. 이를테면 이 편지가 내게 구실을 준 셈이다. 나는 처음부터 사건에 관여할 계기를 원하고 있었다. 익명 편지를 앞에 두고서야 그런 내 마음을 알아차렸다.

그러므로 아무런 망설임 없이 난조에게 전화를 걸 수 있었다. 나는 자진해서 번거로운 일에 말려들려고 하고 있었다. 지금까지 내가 살아온 모습에서는 상상도 할 수 없는 행동이었다. 예전의 나였다면 귀찮은 일은 최대한 피하려고 했을 테니까.

거실로 가서 초등학교 명부를 꺼내들고 내 방에서 난조가 사는 연립주택에 전화를 걸었다. 난조가 혼자 산다는 것은 무라세 씨한테 들어서 알고 있었다. 누가 받는다면 틀림없이 난조 본인이다.

어쩌면 자동 응답일지도 모른다. 그렇게 생각하고 번호를 눌렀지만 예상과 달리 "예" 하고 나지막하게 대답하는 남자 목소리가 들렸다. 본인이 전화를 받은 것이다. 나는 잠깐 뜸을 들이며 마음을 정리하고 나서 천천히 말을 꺼냈다.

"실례합니다. 저는 5학년 2반의 고미야마 신지 아버지 되는 사람입니다. 밤늦게 죄송합니다."

"고미야마의 아버지……."

내가 누구인지 밝혀도 난조는 무슨 일인지 감이 오지 않는다는 듯한 말투로 중얼거렸다. 무리도 아니다. 자기 반도 아닌 아이의 아버지에게서 갑자기 전화가 오면 마음에 찔리는 구석이 없는 선생님이라도 이상하게 여길 것이다. 하물며 난조는 지금 살인 사건의 소용돌이 속에 있다. 떨떠름하게 응대하는 것도 당연했다.

"이렇게 실례를 해서 죄송합니다. 꼭 여쭙고 싶은 일이 있어서 전화드렸습니다. 잠깐 시간을 내주시면 안 될까요?"

나는 공손하게 말문을 텄다. 이제부터 꺼낼 무례한 이야기를 생각하면 아무리 정중하게 부탁해도 모자랄 지경이었다.

"드릴 말씀 없습니다. 솔직히 말해 이렇게 직접 전화까지 하시다니 달갑지 않네요. 자세한 사정은 교장 선생님께서 설명하셨을 텐데요."

저자세로 말을 꺼낸 나와 달리 난조는 처음부터 완고하게 나왔다. 학부모의 전화에 대고 딱 잘라 "달갑지 않다"고까지 말하다니 약간 의외였다. 정신적으로 몹시 지친 걸까, 원래 무례한 인간일까. 후자라면 나도 약하게 나갈 필요가 없기 때문에 오히려 마음이 편하다.

"교장 선생님께서는 난조 선생님이 야마우라 선생님께 초콜릿을 선물로 보내셨다고 말씀하셨습니다. 선생님도 그렇다고 인정하셨고요. 그렇다면 왜 거기에 수면제가 들어 있었을까요?"

"그건 오히려 제가 묻고 싶네요. 얼토당토않은 일이 일어나서 애를 먹고 있는 건 바로 접니다."

그 말을 듣고 나는 난조가 어떤 인간인지 알 수 있었다. 난조는 지금 미쓰코가 죽어서 애를 먹고 있다고 똑똑히 말했다. 미쓰코의 죽음을 애도하는 것이 아니라 자신에게 튀는 불똥만 신경쓰고 있다. 이런 형편없는 남자라면 익명 편지에 적힌 것처럼 파렴치한 짓을 했을지도 모른다. 그런 생각이 바로 머리에 떠올랐다.

"선생님이 야마우라 선생님께 마음을 품고 있었다는 소문도 있던데, 사실입니까?"

"마음을 품어요? 말도 안 되는 소리 마십시오. 초콜릿은 날이 날이니만큼 그냥 주고받은 겁니다. 그쪽도 저도 무슨 마음이 있어서가 아니라고요."

"수면제를 먹이고 파렴치한 짓을 하려고 한 것 아닙니까? 그런 소문도 돌던데요."

"뭐, 뭐라고요!" 처음으로 난조의 목소리가 높아졌다. "누, 누가 그딴 소리를 했습니까. 명예훼손으로 고소할 겁니다. 정말이지 무슨 돼먹지 않은 소리를."

"초콜릿에 수면제를 넣지 않았다고 맹세하실 수 있다는 거죠?"

"맹세하다마다요. 잘 들으세요. 말이 나온 김에 확실히 못박아두겠는데 저랑 야마우라 선생님은 아무 사이도 아니었습니다. 초콜릿은 어느 직장에서든 의례적으로 주고받는다고요. 그런데 이런 일이 벌어져서 얼마나 애를 먹고 있는지 모릅니다."

난조는 또 같은 소리를 되풀이했다. 나도 더이상은 봐줄 마음이 없었다.

"그럼 어린 여자아이한테는 수면제를 먹이고 몹쓸 짓을 한다는 거로군요."

"예?"

내 말이 너무 뜻밖이라 말문이 막혔는지 난조는 한동안 묵묵부답이었다. 침을 삼키는 소리에 이어 겨우 목소리가 들려왔다.

"무슨 말씀을 하시는지 모르겠습니다만, 저를 모함하실 생각이십니까? 저를 학교에서 쫓아내고 싶으신 거예요?"

"당신이 정말로 그런 짓을 했다면 당연히 그래야겠죠. 물론 쫓겨나는 것으로 끝날 이야기는 아닙니다만."

"개소리하지 마! 난 아무 짓도 안 했어. 안 했다고!"

난조는 느닷없이 고함을 지르더니 전화를 끊었다. 난조의 격양된 반응만으로는 내 말이 진실을 정확하게 짚어냈는지 판단이 서지 않았다. 하지만 난조의 사람됨을 알아낸 것만으로도 만족스러웠다. 난조와 나는 영원히 서로를 받아들이지 못하리라. 그것만은 확실했다.

8

명부를 돌려놓으려고 다시 거실로 갔다. 그러자 몇 분 전에는 없었던 신지가 소파에 앉아 텔레비전을 보고 있었다. 나는 캐비닛에 명부를 집어넣다가 갑자기 아들에게 이번 사건에 대해 물어보고 싶어졌다.

"저기, 신지. 잠깐 괜찮을까."

"뭔데?"

신지는 그렇게 말하고 이쪽으로 고개를 돌렸다. 텔레비전 화면에는 태평양의 섬나라 같은 영상이 비치고 있었다. 그게 보고 싶어서 자기 방에서 나온 모양인데, 돌아다본 얼굴을 보아 하니 그렇게 푹 빠져 있던 것도 아닌 듯했다. 나는 다가가서 신지의 대각선 앞쪽에 앉았다.

"야마우라 선생님이 돌아가시고 나서 아이들은 어땠니?"

"어땠느냐니?"

내 질문이 막연했는지 신지는 되물었다. 나는 잠시 생각하다 다시 한번 구체적으로 질문했다.

"충격을 받았다든가, 그런 기색은 없이 흥분했다든가, 그런 거 말이야."

"그야 제각각이지. 여자애들 중에는 충격을 받은 애들도 제법 많지만, 남자애들은 굳이 따지자면 흥분했다고 할까. 서스펜스 드라마 같다고 좋아하는 녀석도 있었어."

"좋아해?"

아이들에게 죽음이란 그다지 실감나는 일이 아닐 것이다. 드라마 같다고 좋아하다니 그야말로 어린아이다운 발상이다. 하지만 그걸 감안해도 놀라웠다. 미쓰코는 아이들에게 사랑받던 선생님 아니었나.

"신지 넌 어땠니? 드라마 보는 거 같았어?"

내 아들만은 남의 아픔을 이해하는 인간이었으면 했다. 나는 지금까지 특별히 의식해 신지에게 그렇게 바란 적은 없었다. 하지만 지금 아이들이 얼마나 잔혹한지를 처음으로 실감했고 내가 얼마나 그들의 세계에 무지했는지 깨달았다. 나는 불안한 마음으로 신지가 대답하기를 기다렸다.

"선생님이 돌아가셔서 좋지는 않지만 드라마 같다는 생각은 들어. 살인 사건이란 건 좀처럼 가까이에서 경험할 수 없는 일이니까."

신지의 대답은 미묘해서 어떻게 받아들여야 할지 난감했다. 어떤 의미에서는 지극히 당연한 대답이라 잔혹하다고도 비정하다고도 할 수 없다. 하지만 그런 것치고는 신지의 말투가 묘하게 냉담해서 마음에 걸렸다. 적어도 신지는 미쓰코가 죽어서 슬픈 것처럼은 보이지 않았다.

"선생님이 돌아가셔서 슬프지는 않고?"

"슬퍼. 하지만 아직 실감이 잘 안 나."

말과는 정반대로 담담한 목소리였다. 나는 끈질기게 물었다.

"범인이 밉다거나, 누가 죽였는지 궁금하다거나 그런 생각은 안 들어?"

"음, 잘 모르겠어."

신지는 아무래도 상관없는 일이라는 듯이 고개를 갸웃했다. 별로 흥미가 없는 것 같았다. 그런 반응에 나는 가벼운 위화감을 느꼈다. 요즘 신지는 내가 사준 아동용 셜록 홈스와 아르센 뤼팽을 즐겨 읽었다. 그런 책을 좋아한다면 보통 실제로 일어난 사건에도 흥미를 보이지 않을까. 신지는 그만큼 미쓰코의 죽음에 관심이 없는 걸까. 아니면 반대로 현실과 허구를 똑똑히 구별한다고 긍정적으로 받아들여야 할까. 어떻게 판단해야 할지 몰랐지만 더이상 아들의 마음속을 파고들기가 무서워서 질문을 바꾸었다.

"난조 선생님이 무슨 일에 얽혔는지는 아니? 난조 선생님이 야마우라 선생님에게 선물로 보낸 초콜릿에 수면제가 들어 있었다던데."

"알아."

"난조 선생님은 야마우라 선생님을 좋아한 걸까."

"글쎄, 모르겠어."

거듭해서 물어도 돌아오는 대답은 건성이었다. 아무래도 신지는 난조를 잘 모르는 모양이었다. 이래서야 난조가 정말로 여자아이에게 몹쓸 짓을 할 만한 녀석인지 판단할 만한 근거를 신지에게서 끌어내기는 힘들 것 같았다.

"텔레비전 보는데 방해해서 미안해. 이거 다 보고 나면 자는 거다."

"예에."

신지는 나른한 목소리로 대답하고 화면으로 시선을 돌렸다. 그 모습을 보고 나도 자리에서 몸을 일으켰다.

9

익명 편지를 받고 다음주였다.

일을 마치고 집에 제일 가까운 역에 도착하자 밤 10시가 넘은 시간이었다. 봄이 가까워졌다고는 하나 이런 시간에는 아직 살을 에는 것처럼 춥다. 나는 코트 깃을 세우고 집으로 가는 길을 재촉했다.

붐비는 역 앞에서 벗어나 주택이 늘어선 지역으로 접어들자 눈에 익은 사람이 앞서 걷고 있는 모습이 보였다. 몸집은 작지만 시원스러운 걸음걸이에서는 나이에 걸맞은 어린 티가 느껴지지 않았다. 이야기를 할 기회는 좀처럼 없지만, 가끔 마주칠 때마다 정말로 아들과 같은 나이인지 의문이 들었다. 그만큼 야마나는 어른스러운 소녀였다.

참고서 따위를 넣어 다니기 쉽게 큼지막한 가방을 들고 있는 모습으로 보아 아마도 학원에 갔다가 집으로 돌아가는 길이리라. 하지만 이렇게 밤늦은 시간에 혼자 돌아다니다니 썩 바람직한 일은 아니다. 한순간 망설였지만 결국 말을 걸기로 했다.

"야마나."

느닷없이 뒤에서 말을 걸었는데도 야마나는 전혀 놀란 낌새 없이 제자리에 멈춰 서서 고개를 뒤로 돌렸다. 그리고 나를 보자 머리를 꾸벅 숙여 인사했다.

"안녕하세요."

"학원 다녀오는 길이니? 늦게까지 힘들겠구나."

나는 무난한 말을 꺼냈다. 이 나이대의 여자아이와 어떤 말을 해야 할지 짐작이 가지 않았다. 하물며 상대가 야마나라면 어린아이라 여기고 대해도 될지 말지 망설여지기까지 한다.

"늘 그런데요 뭘."

야마나는 도저히 열한 살이라고는 믿기지 않을 만큼 차분하게 대답했다. 성인 여성과 이야기를 나누고 있는 것이 아닐까 착각할 만큼 야마나는 어른스러웠다.

집이 가까워서 예전에는 자주 우리집에 놀러왔다. 하지만 학년이 올라갈수록 서로 부끄럼을 타는지 최근에는 신지가 데려오는 일도 없어졌다. 그래서 야마나와 대화를 나누는 것도 꽤나 오랜만이었다.

유치원 다닐 때부터 예쁘장하게 생기기는 했지만 지금은 그야말로 숨이 턱 막힐 만큼 미소녀로 자랐다. 마치 백자 공예품처럼, 인공적으로 느껴질 만큼 이목구비가 완벽했다. 초등학생인데도 이 정도인데 앞으로 몇 년만 더 지나면 어떤 소동이 벌어질까. 야마나 주변의 남자들이 얼마나 술렁댈지 벌써부터 상상이 갔다.

"요즘 이 부근은 뒤숭숭하니까 혼자 돌아다니면 위험해. 같이 가자."

너무 단정한 얼굴을 보고 있으니 어쩐지 보호 본능이 샘솟았다. 이렇게 정교하고 완벽한 생물은 누군가가 지켜주어야 한다. 의무감에 사로잡혀 나는 야마나에게 바래다주겠다고 제안했다. 야마나는 표정 하나 바꾸지 않고 "예, 감사합니다" 하고 고개를 끄덕였다. 그런 모습 역시 인공물 같은 인상을 주었다.

나란히 걷는 것까지는 좋았지만 공통된 화제가 전혀 없었다. 하는 수 없이 미쓰코 사건에 관해 이야기를 꺼냈다. 이 냉정한 미소녀가 사건을 어떻게 받아들이고 있는지 알고 싶다는 흥미도 일었다.

"학교가 뒤집어졌지? 이제 슬슬 진정됐니?"

"예, 표면상으로는요."

"표면상? 그러니까 실제로는 진정되지 않았다는 뜻이니?"

"그야 그렇죠. 선생님을 죽인 범인이 아직 붙잡히지 않았으니까요."

"아아, 그래. 가까운 사람이 살해당했으니 무섭겠구나."

"무섭다기보다 왜라는 생각이 들어요. 야마우라 선생님이 살해당하다니 불합리하니까요."

"불합리하다라."

야마나가 이런 식으로 말을 하는 아이인 줄은 알았지만 역시 당황스러웠다. 불합리하다, 즉 운명에 분개하는 마음을 표현한 것이리라. 확실히 미쓰코가 살해당하고, 난조 같은 교사가 남아 있다니 너무나 불합리하다. 그저 울거나 무서워하지 않고 사건을 이렇게 받아들이는 아이가 있다니 나는 다시금 놀랐다.

"난조 선생님이 어떻게 지내시는지 아니? 평소처럼 학교에 나오셔?"

신지가 알고 있을 정도니까 야마나 역시 난조가 사건에 관계되어 있음을 알 것이다. 그렇게 생각하고 넌지시 속을 떠보았다. 신지에게 물어보는 것보다 훨씬 유익한 정보를 얻을 수 있을 것 같은 느낌이 들었다.

"나오세요. 표면상으로는 아무런 제재도 받지 않았고요. 체포된 것도 아니니까 당연하지만."

"아아, 그렇구나."

경찰은 도대체 뭘 하고 있는지 모르겠다. 수면제를 입수할 수 있는 경로는 제한되어 있다. 난조가 의사에게 수면제를 처방받았다면 경찰이 금방 알아낼 것이다. 그런데도 난조가 아직 자유의 몸이라니 사건과 관련이 없다고 판단한 걸까.

"난조 선생님이 마음에 걸리세요?"

처음으로 야마나가 먼저 말을 꺼냈다. 나는 옆을 걷는 미소녀의 얼굴을 보고 무심결에 고개를 끄덕였다.

"응, 조금. 초콜릿 건이 있으니까."

"왜 좀더 크게 들고 일어나지 않으세요? 학부모회에서 난조 선생님을 문제로 삼아주길 바랐는데."

"응?"

나는 야마나의 말이 무슨 뜻인지 바로는 이해가 가지 않아 잠시 할말을 잃었다. 이윽고 놀라움이 서서히 솟아올랐다. 설마 하는 생각이 드는 까닭은 야마나가 아직 어린 나이이기 때문이다. 이렇게 실제로 이야기를 나누어보면 결코 말도 안 되는 일이 아니라는 것을 알 수 있는데.

"네가…… 편지를 보냈니?"

틀렸을 가능성은 염두에도 두지 않았다. 익명 편지를 쓴 사람은 이 미소녀다. 나는 신의 계시처럼 그런 확신을 얻었다.

"요전에 열린 학부모회에서 고미야마의 아버지가 앞장서서 난조 선생님에 관해 따져 물었다고 부모님께 들었어요. 그래서 고미야마의 아버지라면 위선적인 난조 선생님의 두 얼굴을 폭로해주실지도 모른다고 생각했죠."

"그랬구나. 그런데 그 편지 내용은 진짜니? 자세하게 들려주지 않으면 아무것도 못 해."

"말씀드리고 싶지만, 그게……."

어느새 야마나가 사는 맨션 코앞까지 와 있었다. 이대로 길가에 서서 이야기를 계속할 수는 없다. 나는 그제야 퍼뜩 정신이 들어 이야기 상대의 나이와 현재 시간을 떠올렸다. 야마나가 초등학생이 아니라면 더 자세한 이야기를 들을 수 있을 텐데. 하지만 아무리 안타까워도 어쩔 수 없었다.

"내일도 괜찮아. 전화라도 상관없으니까 자세한 이야기를 들려주지 않을래? 진짜라면 가만히 내버려둘 수 없으니까."

"아저씨, 컴퓨터 가지고 계시죠? 인터넷으로 채팅해본 적 있으세요?"

"채팅?" 예상치 못한 질문에 당황했지만 바로 야마나의 의도를 이해했다. "해본 적은 없지만 컴퓨터는 있어. 할 수 있을 거야."

"그럼 채팅으로 이야기해요. 전화로도 이야기하기 좀 힘들거든요."

"그래."

참 머리가 잘 돌아간다고 감탄하는 사이, 야마나가 가방에서 메모지를 꺼내 뭔가 슥슥 적더니 메모지를 찢어 내게 내밀었다.

"평소에 제가 사용하는 채팅방 주소예요. 지금 시간이면, 음, 10시 반에 채팅해도 괜찮으시겠어요?"

"10시 반. 알았어."

나는 메모지를 받아들고 고개를 끄덕였다. 야마나는 "바래다주셔서 감사합니다" 하고 공손하게 머리 숙여 인사하고 맨션으로 들어갔다. 나는 그저 멍하니 그 뒷모습을 바라보았다.

10

집에 돌아가자마자 컴퓨터를 켜고 인터넷에 접속했다. 아직 약속 시간 전이지만 미리 채팅방에 들어가서 사용법을 익혔다. 전용 소프트웨어를 깔기에는 시간이 모자라 글을 길게 입력하기는 힘들 것 같았지만 나는 질문하는 쪽이니 큰 지장은 없을 것 같았다. 채팅하는 방법을 대강 이해했을 쯤에 야마나가 들어왔다.

—아까는 정말 감사했습니다.

야마나는 감사 인사부터 먼저 꺼냈다. 조숙할 뿐만 아니라 예의도 바르다는 점에 감탄했다. 나는 "천만에" 하고 대답하고 본론으로 들어가자고 재촉했다.

—자, 그 편지 내용이 진짜인지 가짜인지 가르쳐줄래?

타자 속도가 그다지 빠른 편은 아니지만 이렇게 짧은 문장이라면 입력하는 데 시간이 많이 걸리지는 않는다. 야마나는 로마자도 겨우 뗐을 텐데■ 자판을 보지 않고 치는 법을 익혔는지 빠른 속도로 글을 써나갔다. 내 질문에도 바로 "진짜예요"라는 대답이 돌아왔다.

■ 일본어 자판은 로마자로 일본어를 발음 나는 대로 입력한 후 변환하는 방식으로 타자를 친다.

—피해자는 제가 아니지만.

—그럼 누군데?

—말씀 못 드려요. 본인의 명예가 달린 일이니까.

화면상의 대화라고 하더라도 야마나의 대답은 똑 부러졌다. 남자인 내게 성적인 피해를 입은 이야기를 하기는 힘들 것이다. 하지만 피해자가 불분명하면 나로서도 할 수 있는 일이 없다. 그래서 끈덕지게 누구인지 물어보았다.

—말하기 힘들다는 건 알지만 가르쳐주지 않으면 난조 선생님의 잘못을 밝혀낼 수 없어.

—말할 수 있었으면 익명 편지 같은 걸 왜 보내겠어요. 벌써 부모님한테 말해서 어떻게든 했겠죠.

그렇구나. 부모에게도 말할 수 없는 고민을 끌어안은 소녀가 어쩔 수 없이 편지라는 고육지책을 쓴 건가. 야마나를 동정하는 마음이 솟아오름과 동시에 난조에 대한 분노가 다시금 부글부글 끓어올랐다.

—그럼 피해자의 이름은 됐어. 구체적으로 어떤 상황이었는지 알려주지 않을래?

—길어질 테니 메일로 보낼게요. 십 분 후에 다시 여기서 이야기할 수 있을까요?

야마나는 미리 생각해둔 것처럼 그렇게 썼다. 나는 알았다고 대답하고 채팅방에서 빠져나왔다. 인터넷에 접속한 채로 이 분 기다렸다가 메일 소프트웨어를 가동시켜 메일을 수신했다. 바로 열어서 읽어보자 도저히 초등학생이 썼다고는 믿어지지 않을 만큼 글이 정연했다. 분명 채팅방에 들어오기 전에 써두었을 것이다. 나는 다시 한번 감탄하며 긴 글을 읽어 내려갔다.

2학기가 끝날 무렵, 그러니까 12월이에요. 학기말이라 책 정리를 하기 위해 일주일 동안 도서실을 닫았어요. 열쇠는 도서위원회 고문이었던 난조 선생님이 관리했고요.

그날 저는 예전부터 생각해뒀던 일을 확인해보려고 도서실에 갔어요. 책장 두 군데의 책을 서로 바꿔 꽂으면 책을 더 많이 꽂을 수 있을 것 같았거든요. 먼저 열쇠를 빌리려고 교무실에 가서 난조 선생님을 찾았어요. 그런데 교무실에 없어서 혹시 혼자 책 정리를 하시나 싶어 도서실에 가봤죠. 도서실 문은 잠겨 있었는데, 그때 안에서 누가 움직이는 소리가 들렸어요. 그래서 문을 두드리며 난조 선생님이냐고 물었죠. 안에 난조 선생님이 있다고 생각했거든요.

실제로 도서실에 난조가 있었다고 야마나는 적었다. 하지만 난조 혼자 도서관에 틀어박혀 있던 것은 아니었다. 여자아이와 함께 있었다. 야마나는 그 아이의 이름을 밝히지 않고 A라는 가명으로 불렀다.

난조 선생님은 문도 열지 않고 "뭐 때문에 그래. 바쁘니까 나중에 와"라고 대답했어요. 목소리에 어쩐지 당황한 느낌이 묻어나서 이상하다 싶었죠. "예" 하고 대답하고 일부러 발소리를 내며 멀어진 후에 실내화를 벗고 다시 돌아와 문에 바싹 붙어 귀를 기울였어요. 그랬더니 난조 선생님 말고 여자아이 목소리가 들렸어요. 목소리가 작아서 잘 알아들을 수 없었지만, 제 귀에는 도와달라고 하는 것처럼 들리더라고요. 게다가 그 목소리는 친구 A의 목소리와 비슷했어요. 방금 전에 난조 선생님의 당황한 목소리를 들어서 그런지 안에서 큰일이 벌어지려고 한다는 생각이 들었어요. 그래서 이번에는 큰 소리를 지르며 문을 마구 두드렸어요. 문을 열게 할 의도였다기보다 다른 선생님이나 학생들이 들으라고 그런 거죠. "괜찮으세요? 다치기라도 하신 거 아니에요?"라고 마구 떠들었어요.

결국 난조는 야마나의 재치에 굴복해 문을 열었다. 들어가 보니 A가 책상에 엎드려 울고 있었다고 한다. 무슨 일이냐고 묻자 난조는 A를 혼내고 있었다고 대답했다. A에게 확인했지만 그저 울기만 해서 일은 흐지부지하게 마무리되었다고 한다.

저는 한눈에 단순히 혼나기만 한 게 아니라는 걸 알았어요. 그래서 A를 데리고 그대로 도서실에서 나갔죠. 난조 선생님은 우리를 제지하지 않았어요. 난조 선생님 말이 정말이라면 아직 자기 이야기가 덜 끝났다고 하거나, 무슨 볼일로 왔느냐고 제게 다시 한번 물어볼 텐데 거북한 듯이 우리를 바라만 보더라고요. 그 반응을 보고 난조 선생님이 거짓말을 하고 있다는 걸 알았죠.

야마나는 A를 잘 타일러서 무슨 일이 있었는지 알아냈다. A는 난조의 부름을 받고 도서실로 갔더니 그가 주스를 주었다고 했다. 주스 캔의 뚜껑은 열려 있었지만 A는 별 의심 없이 주스를 마셨다. 그러자 잠시 후에 갑자기 졸리기 시작하더니 의식이 몽롱해졌다고 한다. 몸을 만지는 느낌이 들어서 저항했지만 힘이 전혀 들어가지 않았다고 한다. 도움을 요청해도 목소리는 자기 귀에도 닿지 않을 만큼 작았다. 덧붙여 난조는 이럴 때 누가 들어오면 창피를 당하는 것은 A라고 했다고 한다. 뭘 어떻게 해야 할지 몰라 혼란에 빠졌을 때 야마나가 들어왔다고 A는 설명했다.

이것이 그 당시 있었던 일의 자초지종이었다. 야마나의 메일은 거기서 끝났고, 개인적인 감상은 전혀 적혀 있지 않았다. 메일을 읽자 당황스러운 기분이 되살아나 생각을 제대로 정리할 수가 없었다. 잠시 후 약속한 십 분이 지나 다시 채팅방으로 돌아갔다.

—메일 읽었어. 믿기지가 않는군.

초등학교 교사가 학생에게 이런 짓을 하다니 도저히 믿기 힘들었다. 하지만 야마나가 거짓말을 한 것 같지는 않았다. 요즘은 교사가 성범죄를 저질렀다는 보도가 심심치 않게 귀에 들어온다. 지금도 어딘가에서 이런 일이 일어나고 있을지도 모른다. 그런 사건이 마침 아들이 다니는 학교에서도 일어났을 뿐이라는 건가.

—거짓말 아니에요.

야마나로서는 보기 드물게 발끈하는 듯한 대답이 돌아왔다. 나는 의심한 것이 아니라고 사과하고 더 자세한 설명을 요구했다.

—A는 왜 난조 선생님한테 불려갔지? A는 난조 선생님 반 학생이야?

—그건 말씀 못 드려요. 말하면 A가 누구인지 드러날 테니까요.

—하지만 난조 선생님에게 죄의 대가를 치르게 하려면 A가 직접 설

명해야 할 거야.

—이 일이 커져서 자기 이름이 알려지면 A는 자살하겠다고 했어요. 전 A의 기분을 이해해요. 그러니까 이름은 절대 말씀 못 드려요.

—그렇구나.

참 어려운 문제였다. 난조가 교묘하게 협박 수단으로 사용했듯이 이런 파렴치한 행위가 발생했을 때에 가해자보다 피해자가 잃는 것이 더 많다. 하물며 선생님과 학생의 관계라면 이름을 밝힐 용기가 나지 않는 것도 무리는 아니다. 그런 까닭에 야마나와 A는 부모에게 의지하지 못하고 지금까지 속으로 눈물을 삼켜온 걸까. 그 심정을 생각하자 가슴이 찢어지는 것처럼 아팠다.

—안타깝지만 저랑 A의 부모님은 이런 일이 생겼을 때 아무 도움도 되지 않아요. 그래서 고미야마의 아버지라면 어떻게 해줄지도 모른다는 생각에 그런 편지를 보냈어요. 역시 피해자가 이름을 밝히고 나서지 않으면 난조를 벌할 수 없나요?

야마나는 처음으로 난조를 그냥 이름으로 불렀다. 그러한 태도를 보고 나는 야마나가 고요한 분노를 품고 있음을 알아차렸다. 야마나의 분노는 나 자신의 분노이기도 했다. 어느덧 나는 미쓰코와는 상관없이 난조에게 깊은 분노를 품었다.

—알았어. 이런 이야기를 들은 이상 내버려둘 수는 없지. 뭘 어떻게 할 수 있을지 좀 생각해보마.

—부탁드려요.

모니터에 나타나는 글자에는 아무런 감정도 드러나지 않을 테지만 나는 야마나의 대답을 보며 안심했다. 두 사람이 짊어지고 있었을 무거운 짐을 조금이나마 나누어 질 수 있다면 나로서도 만족이었다.

—그런데 편지에다 난조가 야마우라 선생님을 죽인 범인이라고 썼지? 구체적인 증거가 있니?

나는 마지막으로 중요한 사항을 확인했다. 하지만 야마나는 내 기대와는 크게 동떨어진 대답을 했다.

—아니요. 그냥 난조가 범인이라면 좋겠다고 생각했을 뿐이에요. 난조 같은 놈은 경찰에 잡혀가야 마땅하니까.

11

내가 할 수 있는 일에는 한계가 있었다. 그래도 가능한 한 야마나의 기대에 부응해야 한다. 난조에게 사실 확인부터 해야 한다. 직접 따져봤자 요전처럼 부정할 게 뻔하지만 본인의 반응에서 뭔가 알아낼 수도 있을 것이다. 그러기 위해서는 난조를 직접 만나야 했다.

이틀 후 나는 일찌감치 병원을 나서서 난조의 집으로 향했다. 난조가 집에 있다는 것은 미리 전화를 걸어 확인해두었다. 나는 난조가 전화를 받자마자 말없이 전화를 끊었다. 난조는 그저 장난전화로 여겼을 것이다.

나는 현재 병원에서 중요한 프로젝트를 진행중이다. 솔직히 말하면 프로젝트 말고 다른 잡다한 일에 골치를 썩고 싶지는 않다. 하지만 난조와 관련된 이번 일은 내게 있어서 수많은 인명을 구할지도 모르는 프로젝트보다 훨씬 중요했다. 프로젝트에 참가한 사람들에게 빈축을 살 것을 알면서도 나는 사적인 시간을 만들어야 했다.

밤 10시가 다 된 시간이었다. 남의 집을 찾아가기에 적당한 시간은 아니다. 그래도 지금부터 나눌 이야기의 내용을 생각하면 예의 따위를 차리고 있을 때가 아니었다. 난조 역시 무례하다고 내게 화를 낼 여유는 없을 것이다.

지도로 장소를 대강 파악해둔 덕분에 큰 고생 하지 않고 난조가 사는 연립주택을 찾아냈다. 만약을 위해 1층에 있는 가구별 우편함에서 이름을 확인했는데 틀림없었다. 나는 다시금 결의를 단단히 굳히고 난조의 집 인터폰을 눌렀다.

"예."

나지막한 남자 목소리가 인터폰 스피커에서 들렸다. 나는 얼굴을 가까이 대고 속삭였다.

“5학년 2반 고미야마 신지의 아버지입니다. 요전에 했던 이야기를 계속하려고 왔습니다.”

난조의 대답은 바로 돌아오지 않았다. 하지만 그 침묵의 이면에서 당황스러워하는 낌새가 느껴졌다. 문을 열어야 할까 말아야 할까 망설이는 것이리라. 나는 여전히 속삭이는 목소리로 말을 이었다.

“당신만 좋다면야 여기서 이대로 이야기를 해도 상관없습니다.”

내가 이렇게 으름장을 놓고 있다는 사실이 믿기지 않았다. 하지만 부끄럽지는 않았다. 어떤 수단이든지 가리지 않겠다고 이미 각오한 터이다.

난조는 십 초 정도 더 침묵했다가 마침내 포기한 듯이 문을 열었다. 문이 열리자 체격 좋은 남자가 그야말로 벌레를 씹었다고 표현하고 싶을 만큼 떫은 얼굴로 서 있었다. 가슴팍이 두껍고 팔이 굵다. 하지만 그런 체격과는 달리 얼굴은 학교 선생님에 어울리게 지적으로 생겼다. 겉보기만 그렇다는 것은 이미 알고 있지만.

난조는 나를 노려보며 “들어오시죠” 하고 안으로 들어오라고 재촉했다. 본의는 아니지만 학생의 아버지를 매몰차게 대할 수도 없다. 그런 속내가 얼굴에 고스란히 씌어 있었다. 나는 가볍게 인사하고 서슴없이 구두를 벗었다.

현관과 거실은 이어져 있었다. 십 제곱미터 크기의 거실은 정리정돈이 잘되었다고 하기는 어려웠다. 나는 난조가 권하기도 전에 빈자리를 찾아 카펫에 앉았다. 난조는 우두커니 선 채로 나를 가만히 내려다보았다.

"좀 앉으시죠. 그렇게 서 계시면 이야기하기 힘듭니다."

내 말을 듣고서야 난조는 책상다리를 하고 앉았다. 하지만 먼저 입을 열려고 하지는 않았다. 난조의 큰 체격 때문에 압박감이 느껴져 나는 빨리 이 자리에서 벗어나고 싶었다. 그래서 쓸데없는 말은 빼고 바로 본론으로 들어갔다.

"지금까지 몇 번이나 수면제를 사용해서 여학생한테 몹쓸 짓을 했습니까?"

단도직입적으로 묻자 난조의 낯빛이 변했다. 금붕어처럼 입을 뻐끔대다가 겨우 말을 짜냈다.

"전 그런 짓 안 했습니다. 왜 그런 생트집을 잡는 겁니까?"

"생트집이 아니라는 건 당신이 제일 잘 알 텐데요. 아무 근거 없이 이런 말을 하는 게 아닙니다. 저는 다 알아요."

"즈, 증거 있어? 증거가 없으면 아무도 그딴 소리는 안 믿어."

"어린아이니까 속으로만 끙끙 앓을 줄 알았습니까? 제 한몸 지키기 위해 그렇게 딱 잡아떼는 거겠죠. 자기 안위를 걱정할 만큼의 머리가 있는 사람이 왜 아이에게 그딴 비열한 짓을 한 겁니까?"

"그러니까 증거를 대라고 하잖아. 없지? 증거도 없이 잘도 그런 허튼소리를 하는군."

난조는 흥분한 나머지 어깨를 들먹이며 숨을 쉬었다. 주먹을 쥐었다 폈다 하는 것은 나를 때리고 싶은 마음을 꾹 참고 있기 때문이리라. 하지만 난조는 흥분한 나머지 내가 무슨 생각을 하는지 전혀 모르는 기색이었다. 내가 어떤 기분으로 여기 왔는지 헤아릴 여유도 없으리라.

"증거가 없으면 무슨 짓을 해도 상관없다고 생각하나? 네놈이 그딴 짓을 해서 아이가 마음에 얼마나 큰 상처를 입었을지 상상해본 적 있어?"

"시끄러워. 학생 아버지라고 해서 잠자코 들어주니까 제멋대로 지껄이는군. 그렇게 계속 생트집을 잡을 거면 내게 몹쓸 짓을 당했다는 학생을 여기 데려와봐. 도대체 누군데? 나도 좀 알고……."

난조의 말은 도중에 끊겼다. 난조는 자기 뺨에 손을 대고 믿기지 않는 것을 본 사람처럼 눈을 부릅뜨고 있었다. 난조의 시선이 꽂힌 내 주먹은 방금 전 스스로 가한 충격을 견디다 못해

욱신욱신 아팠다.

"상해죄로 고소하고 싶으면 해. 그때가 네가 파멸하는 날이다."

나는 처음부터 난조를 때릴 작정으로 여기 왔다. 하지만 과연 그런 짓을 할 수 있을지 자신은 없었다. 태어나서 사십 년 남짓 살아오면서 남을 때린 적은 단 한 번도 없었다. 아내는 물론 아들에게도 손을 댄 적이 없다. 아무리 상대가 비열한 놈이라고는 하지만 내가 주먹을 휘두를 수 있을까. 눈과 눈을 마주치고도 상대를 때릴 수 있을까.

나는 주먹으로 난조의 뺨을 갈긴 순간 이성을 잃었다. 자신의 사회적 지위도 잊고 오로지 눈앞의 추악한 남자를 증오했다. 그런데 나는 정말로 난조를 때린 걸까. 내가 분노하는 상대는 정말로 난조였을까. 얻어맞아야 할 상대는 상식적인 인간인 양 설치며 남을 비난하는 나 자신이 아니었을까. 과연 나한테 난조를 책망할 자격이 있을까.

나는 분명 난조를 때렸다. 비열한 난조를 용서할 수 없었다. 하지만 때린 후에 내 가슴속에는 주체할 수 없는 자기혐오만이 남았다. 내가 때린 것은 난조이자 동시에 나 자신이기도 했다. 내 뺨이 아프지 않다는 것이 진심으로 유감스러웠다.

나는 말없이 일어서서 현관으로 향했다. 난조 역시 아무 말도 하지 않았다. 나는 삭막한 심정으로 난조의 집을 뒤로했다. 뭣 때문에 이런 곳까지 찾아왔을까. 내가 한 행동의 의미를 모를 지경이었다.

12

나는 고된 업무에 시달리면서도 짬을 내어 있는 힘껏 노력했다. 일단 교장과 만나 난조의 행실을 조사할 것을 촉구했다. 하지만 교장은 믿을 수 없다는 말만 되풀이할 뿐 대처를 할 의지는 전혀 없는 것 같았다. 자기 학교에서 교편을 잡던 교사가 살해당한 것만으로도 큰일인데 학생을 욕보이려 한 일까지 공론화되면 끝장이다. 그런 생각을 하는 게 빤히 들여다보일 정도니 제대로 대응할 리가 없었다.

나는 교장의 집을 세 번 방문한 후에 이래서는 결론이 나지 않는다는 것을 깨닫고 교육 위원회를 찾아갔다. 거기서도 담당자들이 이리 미루고 저리 미루는 탓에 시간을 낭비해야 했지만, 조바심을 억누르고 참을성 있게 기다렸다. 드디어 담당자 앞에 섰을 때 나는 야마나에게 들은 이야기의 자초지종을 몇 번이고 되풀이해 들려주었다. 담당자는 난감해하며 피해자의 이름을 모르는 이상 대처할 방법이 없다고 말했다. 그래도 나는 야마나의 이름을 꺼내지 않았다. 야마나에게 증언을 시키면 자연히 피해자도 앞에 나서야 한다. 그것은 야마나의 뜻에 반하는 결과다. 나는 어디까지나 소녀들의 방패가 되어 싸울 작정이었다.

삼월 안에 결판을 내지 못한 채 사월이 되었고 새 학기가 시작되었다. 난조는 아무 일도 없었다는 듯이 교단에 서 있을 것이다. 그 모습을 상상하자 눈앞이 아찔할 만큼 화가 치밀었다. 그리고 그 감정에 등을 떠밀려 거북해할 줄 알면서도 교육 위원회에 매일 찾아갔다. 난조가 교직에서 물러날 때까지 어떤 노력도 마다하지 않겠다는 결의가 가슴속에 넘실댔다.

나는 내 행동이 보상행동임을 자각하고 있었지만, 도대체 무엇 때문인지 나로서도 알 수 없었다. 아내와 아들에게 양심의 가책을 느꼈기 때문일까, 아니면 죽은 미쓰코를 애도하기 위해서일까. 내 위선적인 모습에 참을 수 없이 구역질이 났지만, 그래도 행동에 나서는 까닭은 소녀들에게 힘이 되고 싶다는 순수한 마음이 한 조각 정도는 남아 있기 때문이라고 여기고 싶었다.

교육 위원회가 좀처럼 반응을 보이지 않아 지친 나머지, 나는 도쿄 도 교육청에까지 쳐들어갔다. 그렇게 하니 교육 위원회도 내 이야기에 귀를 기울일 마음이 생긴 것 같았다. 조사해서 보고하겠다는 언질을 받아내는 데 성공하고 나서야 나는 비로소 한숨 돌렸다. 메일로 야마나에게 그 사실을 알려주자 순수하게 기뻐해주었다. 그것이 무엇보다도 큰 보람이었다.

마침 그 무렵에 프로젝트도 일단락되는 분위기였다. 연구 성과가 발표할 수 있을 만큼 가시화되자 멋대로 행동하던 내게 쏟아지던 차가운 시선도 누그러졌다. 사월 어느 날, 나는 미쓰코가 살해되고 난 후 처음으로 가족을 편안한 기분으로 대할 수 있었다.

저녁을 먹고 차를 마시고 있을 때였다. 문득 캐비닛 위에 놓여 있는 학교 명부가 눈에 들어왔다. 나는 별생각 없이 명부를 집어 들고 신지네 반이 실린 페이지를 펼쳐보았다. 그리고 익숙한 이름을 발견하고 "이야" 하고 소리를 질렀다.

"신지, 또 야마나랑 같은 반이구나."

옆에서 텔레비전을 보고 있는 아들에게 말을 붙였다. 신지는 이쪽을 쳐다보고 어이가 없다는 듯이 고개를 갸우뚱하고 나서 다시 텔레비전으로 시선을 돌렸다.

"5학년에서 6학년으로 올라갈 때는 반을 안 바꿔. 그러니까 같은 반인 게 당연하지."

"아아, 그렇구나."

그런 것도 몰랐던 나 자신에게 깜짝 놀랐다. 아들의 생활에 얼마나 관심이 없었는지를 보여주는 증거다. 아들이 저학년일 때는 조금은 더 관심을 가졌던 것 같다. 언제부터 아들에게 신경쓰지 않게 되었을까.

"야마나 걔 예쁘잖아. 인기 많지?"

이제 와서 이래봤자 늦었을지도 모른다는 생각이 들었지만 신지와 조금 더 이야기를 나누고 싶었다. 하나 내가 꺼낼 수 있는 화제는 고작 이 정도뿐이었다.

"별로. 걔, 좀 무섭거든."

"그래? 너 옛날에는 야마나 많이 좋아했잖아. 집에도 자주 데려왔으면서."

"아니야. 무슨 소릴 하는 거야."

"신지가 좋아하는 애는 야마나가 아니라 무라세야."

부엌에서 설거지를 하던 하쓰에가 우리 대화를 듣고 끼어들었다. 그러자 신지는 새빨개진 얼굴로 말대꾸했다.

"아니야! 거짓말하지 마."

"그래, 그래. 미안하다."

하쓰에는 신지의 항의를 웃어넘겼다. 나는 정색을 하고 대드는 신지의 얼굴을 바라보았다.

"무라세라니, 그 무라세 씨의?"

그러고 보니 야마나와 늘 함께 있는 여자아이는 수다쟁이 무라세 씨의 딸이었다. 내게는 반짝반짝 빛나는 미소녀 야마나의 인상만이 강하게 남아 있었는데 신지는 그런 얌전한 아이를 좋아했나. 또다시 아들의 뜻밖의 일면을 본 기분이었다.

"걔랑 나는 아무 상관도 없다니까 그러네, 진짜."

신지는 입을 삐죽 내밀고 우겼다. 나도 웃으며 "알았어" 하고 대답하고 다시 한번 명부에 눈길을 떨어뜨렸다. 무라세 역시 신지와 같은 반임을 확인했다.

그 순간 문득 어떤 생각이 떠올라서 신지에게 물었다.

"무라세도 도서위원이니?"

"아니. 도서위원은 야마나야. 근데 왜 그런 걸 물어? 엄마 말은 전부 거짓말이라니까."

"응, 알았어. 무라세는 무슨 동아리 활동을 하니?"

"동아리? 농구 동아리인데. 그게 왜?"

"농구 동아리 고문 선생님은 누구셔?"

"난조 선생님이야."

그 대답을 듣고 내 생각이 맞았다는 것을 알았다. 그리고 동시에 너무나도 믿기 어려운 망상이 고개를 쳐들었다. 나는 내 생각을 의심했다.

난조에게 몹쓸 짓을 당한 피해자는 무라세 아닐까. 무라세와 야마나는 같은 맨션에 살아서 늘 같이 행동했다. 얌전한 무라세가 피해자이기 때문에 야마나가 완강하게 이름을 밝히기를 거부한 것 아닐까. 근거는 없지만 개연성이 높은 추측임은 틀림없었다.

"야마나랑 무라세하고는 자주 이야기하니?"

내가 머뭇머뭇 확인하자 신지는 귀찮은 듯이 인정했다.

"이런저런 일이 있어서. 요즘은 좀 자주 이야기했나."

"이런저런 일이라니, 야마우라 선생님에 관한 일?"

"응. 그게 뭐 어쨌다고 그러는데?"

나는 신지의 물음에는 대답하지 않고 요전에 했던 질문을 다시 던졌다.

"선생님을 죽인 범인이 누구인지 궁금하지는 않니?"

"범인이 누구든지 알 게 뭐야. 안 잡혀도 상관없어."

신지는 뜻밖에도 아주 딱딱한 말투로 대답했다. 그런 태도에 강한 위화감을 느끼며 나는 다시 생각에 빠졌다.

야마나와 무라세는 난조가 수면제를 이용해 여자에게 비열한 행위를 하는 놈이라는 사실을 알고 있었다. 만약 두 사람이 난조가 미쓰코에게 흑심을 품었다는 것을 눈치챘다면 어떨까. 난조가 미쓰코에게 초콜릿을 보냈다는 사실을 미리 알고 있었다면. 두 가지 사실을 결부시켜 초콜릿에 수면제가 들어 있을 가능성을 떠올렸다고 해도 이상할 것 없지 않을까.

야마나와 무라세는 난조에게 보복하고 싶었을 것이다. 그렇지 않다면 내게 익명 편지를 보냈을 리 없다. 하지만 그런 간접적인 수단밖에 택할 수 없을 만큼 두 사람은 무력하다. 피해를 입었다고 부모에게 하소연할 수도 없고, 그렇다고 난조와 직접 담판을 지어 사과를 받기도 불가능하다. 물론 난조를 폭력으로 굴복시키는 방법은 논외다.

소녀들이 난조에게 보복하려 한다면 성범죄와는 완전히 다른 일로 함정에 빠뜨리는 수밖에 없지 않을까. 예를 들어 살인죄를 뒤집어씌운다거나.

어린아이들이 그렇게까지 극단적인 수단을 쓸 것이라는 생각은 들지 않는다. 아니, 생각하고 싶지도 않다. 하지만 요즘 아이들은 우리 부모 세대가 알고 있는 것보다 정신세계가 훨씬 복잡하다. 설마라는 말이 나올 법한 사건을 매일같이 아이들이 일으키지 않는가. 내 주변만 요즘 풍조와 무관하다고 여기는 것은 너무나 낙관적인 사고방식이다.

야마나와 무라세는 난조가 수면제가 든 초콜릿을 미쓰코에게 보냈다는 사실을 알고 있었다. 그리고 그런 상황에서 미쓰코가 살해당하면 난조가 제일 먼저 의심받을 것이라고 생각했다. 실제로 난조는 범인에 아주 가까운 용의자로 간주되고 있다. 범인의 목적이 난조에게 누명을 씌우는 것이었다면 반쯤 성공했다고 할 수 있지 않을까.

미쓰코는 골동품 시계 받침대에 머리를 맞아 죽었다. 하지만 사고사라고 보아도 이상하지 않은 상황이라고 한다. 즉, 미쓰코는 하필이면 급소를 맞아서 죽었다는 뜻이다. 힘없는 어린아이라도 범행은 충분히 가능했으리라.

물론 유리를 자르고 침입한 사람은 난조다. 난조는 자신의 욕망을 채우기 위해 침입했지만, 그를 맞이한 것은 이미 싸늘하게 식어버린 미쓰코였다. 초조해진 난조는 자기 이름이 적힌 택배 송장만 가지고 달아났다. 이 부분은 사고사였을 경우와 똑같이 추측할 수 있다.

늦은 밤이라는 범행 시각도 어린아이가 범행을 저질렀음을 부정하는 근거로는 볼 수 없다. 실제로 야마나는 밤 10시 넘어서도 혼자 밖을 돌아다니고 있지 않았는가. 학원을 마치고 돌아가는 길에 미쓰코의 집에 들렀다 와도 부모는 전혀 의심하지 않을 것이다. 늦게 돌아왔다고 야단 한 번 맞으면 그만이다.

하지만 추리라고도 할 수 없는 이런 망상에는 치명적인 허점이 있었다. 설령 두 명이었다고는 하나 초등학생 여자아이가 성인을 죽이기는 어렵다는 점이다. 결코 불가능하지는 않다고 해도 확률이 떨어진다. 이럴 때 여자아이의 심리상 다른 사람에게 의지하려고 들지는 않을까. 예를 들어 무라세를 좋아하는 남자아이한테.

수많은 생각이 머릿속에서 아우성쳤다. 그 잘생긴 형사는 집에 있던 나의 알리바이가 성립되지 않는다고 지적했다. 그렇게 따지면 다른 식구들도 마찬가지다. 우리 가족은 밤이 되면 각자 자기 방에서 지내므로 다른 사람 몰래 쉽사리 밖에 나갈 수 있다. 아들 방은 2층이지만 어린아이라면 창문으로 드나들기가 어렵지는 않을 것이다.

그리고 한 가지 더, 내 머릿속에 들러붙어 떨어지지 않는 것은 신지의 냉담한 태도였다. 신지는 왜 담임 선생님이 돌아가셨는데도 동요하지 않을까. 왜 슬퍼하거나 놀라지 않을까. 누가 범인인지 알고 있기 때문 아닐까. 죽었는데도 학생들이 슬퍼하지 않다니 미쓰코는 아이들에게 미움을 받았던 것 아닐까. 그렇다면 아이들이 난조를 궁지에 몰기 위한 수단으로 미쓰코를 이용했다고 해도 결코 이상하지 않다.

전부 다 증거라고는 하나도 없는 내 망상이다. 그러므로 신지에게는 더이상 확인하지 않았다. 신지, 너희들이 그랬니. 이 질문은 죽을 때까지 가슴에 묻어두자. 이것으로 됐다, 이것으로 된 거다. 텔레비전에 푹 빠진 아들의 천진난만한 옆얼굴을 보며 나는 스스로를 열심히 타일렀다.

| 작가 후기 |

미스터리의 시조 에드거 앨런 포가 집필한 세 편의 단편은 그 후로 끊임없이 쏟아져 나온 본격 미스터리에서 볼 수 있는 모든 유형의 원류라고 평할 수 있습니다. 「모르그가의 살인」은 밀실 살인과 의외의 범인을, 「도둑맞은 편지」는 인간의 맹점을 찌르는 발상을, 「마리 로제 수수께끼」는 추리를 쌓아올리는 재미를 후배 작가들에게 제시해주었습니다.

「모르그가의 살인」을 계승한 작품들은 본격 미스터리의 주류가 되었습니다. 역시 본격 미스터리는 의외성이 있어야 합니다. 그리고 「도둑맞은 편지」의 계보 또한 수는 적을지언정 미스터리 역사에 남을 걸작을 낳았습니다. G.K. 체스터턴의 '브라운 신부' 시리즈는 그야말로 「도둑맞은 편지」의 직계 자손이라고 할 수 있습니다. 또한 아와사카 쓰마오의 '아 아이이치로' 시리즈는 확연하게 '브라운 신부' 시리즈의 영향을 받은 자식이니 포의 소설로 치면 손자쯤 될까요. 큰 강은 아니지만 결코 무시할 수 없는 중요한 흐름입니다.

그렇다면 「마리 로제 수수께끼」는 어떤 직계 자손을 남겼을까요. 영국 현대 본격 미스터리의 실력자, 콜린 덱스터의 작풍이 「마리 로제 수수께끼」의 적통임을 간파한 사람은 세토가와 다케시■ 씨였습니다. 그 의견을 접하기 전까지 저는 「마리 로제 수수께끼」의 직접적인 영향을 받은 작품은 없다고 여기고 있었으므로 세토가와 씨의 지적에 과연 그렇구나, 하고 무릎을 쳤습니다. 그리고 이 계보 역시 본격 미스터리에서 빠뜨릴 수 없는 커다란 흐름임을 깨달았습니다.

「마리 로제 수수께끼」를 직접 계승한 작품은 앤서니 버클리의 『독 초콜릿 사건』이라고 할 수 있겠죠. 추리를 쌓아올리고 허물어뜨리는 것만으로 이야기가 전개되는 『독 초콜릿 사건』은 「마리 로제 수수께끼」의 장편 버전이라고 할 수 있습니다. 이 흐름은 『독 초콜릿 사건』이라는 걸작의 탄생을 시작으로 앤서니 버클리의 『두 번째 총성』과 크리스티아나 브랜드의 『제제벨의 죽음』, 『의혹의 안개(Fog of Doubt)』와 같은 작품들로 이어집

■ 미스터리, 영화 평론가.

니다. 현대의 콜린 덱스터에 이르기까지 당당하게 계승되어 온 흐름임을 알 수 있습니다.

그런데 이 세 번째 작풍에는 다른 두 가지 작풍과 크게 다른 점이 있습니다. 그것은 바로 결말을 그다지 중요하게 여기지 않는다는 특수성입니다. 아시다시피 「마리 로제 수수께끼」에 수수께끼 풀이가 주는 카타르시스는 없습니다. 『독 초콜릿 사건』은 뜻밖의 결말이 제시되기는 하지만, 진상이 다른 가설보다 두드러지게 재미있거나 논리적으로 견고하지는 않습니다. 단순히 작가가 그렇게 하기로 했으니까 그것이 결말로 결정됐을 뿐입니다.

콜린 덱스터에 이르면 진상 따위는 아무래도 상관없어지고 맙니다. 콜린 덱스터의 작품을 읽다 보면 누가 범인이었는지 잊어버린다는 말이 종종 들리는데, 그럼에도 높은 평가를 받는 까닭은 추리를 쌓아올리고 허물어뜨리는 과정이 아주 재미있기 때문입니다. 이 계보에서는 오직 크리스티아나 브랜드만이 대담한 술수를 부려 충격적인 결말을 준비하는데, 이는 예외로 간주해야겠죠. 「마리 로제 수수께끼」로부터 이어지는 작품들은 결말보다 과정을 중시한다고 생각하는 편이 좋을 듯합니다.

이 작품은 「마리 로제 수수께끼」의 뒤를 이을 작품으로 구상했습니다. 그러므로 당연히 뜻밖의 결말에 도달하며 마무리되지는 않습니다. 다만 어떤 의미에서 마지막으로 지적되는 범인을 보고 많은 독자가 놀라셨겠지요. 그리고 의문을 품으셨을 겁니다. '결국 진범은 누구야?'라고요.

「마리 로제 수수께끼」의 계보에서는 진상이 밝혀져도 어디까지나 작가가 자의적으로 결정한 진상인 경우가 많습니다. 그렇다면 작가의 의도를 완전히 배제해보면 어떨까 생각해보았습니다. 본래 작가가 쥐고 있는 결정권을 독자에게 맡기기로 한 것입니다.

이 작품에서는 열 가지 가설을 세웠습니다. 그렇지만 새로운 가설을 더 세울 수 있을 겁니다. 『독 초콜릿 사건』을 읽고 크리스티아나 브랜드가 일곱 번째 진상을, 그리고 아시베 다쿠가 여덟 번째에서 열세 번째 진상을 선보였습니다. 이러한 시도는 미스터리 소설에서만 맛볼 수 있는 즐거움입니다. 이 소설을 통해 독자 여러분도 그러한 즐거움을 맛보셨으면 하는 게 저의 바람입니다.

바라건대 독자 여러분이 이 작품을 몇 배로 더 즐길 수 있기를 기원합니다.

김은모

경북대학교 행정학과를 졸업했다. 일본어를 공부하던 도중에 일본 미스터리의 깊은 바다에 빠져들어 헤어나지 못하고 있다. 아직 국내에 소개되지 않은 다양한 작가의 작품을 소개하고자 노력하고 있다. 옮긴 작품으로 기타야마 다케쿠니의 『인어공주』, 마리 유키코의 『여자 친구』, 누쿠이 도쿠로의 『미소 짓는 사람』을 비롯하여 우타노 쇼고의 '밀실살인게임' 시리즈, 미쓰다 신조의 '작가' 시리즈, 『애꾸눈 소녀』, 『모즈가 울부짖는 밤』, 『달과 게』 등이 있다.

프리즘

초판 발행 2017년 3월 20일

지은이 누쿠이 도쿠로
옮긴이 김은모
펴낸이 염현숙

책임편집 지혜림 | **편집** 임지호 | **외주교정** 조소영
디자인 이경란 유현아 | **저작권** 한문숙 김지영
마케팅 우영희 정진아 김혜연
홍보 김희숙 김상만 이천희
제작 강신은 김동욱 임현식 | **제작처** 영신사

펴낸곳 (주)문학동네
출판등록 1993년 10월 22일 제406-2003-000045호
임프린트 엘릭시르

주소 10881 경기도 파주시 회동길 210
문의 031-955-1901(편집) 031-955-8896(마케팅) 031-955-8855(팩스)
전자우편 editor@elmys.co.kr **홈페이지** www.elmys.co.kr

ISBN 978-89-546-4401-3(03830)

엘릭시르는 출판그룹 문학동네의 임프린트입니다.